脚印

刘少光◎著

远方出版社

图书在版编目（CIP）数据

脚印 / 刘少光著．-- 呼和浩特 ：远方出版社，2020.8
ISBN 978-7-5555-1416-9

Ⅰ．①脚… Ⅱ．①刘… Ⅲ．①散文集－中国－当代
Ⅳ．① I267

中国版本图书馆 CIP 数据核字（2020）第 042586 号

脚 印

JIAOYIN

策　　划 王改英
著　　者 刘少光
责任编辑 刘洪洋
责任校对 刘洪洋　王　冉
装帧设计 高晓梅
封面设计 刘关山
封面题字 郭瑞金
出版发行 远方出版社
社　　址 呼和浩特市乌兰察布东路666号　邮编010010
电　　话 （0471）2236473总编室　2236460发行部
经　　销 新华书店
印　　刷 呼和浩特市达思特彩色印务有限公司
开　　本 170mm×240mm　1/16
字　　数 295千
印　　张 19
版　　次 2020年8月第1版
印　　次 2020年10月第1次印刷
标准书号 ISBN 978-7-5555-1416-9
定　　价 50.00元

序

老兄少光同志的散文集《脚印》即将出版，我作为他的战友，看到他多年苦心学习的成果，内心由衷地高兴。

初读他的散文，是在微信战友群里。他在文中叙述他离家入伍的场景：

“母亲抚我躺下，掖掖被子，说：‘天还早呢。’”

“雪停了，我不知道，太阳因时按候地上了东梁，给万物一个长长的影子。我身后是一串长长的脚印。脚印没影子。脚印后边是母亲袖手的身影。”

“那晚，我当兵走了。”

“脚印是一根线，一头是放飞的我，而另一头是永远牵而不放手的母亲。”

我也当过兵，有着和他共同的经历和场面。读着他的文章，我身临其境，感同身受。我的眼睛湿润了……

在部队，他是将头，我是兵尾。他长我几岁，是我兄长。离开部队后，他先到了地方武装部，转业后成了人民公安。我先在工厂当工人，后去上学，毕业后当了记者。就这样我们各自在人生的道路上负重前行。多年后，微信再次拉近了我们之间的距离。

他邀我给他的《脚印》作序，我心里忐忑。且不论我的水平高低，怎么称呼他更贴切而不失礼呢？他说：“文从心至，不必拘泥于礼仪。”

我只好从命，欣然应允，文中就称他“老兄”吧。

当初，老兄的《脚印》初稿放在我的案头。只是初读，我便深深地理解了他出书的初衷和书名的含意：他是想通过书中的讲述，将他儿时的梦想、为梦想奋斗的激情岁月和历经的人间沧桑，如同他走过的路和留下的脚印，清晰地展现给他的亲人、朋友和读者。

下面，就从我所了解的老兄和他即将付梓的《脚印》一书说起吧。

这本集子，文笔凝重洗练，文风质朴平实，未着凿痕而构思精巧，记载平常经历却深含人生哲理。其文如行云流水，或声情并茂。其事皆亲身经历，有感而发。无论是叙事写景，还是抒情言事，皆洞察于细微处，品评于得失外，感念于万物间。

通过《脚印》一书，我们可以清晰地看到老兄的曲折人生和对岁月的眷恋。

老兄出生于河北省定兴县南柳村。20世纪50年代随父迁徙到内蒙古固阳县。他的父亲于1939年加入中国共产党。抗战时期，钻地道，入青纱，与日本鬼子周旋；写标语，撒传单，组织抗联，是村中抗日的“老骨气”。

他的父亲读过私塾，是当时村里少有的文化人，尤其擅长书法，其字有颜柳之风。每到春节，给乡亲们书写对联是他最得意的时候，联随人意、平仄对仗，现编现写。

老兄自幼受父亲影响，从小听着父亲惊心动魄的抗日故事成长，血管里流淌着父亲不屈不挠、爱国敬业的血液。老兄17岁当了村里的民兵连连长，19岁当兵，23岁入党提干，从军20多年，之后又从警20多年，一直辛勤工作，在部队多次立功，荣获多枚荣誉奖章。

老兄一生有三个爱好。

一是写作。在父亲潜移默化的影响下，他善于从生活中捕捉细节，加之丰富的人生阅历，得以厚积薄发，创作了40多万字的散文作品和20多万字的诗词歌赋作品，生动地记录了他所经历的社会发展和时代变迁，真实书写了自己走向社会的艰辛经历与心路历程。

二是根雕艺术。退休后时间充裕，老兄亲自上山采集原料，制作根雕。他在《根缘》一文中记录了寻找根料的艰辛：“但凡得闲，我便围着农牧人家的柴火垛打转转。左三圈，右三圈，如除夕夜里转旺火。每次搜得如意根料收进车里，便将酒或票子塞给主家。”

寻枯根瘤块，找七股八杈，依其形，雕其神，然后拼接、打磨、抛光、赋名，一堆烂木根，经他精心雕琢，立刻化腐朽为神奇。他说，根雕这东西，三分人造，七分天成，自然天趣，都是人间孤品。一眼看似，似又不是。五六分相似，难求如觅知己。且获至宝，借鬼斧神工，以达“天人合一”。现今，我的博古架上存有他的几件上品。

三是钓鱼。一提起钓鱼，他总是眉飞色舞，滔滔不绝。听他说钓鱼，可成书两册，一册论钓技，一册成诗文。他有40多年的钓龄，如今依然持杆不辍，风雨坚持。

少光同志是我的首长、老兄、朋友。

说他是首长，是因为我俩都在内蒙古骑兵独立一团一连当过兵。那时他是连队指导员，我是连队卫生员，他是首长，我是他的战士。

说他是老兄，不仅是因为他在年纪上长我几岁，还从我俩认识那天起，他就像我的兄长一样，不论是政治上还是生活上，对我处处关心照顾，替我着想。我在部队结婚时，找婚房，当司仪，伴娘家，他和他的夫人事无巨细，一力担当。

说到他的夫人，我深表敬意。他的夫人叫李赛瑛，个子不高，小巧玲珑，典型的瓜子脸，樱桃嘴，杏儿眼，不但长得漂亮，而且心眼好。他俩自幼相识，青梅竹马；24岁结婚，如影随形。她与人为善，勤俭持家，诚恳待人。只要丈夫喜欢的，她都支持；只要丈夫喜欢吃的，她就学着做。丈夫前半生戎马戍边，后半生投身公安，家在他的脑海中只能是个名词概念。而夫人一生的精力奉献于家庭，一双儿女和丈夫是她的全部和所爱。

说他是朋友，是因为我们有共同的爱好。我自诩半拉文字匠，我的《文坛拾零》他悉习在手；而他作为业余爱好，写出的40万字的散文和20万字的诗歌更让我仰慕不已。

物以类聚，人以群分，道不同而事不谋，事不谋而不相交。人格敬佩，是成为朋友的基础。言语投机、业余爱好是交友的条件。由此，我们成了真挚的朋友。

我作为他的战友、兄弟、朋友，对他的《脚印》出版致以由衷的祝贺，并预祝他的诗集早日问世。

有感而发，是为序。

二〇二〇年八月十八日于呼和浩特

目录

家恋

小景

思索

家恋

过去的事忘不了，眼前的事记不住，人到老年大概如此。

脚 印

锣鼓将息，鞭炮渐远。母亲还没睡。她说她在听窗外的雪。我也没睡着，眯缝着眼睛看母亲。母亲守着她那盏油灯做针线活，不时停了手里的活儿看向我。她想伸手抚摸我，却又把手缩回去。雪住了，我不知道，睁眼见屋里很亮。母亲在给小火炉添煤。我起身，想和母亲说会儿话。母亲抚我躺下，掖掖被，说：“天还早呢！”

雪扑扑簌簌地落了尺把厚。纸窗前屋檐下的灯笼还着着。雪野里，鸟飞绝，人踪灭，别无他色。太阳依时按候地爬上东梁，给万物一个斜长的影子。长影伏在雪地上，像是在水面上浮着。脚印没影子，脚印后边是母亲的身影。

那是五十年前的一场夜雪。夜雪扑打着正月十五时挂上的纸糊的灯笼。天大亮，母亲送我出柴门。她眼前是一串向前延伸的脚印，我身后是一个袖手的身影。

那晚，我当兵走了。

腊八粥

今晨，若在儿时，会有一个甜甜的声音入梦："起来哟，快起来喝腊八粥了！"刚刚还在梦里的我们便翻身跃起，弟弟穿错了哥哥的裤子，我错穿了姐姐的花袄袄，兄弟姊妹几个如巢中待哺的鸟儿，闻听母亲归来的声音，半睁半闭着眼睛，爬滚出被窝儿。大碗喷香的腊八粥腾腾冒着热气，在小炕桌上等着我们。

今天清晨，和之前好多个腊八的清晨一样，唤我起来的是另一个亲切的声音。闻听呼唤，我和孩子们未起身，便被粥香醉了。妻的腊八粥，在精选的黄米、江米里放了桃、杏、梨、葡等七色瓜干果脯，出锅后，又撒几匙蔗糖，满家的瓜果飘香，焉能不引逗得馋虫蠕蠕哟！

一家老小围坐一桌，品评着各自的偏好。一言一语，尽是香甜。忽听九月问我："爷爷，你说腊八粥是奶奶做得好吃，还是太奶做得好吃？"啊，孙儿真把爷爷问住了。二孙九月才四岁，竟提了如此一个难以一语道来的问题。

母亲的腊八粥，馋人的只是几颗大红枣儿，还有一两块枣儿般大小的因久藏而干硬的红糖。可那种醇香，越想越是道不来。这如孩儿回答客人问"亲爸爸，还是亲妈妈”的智力测试。我握着筷子，思谋了好一阵儿，得不出一个恰当的答案。我想说都好吃，却没说出。又想展开来分别述说，可还是觉得说不清、道不明。

四岁孙儿能读懂七十白发的爷爷的话吗？可我又不能不答，不答她会不依的。“好吧。”我说，“等吃完了奶奶的腊八粥，然后听爷爷说说太奶奶的腊八粥，好吗？”“好的，爷爷！”孙儿说。

爷爷说话是算数的，可我怎样才能准确且简单明了地回答四岁孙儿的话呢？

年　味

吃罢晚饭，天已大暗了。收拾了碗筷，一家人洗净手脸，跪倒在地，燃香敬表，磕过三头起身，将三炷香插于香炉里。香炉是蓝花瓷碗，盛满五谷，端端正正地放置在红躺柜上。五色彩纸精装细裱的帘幕贴靠在香炉对面的墙上。半开半掩的帘幕里，供奉着灶王爷神像。盆口大的白面枣山倚立在帘幕右边，左边是光点轻摇、忽而跳跳的红蜡烛。一支蜡烛立在柜上，一盏油灯放在灯台，一门一窗的小屋里香烟缭绕。灯笼挂在家门口、木窗前和院门外。纸糊的灯笼里放一盏棉线做捻儿的油碗儿，碗儿里添了炒菜炸糕用的菜籽油。灯笼照老窗，窗花红绿夺目，共春夏秋冬于一户。灯笼耀风门，门联左右大开，拥福禄安康于一家。家里炉火彤红，小茶壶儿在火炉边儿吱呀吟唱。砖茶的浓香喷出壶嘴儿，飘散在小屋里。苇席铺展在热炕上，一张小炕桌摆在炕中央。黄豆芽儿、猪耳朵丝儿、酸胡萝卜蔓菁条儿几小碟儿荤素占了半个桌面。瓷碗、竹筷、酒盅摆放齐整。当院里放几个双响的麻雷，拉一挂长鞭，安神了。

安神了，屋里屋外便不能吐痰泼水，做此便可保一年不生疮长疥。更不得大声喧闹，以免惊动冲撞了神鬼，惊动冲撞了则大不利。一家人恪守着祖宗传下来的规矩，满村人恪守着先人们传承下来的准则，三十晚上，言来语去，你来我往，温良恭俭让，举手投足悄没声息。一家，一户，一村庄，静穆、安乐、祥和。

年在城里，紧张且浮躁。在村里，则轻松、欢快，年夜神圣，年味袭人。

旺火映红五更天

后山老家过年，家家燃一堆旺火，把年气燃烧得冲天地旺。

年三十午后，男人一声吼，聚来三五邻居，场院里滚一只碌碡当院里立起，喊着“一二”，举一扇石磨放上边。没有碌碡的人家，用石块垒一高台，抓一把麦秸放在风口中央，一小捆劈柴立竖在麦秸上，几十斤大炭围着劈柴垒一座黑塔。整洁一新的院子里窗花烂漫、春联夺目、黑塔巍巍。

在全村人在一口锅里搅稀稠的岁月里，队长指派车倌赶马车拉一车石拐大炭，各家分了笼旺火。石拐炭易燃，见火就着，着了便敛作一团，不会塌散，是垒旺火的上好材料。旺火塌了是不吉祥的。谁家点燃的旺火忽地塌了，全家人四季里提着小心过生活，生怕弄出些是非灾难来。不是谁都能把旺火垒得了、砌得好的，门外汉、二把刀砌不了墙、上不得梁的，不敢轻易动手垒旺火。行家里手也只在年三十午后动手，早了怕被猫儿、狗儿和猫狗都嫌的娃娃撞倒。撞倒了心里便不是个滋味。对这些忌讳，长辈们深信不疑，我辈则半信半疑，儿辈们视为迷信而全然不信。可这迷信却源自一个有枝有叶的故事。说是雪里白袍征西的路上，遇一山寨久攻不下，损兵折将、屡战屡败而不得前行。原来那寨主是一只修炼成精、道行了得的大鹏雕。可这挂印的白袍也非凡夫俗子，他乃是下界斩妖除魔的白龙。但见那白袍披挂上阵，只三五回合便将那怪鸟的头颈砍作两段。那大鸟一个鹞子翻身调转来，只见那血淋淋的脖子上长出两颗头来。那白袍见了并不惊讶，抽出七星宝剑朝那大鸟扫将过去，两颗头双双滚落崖下。那大鸟又一个大鹏展翅，带着一阵腥风扑将过来。白袍定睛看，那血脖子上又生出四颗头来。四颗头被那血污染了，变成四颗伸长脖子无一片羽毛的斗鸡式的脑袋，八只绿眼闪着贼贼亮光。白袍见状更是精神抖擞，把一杆银枪舞得如神龙闹海，只将那大鸟刺得遍体鳞伤。就这般连斩了那大鸟八颗头，黑血飞溅得满山满野都是，草木沙石全变了本色。峰谷里满是腥风恶雾，沾了血的鸟兽死伤无数。这怪物原来是只九头鸟。九颗头颅被斩下八颗，自知死到临头，便抖动双翅惨叫一声，仓皇而去。

俗话说："奇闻怪事风传千里。"正在熬年的塞上百姓得知后，抱来柴草在当院点着，整个塞外火光冲天。凡妖魔鬼怪无不怕火避光。那大鸟见了冲天火光，只得飞往穷山恶水、人迹罕至处躲藏起来，喜庆的年节才未被晦气冲染，人们才避免了一场血光之灾。

真也，假也，老辈人这般说，我也就大概记得一二。

在家时逢着过年，发着旺火，我便点一支香烟，提一只灯笼，踩着田埂登上北梁的高处看旺火。东坡西洼，村前村后，烟火生处是农家，五更天里南北东西泛红霞。

而今想来，后山老家过大年，真好！

过年好

腊八刚过，一场雪花飘来，大也，小也，都是丰年的兆头。于是，年味十足的后山人，心里平添了几分喜气。小年一大早，每家点两张黄表、三炷高香，默祷着“上天言好事，回宫降吉祥”，便送灶王爷升天述职去。之后，一家人言行举止不再拿捏，过年的准备更加紧锣密鼓。男人们清理猪羊圈舍，规整粪堆、草垛，打扫院里院外。女人们缝连拆洗的营生已毕，赶忙着蒸馒头、炸油糕、炸麻花，把牛羊、猪肉、萝卜、酸菜切碎，握成蛋蛋后冻起来，以备方便。换窗纸、贴窗花的细活儿自然是闺女媳妇的事。姑嫂们把万紫千红铺个满炕，做个草样，再行挑拣，调来换去，不惜用去整天半晌的时间，托着腮儿，搓捻着辫梢儿，喜眉笑眼地拍了板：杏花粉，菊花黄，小桃红旁垂丝柳；金鲤跳，丹凤翔，燕子斜飞啄春泥。月影桥畔，一对水夫妻泛涟漪，油菜花间，两只蝴蝶弄芬芳。梅兰竹菊山野斗艳，瓜果梨桃田园溢香。骏马驰奔塞北，翠鸟歌唱江南。一格格窗棂一盆盆景，半扇扇窗户万顷顷田。贴好，跑出去看看，东西南北尽收眼底；再回来瞧瞧，春夏秋冬都在家中。待三十晚上被屋檐下的灯笼照了，那个美，不是后山人，说给你也不信。

掌灯时分，一家老小净手焚香。天地爷一炉，灶王爷一炉，老祖宗一炉，磕头拜罢起身来，屋里地上再不可滴洒一滴水，为了来年不生疮害病。也不能高声言语，恐惊了诸位神灵。娃娃们换上新袄新裤，衣兜里装了零钱、散炮、糖蛋蛋，摇晃着点着的香，提个小灯找小伙伴去。同辈的男人，同龄的女人，约了三三两两地做伴儿跑大年。小炕桌上一瓶老酒、两盒纸烟、几碟荤素，七八双筷子摆放停当，老人一边一个盘腿坐了，便听得院里有了脚步声，不用问也知道来者何人。来人进得门来报拳问声“过年好”，便上炕接过递来的酒杯，也不客气，一仰脖喝下去。回手来把老辈的杯添满、烟点着，慢语轻声地叨啦起今年的收成和来年的光景。正说着话，又听得院里有了沙沙的脚步。亲来邻往，一夜如此。待到五更天，各回各家，把旺火烧得冲天亮，一家人围着正转三遭，倒转三遭，烤烤前胸，烘烘后背，一年通顺，无病无灾。

渐渐地，远近爆竹零星，星光也悄悄淡了。想来有趣，整夜里不听见一声鸡叫，莫不是昴日星官奉诏上了天庭，好让忙活了四季的人们淡化了时间，颠倒了昼夜，踏踏实实地歇歇，为了来年的憧憬？

有些年了，没给村里父老拜个年，今年我跟着儿时的伙伴一家一家地挨着走。村口、路上、院里、家中，所到之处，不论老少，迎面一声“过年好”，平平和和的，喜气洋洋的，个个儿都似桃花源里人。

回家过年的感觉真好！

乡雪悄悄

小雪那天，我在后山老家。一觉醒来，天已大亮。天亮前上北梁给日出拍照的计划怕又是搁浅了，我急匆匆披衣下炕，趿拉着鞋去推门。门开了，但见一个银白世界。小雪时节逢小雪，真是天遂人愿、依时按候，分外难得，且又是“随风潜入夜”，真应了曲子里唱的，塞北的雪是“春雨的亲姐妹”。姐妹们都喜欢随风潜入人间夜，总把惊喜报天明。而这般一个连天接地的大场景，不惊天、不动地、不扰民，悄无声息。这般场景若是风、若是雨，定会萧萧瑟瑟、呼呼啦啦，弄出好大动静来，可雪不。我倚着门框看她们，先来的悄悄地下榻在乡野、屋宇、枝头、鸟巢、草垛上，后来的飘飘忽忽、寻寻觅觅，是为姗姗来迟没有了落脚地而迷茫，还是为舞兴不尽、情致未了而不肯着陆？我全神贯注，用“三点一线”的基础射击原理瞄准一朵，可她腾挪翻转，不见了。再盯上一朵，瞬间又不见了。多次努力，多次徒劳，我怨自己笨，却又不服输，又复做多次，也没能看清任意一朵怎个落地，却有了一个大的发现：无数朵雪花自天宇而来，一路翩翩，你有你的路，我有我的道，相互没有星星点点的磕碰和摩擦，彼此都能保留完美的身躯。我思谋这朵朵雪花莫不是有神有魂的精灵不成。我试图捕捉几个看个究竟，但伸出手去只获得了一把清凉。这又让我明白，雪花们竟都是不肯任人沾染的贞烈性子。

雪花们舞意正欢，从遥遥天路而来，看她们却没有一丝儿的疲意。回来那天天还朗朗的，中午倒头便睡，疲劳消了，睡意也没了，睁眼却在一个银白世界。那边有雪吗？小区、街道、公园、假山，还有城外的田园，也如我后山老家的房前屋后、梁梁洼洼，满眼洁白吗？也如我眼前这般飘雪吗？孙儿最爱唱《塞北的雪》，她还没见过这样大的雪，还没回过老家，带她回来该多好啊！带孙儿回来，唱着那支曲儿，敞开家门，倚着门框，看乡雪悄悄飘、翩翩舞，酒醉琼浆能比我情醉雪乡吗？

九　曲

不待夕阳收尽，窗前灯笼已经点燃，街灯也绚烂起来。妻和孩子们去看“九曲”。“九曲”场地在近郊一个村子里。刚进村已是礼花漫天，锣鼓震耳，序幕开了。我因警务工作忙，不能与妻儿同乐，收队时才见一地炮屑和零星灯盏。妻儿身影隐没在灯火阑珊的街巷中，或是在归去的人流里。而后套的“九曲”影影绰绰，收在我举高盲拍的手机里。

这让我记起我们后山的“九曲”。那年我十五岁。正月十五前几天，人们暂歇了锣鼓，开始忙着“栽灯灯”。男人们由几位老者指点着在海子滩上栽灯杆，将九百九十九根五尺高、蛋丸粗的木杆培土后浇水冻立起来，成九曲十八弯。杆距可供单人通过，行距能够两三人并列行走。女人们忙着糊灯灯。她们剪取五彩纸，糊裱在碗口大小、七八分厚，杨、柳、桦锯成的木陀陀上，胡萝卜切段、挖坑，倒菜籽油，搓棉花做稔，一盏筒灯即完工。各家依人口从队里领取八九十个木陀陀，糊作红、黄、粉、绿、蓝五彩筒灯。正月十五黄昏后，一家人一手一盏彩灯，端着、举着、相跟着去海滩九曲阵里，将木杆顶端插入灯盘底孔。不大一阵儿，枯海子化作了一片灯海，灯海斑斓，与星海相映。村民们引领着专程赶来已小住了几天的姑舅两姨和上门拜年的新媳妇、新女婿在灯海里转“九曲”。“九曲”灯海是一个精心布设的迷宫，切不可穿街过巷，需要严守规则，沿路慎行，方可顺利到达“九曲”中心。中心矗立一柱，名曰“老杆”，杆高三四丈。一盏马蹄灯悬挂杆顶，灿烂若北极星。杆下端五六尺涂抹了油脂。求子心切的小媳妇挤挤擦擦，巴不得粘一怀油脂，带一身喜气回去。如此这般，是因“抱老杆养小子”之传说。后山多光棍，不见一剩女，莫非因此？

说是元宵夜“九曲”灯海里，有结伴的美女和独行的佳人，装束奇特，打扮袭人，切不可与其主动搭话，也不可被动套近乎，说不准是打深山乘风而来的狐家女子，也可能是从老林幽谷作法而至的洞里妖仙。可光棍汉们毫不畏惧，哪怕她是妖是仙。许仙敢娶一条白蛇做妻，我光棍一条找个狐仙做老婆，岂不是大喜一桩？总比“马温财娶老婆”好了百倍，不再是梦里花烛夜，醒来空欢喜。

“栽九曲”始于哪朝哪代已不得而知，只知是大青山后村民们大年过后的一大盛事。而今，几代相传的锣鼓家什、彩车旱船没了去向，懂“九曲”的人也没了。大正月里，外出打工的村里人，你来了，他走了，村里空空荡荡，十五一过，甚至凑不齐两桌麻将来。

说来也怪，每逢正月十五，我都会不由得想起村前海子里的“九曲”灯灯。

家之恋

暴雨数日不停，巨马河决堤。我家就在河堤下。飞机来投掷食品，大船救走了灾民。家还泡在汪洋里。水退了，满目泥泞，难寻归去路。后来，为避洪灾，父母咬牙跺脚来塞上安了家，坯墙泥顶，安门、安窗、盘炕，建立了一个新家，把个老家丢在冀中平原。我不明白，说是搬家，家没搬来，随父母来的是哥弟姐妹和锅碗瓢盆。在我心里，家就是一个巢，我是一只鸟，天亮了飞出去，黑了飞回来。那年我八岁。

我去县城读中学，初离家门八十里，遥若天涯。梦里都在回家路上，天亮了仍在跋涉，醒来还在大通铺上。那时候想家，家是房子、院子和里边的亲人。

十九岁远离家门进了军营，两年后有了探家的待遇。几年后，我又有了一个家，成家后可一年探家一次。村中邻里，村外田野，牵着家门和校门的那条小路，都进了“我的家”里。

几年后的那个二人新家，一眼土窑，一盘土炕，两床被褥，就在那个小院里，紧挨着那间我长大的小屋。至此，我有了三个家，一个在冀中，两个在塞上。后来的新家又搬来河套。而今是一家，三代六口人同住一层楼。

女儿有了婆家，儿子有了孩子，有楼房不去住，还在一个锅里搅稀稠。和好多爷爷一样，我吃儿剩下的饭，穿儿替下的衣，趴下是孙儿的马，站立是孙儿的梯。优哉游哉，家里平添了新的乐趣。

退休，我成了闲散之人。年年我都要回几次后山老家，每次都在清明时候。父亲母亲先后走了。哥弟姐妹都有了各自的家，孩子们也都有了家。而今院里，人去屋空。喜鹊们不知何处去，留得老榆树梢头的一座巢。老榆树如一尊铁塔，和那老屋一起，风来听风唱，雨来和雨歌。

村里人也快走光了，少时十几人，多不过三十人，最多在清明时节、春节前后。平日里凑不齐一桌人打麻将，晨不闻鸡啼，夜不闻犬吠，仅此而已。可我总爱回去住住，四处走走。大半生里的许多事都淡淡地去了，唯有对 家的爱恋日积月累，越来越浓稠。

苦与甜

苦是味，甜是味，都是人生滋味，想来真叫人醉。故里风贱雨贵，举头看老天，风来云退，双眼望穿心憔悴。一村老小焚香摆供双膝跪。可叹龙王不怜农家苦，求神拜佛终白费。禾枯焦，心在燃烧，问儿孙，可知这般苦，啥滋味？黄连苦能败火，蛇胆苦可明目。缺衣少食的愁苦，苦痛了几代又几辈。听说过无粮面吗？就是把秸秆粉碎，咽不下去，咽下去又拉不出，只吃得头脸浮肿，伤了肝胆和脾胃。听说过倒分红吗？即多劳多欠，谁淌的汗多，谁欠的债多。苦怎说，累怎说？苦了累了，反倒欠了，父辈们不知受了多少罪。盼来了秋天，漫梁漫洼，红眼沙蓬铺满地。一身汗，汗和泥，拔一天麦子挣几个工分，打两把血泡，收工路上还得背抱黄柴枯草，挺着肚子弓着背。牛受苦，马受累，牛马也不及爹娘苦和累，牛马上槽有人喂，可爹娘地里回来，鸡飞天，猪拱地，担水、抱柴、生火、做饭，一堆杂务谁能替？鸡得喂，猪得喂。猪鸡是银行，哪里敢得罪？猪杀了，肉卖了，只留得头蹄下水。鸡蛋不舍得吃，换点儿钱，好给儿女交学费。

盼过年，年来了又能长一岁，又能尝尝肉是啥滋味。女大了，远嫁了，

“一工二干三军人，死也不嫁庄户人”。儿大了，愁得二老难入睡。或换亲，或入赘，谁家的闺女白送人，没银子说啥也白费。

老话说：“养儿方知父母恩。”敢问而今生儿育女的儿女们，老话是错还是对？试问，你吃过父母的多少苦，受过多少双亲的罪？你可为衣食犯过愁？你可因银钱受过罪？你求学，可曾真的吃过十年寒苦？你成家，可曾思前想后如父辈？下班回来，可曾为娘搭把手？逢年过节，可曾想让老人歇歇脚？平日里，可曾抽空给他们捶捶背？

人到晚年，才读懂了父母，那般的苦，那般的累，人“入土”了，才“为安”了。阴错阳差，父母好可怜，没能赶上如今的好社会。

家　路

西北门外，一条大路朝南北。南进鹿城，垂垂而下，会合于市里大街小巷。北去山里，接通了山里山外人家。山中少见林木，不闻水声。若逢岚气升腾，重峦叠嶂，似水中礁岛。路就在其中翻卷腾挪，如神龙腾云驾雾，不见首尾。后山人将此山路叫石砬崖大坝。临近坝顶，更是坡陡弯急，过去于此落崖而车毁人亡的事件时有发生。于是，后山农民牧人骑马赶车下包头，宁愿绕石拐多行数十里，也不肯往返于坝上。这便有了“走包头绕石拐”的谚语留传至今。从绝顶处眺望出山北去的路，三段两截，如惊马飞车崩断的绳套，被丢弃在坡顶梁腰农田边。待到一座城池脚下，路忽然分作两条，一条打城西沿农田菜畦直奔塞北边城白云鄂博，另一条进城成了街。街有新旧，分作南北。南街宽阔，可依然起伏，行驶的车子上去又下来，令人联想起莆街苇巷里被风浪鼓动的小船。下坡是旧街。夜里立于旧街看新街，街灯点亮在星河里，一时辨不清哪是街巷的灯，哪是楼窗的灯，哪是天宇的星。若在新街望旧街，眼下是一片星海、一段银河。

旧街平展却显瘦，砖墙瓦院倚了瘦街铺排开去。深巷子、窄胡同朝着瘦街伸展过来，疏通了半城人气。旧街虽有楼宇鹤立，但比新城少了许多钢铁气息和水泥味道。

固阳县府在此。乌兰察布盟府曾在此。我的母校包头第十中学也曾在此。

路出北门转向东北。行不多远，见阿塔山下一条沙河横卧东西，河的南岸是一块七八里长的带状农田。起伏的梁脚劈出一条路，贴着农田坦坦东去。带田里蓝花胡麻、黄花菜籽儿、白花紫花的山药田垄把小麦、莜麦、葵花、玉米地块间隔开来，锦花翠叶的秀美里更显了层叠错落的田园风光。我曾几次跟着节令赶来，缓了车子，开了车窗，便有田香跟着风儿进来，心就渐渐地醉了。此醉大不同于酒醉，酒醉里有醉生梦死味，醉以田香，只觉得若仙若神般逍遥。悠悠间忽见田边、水畔、树影下，棚帐阳伞花红柳绿，或聚或散。这是城里人携妻儿邀师友或约了恋人偷闲出来，扎帐埋锅，铺席摆放了冰啤老酒、蔬果熟食，将羊肉、鸡翅、火腿、尖椒、鲜鱼串儿架于烤炉上，满野田香里便有了撩人的美味，直馋得路人停车驻足好一阵不肯远去，去了的仍要一步儿回头。

农田尽头，有个叫二相公窑子的小山村，听名该是个有些年头的村落。路在村口再分作两条，一条绕村后进山去了武川；一条过河去，途经河塄、席麻塔、前岔沁、后岔沁、前公中、后公中、兴盛公、小营盘到达白灵淖。至此大路掉头往东，一条小径进村去。村西一里又一村，一道土梁拢于村后，一片季海护在村前。村后小庙里供奉着关帝、观音、龙王、山神、土地。百步开外，一处小院正对着庙宇。小院两位老人脚前脚后地走了，儿女们如羽翼丰满的鸟儿，飞往他乡另搭新巢去了。唯有院里几棵老榆树和榆树杈上的喜鹊窝不离不弃，雨来听雨唱，风来伴风歌。

抬脚走出小院去外村上小学那年我八岁。之后进县城读中学、从军、从警，步步远离了家门，且一走便是半个百年。其间，在回家路上不知行走了多少个来回，路上有我多少个“难以忘怀”。

回家寻学费、背干粮，身上搜不出七毛车票钱。与同村学友结伴步行，不知天黑能不能赶回八十里外的家，找不着也不敢走近路。

我俩同龄，那年十四岁。五点起身出了城，阳婆婆还没起身。俩人说好沿公路数着里程碑，跑一个、走一个谁也不能反悔。跑到二相公窑子村口大娘家，吃了一碗开水拌炒面——炒面是好友叶英的。我俩洗净碗筷正要辞别，老人一句话真羞死了两个白面小书生："留几毛打尖钱吧，我孤苦一人……"

旧说"男人十五夺父子"。两个十四岁的男人竟掏不出分文打尖的钱。怀着满腹羞愧和十分歉意辞别了老人，趟水过河跑到兴圣公梁上，阳婆婆当头，却觉得汗透的衣裳透心凉。蹲下喘口气，起身瞭一眼，家在西北方五六里远处。

山洪阻断归队的路，一车同路人借宿路边村里。我的房东炒鸡蛋、烙油饼待我，将萍水相逢的路客当姑舅相待。次日别时，房东执意不收粮票和钱。我可是穿了四个兜兜军装的军人。眼前是亲人般的执意，心里是铁一般的纪律，怎么办？最终两难的我违反了军纪，顺从了盛情。

当年的打尖钱，老人张开口要了，我们却给不了，因为没有。粮票饭费几次塞给房东，又几次被推过来，仅仅是因为有了？还是因为什么？

去年清明前，不顾家人劝阻，我驾"125"单骑上了回家路。风带春寒迎面来，心里总觉暖暖的。一路上快一阵、慢一阵，走走停停。停下来寻寻觅觅，点支烟坐下来思谋着，多少回看惯了的情景又来了眼前：路边的村子，村口的水井，担水的后生，抱柴生火做饭的姑嫂，向阳弯儿里说古论今的老人，尘土狼烟里厮闹的娃娃，手搭凉棚瞭远的姑娘，唱晴的公鸡，夸蛋的母鸡，袅袅炊烟，汪汪犬声，牧归的牛羊，边赶着马车边唱山曲儿的车倌，还有东一梁菜籽花儿金灿灿地黄，西一坡荞麦花儿粉突突地白……

在回家路上走走好心宽。路如情丝，牵着两个家，一个在后套，一个在后山。

秋 思

立秋那天，即传来秋声秋曲。随之，秋风秋雨之诗，秋田秋野之画，秋思秋恋之歌，紧随着秋的脚印，走进秋深处。微信田园里，秋趣秋香装不下，更还有秋山秋水秋文章。

第一次读秋，还是小儿郎。亮着嗓门，跟着老师读：“秋天来了，天气凉了，一群大雁往南飞。一会儿排成个人字，一会儿排成个一字。”当晚梦里，我变作一只南飞雁，在秋之天空，在雁的行列，变换着队形飞。

第二次读秋，是林语堂的《秋天的况味》。文章收在2010年版的《最美的散文》里。30篇力作，是胡适、朱自清、郁达夫、郭沫若、老舍、叶圣陶、巴金、茅盾等大师的文章。这里摘一段林先生的文字：“我于秋是有偏爱的，所以不妨说说。秋是代表成熟的。对于春天之明媚娇艳，夏日的茂密浓深，都是过来人，不足为奇了。所以其色淡，叶多黄，有古色苍茏之概，不单以葱翠争荣了。这是我所谓秋天的意味。”

林先生之秋，是借古色而品其味。他援引了庄子的话：“正得秋而万宝成。”还借用了邓肯的一段话：“世人只会吟咏春天于恋爱，真无道理。须知秋天的景色，更华丽，更灰奇，而秋天的快乐有万倍的雄壮，惊天的宏大的赠赐。”秋在他的眼里，别是一番滋味。

更多地读秋天，是在古人诗词里，是在王维的《山居秋暝》、杜牧的《秋夕》、王昌龄的《采莲曲》、韦应物的《咏露珠》、刘禹锡的《秋词》、白居易的《赠江客》、李白的《玉阶怨》《峨眉山月歌》、苏轼的《澄迈驿通潮阁》、陆游的《秋思》里。我不敢妄议“诗仙”“词圣”笔下之秋，只觉得古人心里多秋怨，都来借秋说心声。

听听毛主席的秋歌：“萧瑟秋风今又是，换了人间。”其大气磅礴、声震寰宇之情势，怕是前无古人、后无来者。

让我最动情的是这句民言：“秋风凉，想亲娘，亲娘给我缝衣裳。”我十四岁离家求学，十九岁离家当兵，一夜一场梦，一周一家书。梦中常在娘的怀里，家书更多在秋天。

“妈在哪里，家就在哪里。”这话出自一个打工者的歌词。多少年来，每逢秋临近，心底便泛起乡愁，想念起故乡的秋，思念起那一行行南飞的雁。

秋阳如火

酷暑难耐非仲夏，火烧火燎是初秋。后山人害怕“秋老虎”。开镰时节，秋阳如火，人被燎烤得口鼻生烟。麦穗被烤熟了，根被烤枯了。后山的麦子不宜镰割，一镰下去，总有些麦秆被连根拔起。倒是拨比割更顺手、更快。小拇指戴一只单指套套，人圪蹴着，双手前后抓握麦秆的同时，双臂分别朝后拉扯，腿脚向前挪动。谚语说：“后山人拔麦子二鬼抽筋。”女人一揽四五垄，男人五六垄，唰啦啦地向前推进。远瞭一片黄尘，近前不闻人语，只听得麦秆摩擦断折声。烈日当空，听队长发一声喊：“收工哇！”才见黄尘渐去。人们或双膝跪地，揉肩捶背，或努力撑起身来甩背弯腰，或干脆一个大躺，仰面朝天，手脚机械地举起来又放下去，似一只挣扎着翻身的蛤蟆。从地里出来，夹儿把枯草，你我相视，个个蓬头垢面，难辨男女。三五相跟着，朝着村子，不言不语地走。

“拉住子，跟上妈妈回家家来——”“回来啦——”两个声音一接一和打远处传来，闷闷的，如人落涸井的求救声。那声音传过北梁，沿着起伏弯转的沙路进了村口。喊“拉住子”的女人在前，怀里是个裹着蓝底儿红花的小夹被，头顶一块红市布方巾，露着一双红缎子鞋的娃娃。听微弱的啼哭，是个过了“百岁”的婴儿。一位老娘娘晃动着瘦弱的身子，拖一把枳笈扫帚。扫地沙沙声响，起一股黄尘。黄尘似曲身贴地的苍龙。天上烈日高悬，地上文风儿没有。平日里喜欢张扬的那只红冠子公鸡，躲进墙脚的阴凉里睡去了。路边，一只带仔儿的母鸡走几步停下来，尖嘴大张着，翅膀张开着，收拢着两伙毛团团。它羽无光泽，冠无血色，与那只冠若火炬、翔羽光鲜的公鸡明显不同。村口一棵老榆树杈儿上住着一家喜鹊。枯枝搭建的窝巢有一米来高，恰到好处地矗立在三枝老杈的肩上，如疏林古塔，或隐或现。喜鹊一家也是村中老户。每逢年节、婚宴喜事和亲朋进村来，喜鹊夫妻携儿女们，从这家枝头起来，到那家檐头落下，叽叽喳喳，又说又唱，比自家男婚女嫁、亲朋上门还欢喜。可这晌午，闷热难耐，喜鹊夫妇隐在梢头叶影里，干瞪着两眼，瞭拔麦子的邻里们从村口进来。忽听身后有人声，喜鹊夫妇跳转身来，见是当村大院里的婆媳。喜鹊一家很少光临这家大院，大院里常是些高兴不起来的事情。怀抱婴儿的女人生过一女三男，个个白白胖胖的，可周岁生日没过，都一觉睡去，不再醒来。

拔麦子的人们见婆媳俩走近来，便都停了脚步，不作声儿地让过去。“第几个了？”“怀里的是老五。”两个女人耳语道。

“拉住子，跟上妈妈回家家来——”“回来啦——”声儿颤巍巍的，拐个弯儿，进了大院，渐慢渐弱，去了更古的时候。

儿时盼黄风

有台小戏叫《打金钱》，戏文唱道：“提起老天老天他不亲，提起老天老天最恼人。轻风细雨他不给咱们下，每天那个起来刮怪风。”

后山的春天大概如此。清明不见青，谷雨不见雨。仨月六节百十来天黄风不断，刮得个飞沙走石，路断人行，天昏地暗。白日里点灯，灯苗儿昏昏如豆，闪闪欲熄。

二十世纪，此番情景绝非悬说，也非鲜见。逢此光景，大人们脸面上便挂了霜雪一般，预示着又一个大旱年就在跟前。父母们闻风丧胆，肝肠寸断，娃娃们却因风得福，更来了精神。放学铃响，老师嘱咐：“手拉手相跟上，别跑丢了！”老师是县城里来的，她不懂乡下的男女生是拉不成手的。可大风狂野，谁又敢独自行走，只得一个拉着一个的后衣襟，低着头，弯着腰，一路上走三步、退两步，呜哇乱叫，你推我、我拽他，一倒一串儿。书包、袖筒、领口、衣兜、鞋袜帽子、头发、耳鼻、嘴巴、眼窝窝里的沙土和起来能捏个泥娃娃。狂风过后，大路上没有一个上学放学的娃娃，都在漫梁漫凹地捡铜子儿、铜帽儿（子弹壳）、铁马掌、废犁铧。几天下来能捡半帽壳，卖给门市部，能买几块橡皮、几支铅笔和几本作业本，是一笔不小的收入呢！还有种奇形怪状的小铁刀，大人们说是古人的钱。可它们锈蚀得掉渣渣，门市部不收，娃娃们玩耍也谁都不要它们，低头见是它，或捡起来扔远了，或踢一脚走开了。而今才知它们是值些银两的古刀币。

孩儿不知爹娘的苦，盼刮黄风拾小钱。老来思谋，似梦里吃了一串糖葫芦，酸甜都在心里头。

风的问题

圣人曰：“六十耳顺，七十而知天命。”耳顺则忘忧，心田则恬静。然而，丢东忘西的毛病跟着来了，天命之年更是骑着毛驴寻毛驴。唉，好一个忘字讨嫌！可又为甚“过去的时光难忘怀”呢？闻鸡鸣犬吠，便记起儿时朝夕。暮年追寻童年梦，睁眼闭眼是昨天，真个是老了不成？七八岁时，母亲闲来爱说刘全敬瓜、王祥卧鱼、牛郎织女那些事。父亲是读过私塾的人，总爱把《三字经》《百家姓》《弟子规》《民贤集》《二十四节气歌》背诵给我们听。那时觉得母亲的故事比父亲的背诵更让我爱听。我问过弟弟，他说也是。父亲逼着我背的那些诗歌，也还是记得的。我背得一字不错的是《二十四节气歌》：

春雨惊春清谷天，
夏满芒夏暑相连。
秋处露秋寒霜降，
冬雪雪冬小大寒。

我喜欢这首诗歌，还去春夏秋冬里对号入座。

后来听说作歌的人是周恩来，对这歌更添了肃然的情感。发现雨、雪、寒、暑乃是四季的精、气、神。你看，春有雨水、谷雨，夏有小暑、大暑，秋有白露、寒露，冬有小雪、大雪、小寒、大寒。可见，春是雨的天地，夏是暑的家园，秋是露的世界，冬是寒的王国。可为什么没有风呢？一年四季十二月二十四节气三百六十五个日夜，耳畔何时无风声？我追问过父亲，父亲笑而未答。而今，我已是当年父亲的年龄了，还在思谋：古人为何把雨、雪、霜、露、寒、暑等自然现象及其规律作为节气归之四季，而不把更为常见的自然现象——风，纳入四季的节气里呢？

去年老秋时，朋友约我钓天池。天池在乌拉山里，山路颠颠，骑车缓行。见路旁樱桃花谢，蓬蓬一株，蔟蔟几丛，老绿如墨。山柏多三五而伴，立于山腰。桦树在山顶背阴处，乳白的腰身上睁几只大眼，怪怪的。远见一棵山榆临水而立，榆冠婆娑，阴若伞影，正是修筑钓台佳地。理罢钩、漂、线、坠，落座抛耳做窝，扬竿试钓，窝里悄悄，鱼漂静静，不见鱼花。几支香烟飘然去，一片鱼鳞不上来。不怕你狡鲤猾鲢不上钩，笠翁我静心稳坐钓鱼台。正想着，忽有小风吹来，水面涟涟，心绪漪漪，鱼漂异讯不断，频频扬竿中鱼。榆影里又有轻风拂面，时不时有林鸟联唱、石鸡互啼，手起竿扬，更觉得山清水秀。徐风相伴，好不惬意！钓友三番催促休竿用餐，我正要起身，忽见鱼漂猛地抬头，又一个下沉，惊得我急忙双手扬竿。只听渔线嗡嗡作响，水中旋涡翻卷，那家伙却不肯露头。钓友见状，知是有一番较量，连声嘱我别慌。我心想，江湖游走三十年，岂是小猫钓鱼手艺？任你腾挪翻卷，奈何我不急不躁。几分钟，一刻钟，半个钟头，水中之物似力尽的拳击者，被动出招而无力还手。鹿死谁手，天知地知我知也！它终于浮出水面，向我缓缓靠过来。钓友将抄网轻轻入水，一副十足把握的神态。眼见胜券在手，就听得风声漫天，大有山雨欲来之势。那家伙见此，又来了精神，一个猛子逃了，还带着一组钩、漂、线、坠。

“都怨这风啊！”钓友说。

“风平浪静不行，风大浪急也不行，轻风习习才好。”我说。

祈　雨

一百年来，有过几次连天阴雨，村前的海子知道；五十年来，遭过多少饥荒，村里人知道；三十年来，走了几十户，守着的七八户。村里庭院萧萧，地里禾草瑟瑟，为什么？走了的和守着的都知道。为了活命，为了讨点儿雨水，给村后庙里贡献过几只羊，龙王爷爷也知道。

北高南低，地下的水朝南流走了；南涝北旱，天上的雨都落在大海一带了。江南也怨，塞北也怨，怨气都冲向龙王爷。龙王何尝无怨气？怨归怨，祈雨还得求龙王。

祈雨有程式，处处加小心。心里如汤煮，禾苗半枯焦，祈雨的事成了村里天大的事情。屈原忧国作《天问》，饥民无奈才问天。没有争论，全村人破天荒成了一条心。只听得一通锣鼓响，村里行走出一队人来。打头的是位备受尊崇的老者，紧跟着的是位端着一条盘供品的精干青年，身后一人牵一只绵羊，再后面一壮汉担一担井水。男女老少紧随其后，表情凝重。再往后便是滚滚扬尘了。祈雨的人群绕过湾到村后，继续沿小路爬坡朝北梁庙宇缓缓而行。锣也沉沉，鼓也沉沉，老远便向庙里神灵们倾诉着村人的可怜。庙梁上有处小庙群。矮窄的庙台上，供着关公、观音和龙王的金身。土地、山神没有塑像，只有一个锅台大小的龛。到了庙上，领头的老者跪于台下，给龙王摆供焚香后说些乞求的好话，磕罢三个响头，起身来再深深揖拜。观音菩萨、土地、山神、关老爷庙里龛外也都摆了供品，焚了香火。之后，一桶清凉井水浇在羊的身上。羊即刻摇头摆尾，浑身抖擞，即为“领神”，即神已应允了人们的乞求。人群中即刻发出一阵欢呼，然后敲锣打鼓，牵着羊回村去了。羊牵回来后被宰杀，供人们吃个精光。“三天之内肯定有雨！”全村人传递着同一句话，叫作“接口气”。当天无雨，次日便有好多人梦见雨下个不停，只下得村前的海子里扑沿沿得都是水。之后接连数天滴雨不见，全村又回荡着另一句话：

“有钱难买五月旱，六月连阴吃饱饭。”

家在古城边

村南二里有个老营盘，其东有小营盘，东南是个新营盘。旧时，大户人家立火盘，以供工匠饮食。牧人筑畜盘，以圈养牛羊。营盘，军营也，乃屯兵设防之处所。三座古营，势呈三角，互为依托，合安营扎寨之兵法。如今刀光不兴，鼓角不闻，营盘已成村落，安居着数十户庄户人家。狼烟已化作尘烟悄然逝去，朝夕炊烟化作云烟飘然四野。营盘筑于何朝，毁于哪代，谁人率兵马驻扎，又有怎个惨烈战事，不曾考证，不知端的。

怀朔古城在村西。最早见其残存的遗迹，是小时候随村人锄禾时。那里有村人刘大良几顷耕地，合作社改建人民公社时，划给了怀朔古城附近的城圐圙村。我最早得知怀朔镇的概况始见于父亲的《康熙字典》，后来渐得史料，获知北魏建六镇，史称北镇或六镇。自东而西为怀荒、柔玄、抚冥、武川、怀朔、沃野，用以御外安内、拱卫京都。六镇起义时期北魏将领贺拔度拔率领三子贺拔允、贺拔胜、贺拔岳救援怀朔镇，败于义军将领卫可孤，贺父子被擒。六镇起义被镇压后，边民内迁，怀朔镇渐为荒城，只留得残垣断壁、瓦砾砖头和传说故事。

村东北数里地方，也有一片古城遗迹，旁有一村落，名曰大城西。我村名大西淖，西为小西淖村，东为白灵淖村。三村散落在山水间，被几座古城环绕、保护着。

二 哥

远处两挂牛车“吱嘎吱嘎”地行走在雪野里。车是过去的木制款型，一截圆木做车轴，两个木饼做轱辘，托举着木板车厢。车厢外侧底部挂着一只润滑轴箭的油葫芦，葫芦里插一支润油用的鸡翎。雪小了些许。牛背上斑驳的冰雪遮盖了它的毛色。拉车的老牛三步两步一喘气，气如两支斜插的象牙。牛头上满是气霜，下唇悬挂着一排手指般的冰锥。

两个车倌裹一身羊皮衣裤，狐狸皮帽耳耷拉着。前一辆牛车的车倌时不时打一个响鞭，吆喝几声。老牛却不理不睬，依旧慢条斯理地迈它的步子。后面的车倌可着嗓门一路不停地吼着山曲，但只有“哥哥”“妹妹”能听清楚，听不清也听不懂其余的词句。 太阳被云埋了，田土被雪盖了，天地如洪荒初开时。

牛车进村时，弄不清是几更天。村里一样是雪世界。院子深处黑乎乎几块该是房的门窗。家家老少站在院门外，朝着过来的牛车指指点点，接着便悄无声息地跟在牛车后边。前面的车拐进一个没有大门的院子里。后边的牛车也进了旁边的院子，院子也没门，院子里满地都是冻得硬硬的牛粪块儿和马粪蛋儿。一群娃娃呼着喊着追逐嬉闹，捡起沾满雪的冻粪蛋儿互相对打。

牛车停在当院，车上的人从蒙着的花被里伸出头来，抖落了被上的积雪，跳下牛车后又顶着花被进了屋。牛车接来的是千里之外冀中平原的两户人家。牛车上跳下个小男孩，没进屋去，站在屋檐下转动脖颈、眨巴着眼睛看那群用冻粪蛋开仗的娃娃，两眼不时地闪动着惊诧的光。他好生不解：牛马的粪便怎么可以用手抓呢？为什么扎双辫的娃娃总是被扎单辫的娃娃追上去推倒在地，脖领里被生生塞进个粪蛋而满地打滚儿的却不怒不恼呢？为什么那几个后脑勺吊着一根儿猪尾巴似的小辫的娃娃，手、脸、脖子都一般黑，而双辫娃娃的手、脸、脖子却白白净净的呢？小男孩被眼前的情景惊呆了。

挤满屋的人们，对语言、穿戴、打扮甚至面貌长相异样的这家人抱有几分好奇和几分热情，好一阵之后才留下热情，带着好奇拉拉溜溜地走了。嬉闹的娃娃们也如受了惊吓的麻雀，呼啦啦地没了踪影。小男孩似从梦中醒来，哈了哈两手，捂着耳朵进屋去了。

屋里的情景又让男孩惊呆了：土灶上空坐着一口没盖的大铁锅，圆圆的锅底被烧得通红，如新晨淡云薄雾里初升的太阳。屋里的光线昏暗。雪映窗纸的那点儿微光又被锅里的那轮太阳染了，满屋充满日落后的昏黄气色。靠墙壁坐着的父亲母亲不言不语；四弟和小妹横躺竖卧地睡在炕上；姐姐撩衣襟擦脸面，似在哭泣；蹲在灶口旁抓起牛粪添进灶中的是他的二哥。男孩悄悄地哭了。他感觉到全家人都后悔了：不是说包头是个大城市吗，怎么会是这么个鬼地方？

一九五六年那场恶雨，毁了秋田的希望，也冲垮了母亲的心理防线。父亲于一九三九年秘密加入了中国共产党，在白洋淀、高碑店、白沟河一带抗日除奸打老蒋，家里成了秘密据点，望风站哨成为母亲的重任。家里来了客人，父亲一个眼神，母亲便随手拿了针线活儿，夹一个麦秸编织的坐垫，在院门口的阴凉处坐了。她的手在飞针走线，耳目在听风观雨。一有异常，立即传递信号，家里的人即刻进地道转移了。母亲起身，不慌不忙地进了大院，疾手关了院门，快步进家，擦掉父亲他们不经意甩在墙壁上的墨水，收走丢下的废纸和随手扔了的烟蒂。清净了现场后，她又提着心吊着胆地装作喂鸡鸭，或清扫圈舍，或抱柴烧水做饭，手东心西，装作若无其事的样子。解放了，母亲说，她是最获解放的人，因为不用再带着孩子们东躲西藏，不用再提心吊胆地熬日子了。

可谁知道，赶走了猛兽，又来了洪水，说不定哪天大堤上抢险的大锣便敲得山响，如鬼子进村儿，惊得家家户户鸡飞狗跳。“讨吃要饭也得离开这个堤比房高、房比河低的天坑！”母亲决意离去。恰好国家动员灾民北迁内蒙古的包头，还说包头是个好大的城市，父母便积极报名，跟着负责护送安置的干部，一路坐火轮、坐火车、汽车，最后被一挂牛车拉到个用牛粪取暖做饭的野地方。不少相伴而来的村亲邻友不多时便返回去了。家人也有动摇的，但母亲抱定了“开弓便无回头箭”的信念，谢绝了故乡亲友的劝返呼唤，执意把根牢牢扎在内蒙古。

母亲说荒凉不怕，安宁就好。母亲是个刚强的女人，很短的时间便把家安顿好了。母亲更是位传统的女性，她安分守己，不肯抛头露面，把与村里来来往往、借用归还之类的事统统给了二哥料理。二哥用极短的时间便融入了这个陌生的世界，也就月数光景便可用当地语言与村里人沟通对话，还常常被嫂婶大娘留住吃饭，为的听这个讨人喜欢的河北“小侉侉”讲河北版的《牛郎织女》《天仙配》等鬼怪神妖故事，讲父亲和区武工队打日本、除汉奸狗腿子的故事。晚间，三五个半大老婆盘腿坐在热炕上，你问个这，她问个那，几次拨弄灯花，侍弄炉火，对这个“小侉侉”千里迢迢带来的奇闻趣事着了迷。只以为两地遥遥心不怵，却原来一冬南北大不同：塞北雪花飘洒，冀中麦苗正青；塞北的母狐狸成精祸害人，河北的女狐狸成仙配凡人……一帮斗大的字不认得一口袋的嫂娘们的知识都来自口口相传，她们视传授者为师为长，倍加尊崇。

她们着实喜爱上这个“小侉侉”了。十五岁的二哥不光是家的外交官，还是冀中平原文化在塞上的传承人。

塞北的诗歌书画多以冷调为墨，以剽悍作色，就连情歌也少有柔情。你听：“你是那兔子我是那鹰，一爪子搭在你半天云；我在房后等你的，你和你妈捣鬼格。”一曲情歌，以剽悍唱爱情，以冷调写热情，没有似水的柔情，唯是炽烈的冷韵。莫不是缘于塞上的水土和气候？

而今塞上，冬也不再那般张狂。那时候，冬把半个春和秋都冻变了颜色。七九不见河开，八九不闻雁声，九九加一九，田间不见老牛走。待到草色青青时，已到谷雨。小时候常听老辈人嘱咐，耳朵冻硬了，可扒拉不得，会扒拉掉的。耳朵冻僵了，没了知觉是常有的事，一扒拉就掉的事既不曾耳闻又未曾目睹。冻得井口放不进水斗，冻裂的地缝伸得进拳头乃是屡见不鲜。水缸结冰、家里墙壁四角挂了冰霜也不是什么稀罕事。

冰雪天是娃娃们的世界。一觉醒来见窗外雪花飘舞，便勾了魂似的敞怀散扣、光着脑袋，呼唤了伙伴去套鸟，在雪地里撒野，鞋里全是雪水竟全然不顾，好像一个银白的世界全归了他们似的。而今，发已雪白的我还不时记起儿时的那个雪世界，却又常在梦里诅咒那个冰雪的冬天。

秋末冬初，雪花乱舞，人们忙着把生产队分给的麦糠麦秸三层五层地铺盖在房顶上，再把分的、捡的冻牛粪实实地压在上边以保温。二哥在做这件过冬的大事时，不慎从房顶上跌落，造成终生残疾。

那年二哥才十六岁，他躺在土炕上。母亲悄悄地哭泣，只能尽家中所有做点儿顺口的饭菜。父亲全然无能为力。家里没钱，又初到他乡，父亲又是个难开尊口的“老书生”，致使一个原本简单的疾病成了穷人家里最令人无望的一环。

二哥是个智慧、识理、接地气、招人喜欢的英俊后生。星期天常有一帮同学找他搂柴、拣粪、溜冰、玩水、掏黄鼠。灾祸横来，他中断了学业，在家担水、积柴、打扫庭院，在外锄耧耙种、牧马赶车，还学会了捻毛线、织毛袜、缝被褥、搓麻绳、纳鞋底等闺房技艺。赶一辆马车去煤矿拉煤，吆一群骡马去草滩上放牧，他总不忘带上他的针线包袱。方圆十里人家都知道大西淖有个会做针钱的好后生，可没有一个肯嫁给二哥的好姑娘。谁家的女儿愿意给一个一瘸一拐的外来户的后生做老婆呢？

二哥是个苦命人，可老天爷为什么还给苦命的二哥雪上加霜呢？

村里有三口井，我家门前的那口井的水最甜。村里人常舍近求远来担水。三春时节，井口的冰圈还不化。二哥见村里人们担水困难，更担心人们滑落跌伤，便叫我一起将井口的冰圈敲碎。二哥踩踏着砌井的石缝，将盆大的一块冰块捞起，举过头顶，我和赶来帮忙的邻居在井口探身接住，可我们抓拿不住，冰块跌落下去，重重地砸在了二哥的头顶上。二哥死死地踩踏着石缝，险些掉进冰水中。吓傻的我跪在井沿儿大声呼叫二哥。二哥一手撑着井壁，一手捂着头顶，若无其事地说没事。我们帮他上来，见他头顶都是血，顺着头发往脸上流。

那年二哥来军营看我，我端一盆洗脸水给二哥。见二哥洗罢，鼻梁和两侧依旧有几片黑乎乎的。我点支烟递给二哥，正要问是怎回事，二哥说话了，还是若无其事的样子。队里的两辆马车相跟着去石拐拉煤，二哥那辆马车的马因卡车惊扰而狂奔失控，带着车冲下路基，翻扣在乱石林里。后面的马车赶上来，车倌见二哥双手捂着脸，血顺指缝流出，上衣和躺卧处的血已冷凝，车倌只是苦喊着二哥的名字，却不知如何是好。

车翻在石沟里，二哥被甩出好远，鼻梁骨被撞断，身上多处摔伤。二哥清楚发生了什么。他强忍疼痛把断裂的鼻梁扭正，强迫自己镇定下来，静等后边的马车。他听见哭喊，便示意车倌去拦汽车。一位好心的卡车师傅把二哥送到固阳县医院。接诊的医生说人怕是不行了。二哥闻听，说他还活着，会有人送钱来的，请求尽快救治。

二哥以坚强的求生信念奇迹般地活了下来。今年二哥七十六岁，身体大不如前了，可他不听孩子和众亲的劝说，还在给一家亲戚照看厂子。他说专家的话有的也不可信，他相信自己寿数还多着呢。

二哥头顶明显呈凹状，经常头痛，止痛片不离嘴。经北京某大医院邀其他几大医院专家会诊，确诊为国内少见的一种怪病，因是当时我国首次发现该病，院方愿免费治疗，但不对安全负责，二哥谢绝了。专家说他还有十至十五年的阳寿。他不信，他说："我要好好活他五十年！"二哥用坚强战胜了专家的预言，生活得有声有色。他有一双儿女，儿女也已做了父母。他还在给人看厂，工资不足二千元，他说不少，一年下来，种地能打几斗粮呢？

二哥寡欲，喜欢心理满足。他信奉"施恩不图报"，帮人一件事，如畅饮了一杯酒。村里的婚丧嫁娶少不得他张罗，盖房上梁杀猪宰羊少不得他去帮忙。邻里纠纷，夫妻吵闹，经他说和便云散烟消。他更乐意撮合几乎冰凉的婚事。

村里一位后生与他乡一位姑娘相识相爱，他在她眼里是亚当，她在他心中是夏娃，此外世上再无他人。山川河流的壮美，日月星辰的光辉，花草之芬芳，虫鸟之鸣唱，仿佛都为了他二人似的。于是，"善恶树"上少了一颗禁果，情田里萌生了春的律动，爱河上泛起了欢跳的鱼花。热恋的人儿方晓得了爱有多沉，情为何物。闭目沉醉，心在伊甸园里；睁醒一看，人在世俗村中。

"这可如何是好？"亚当也惶惶然，夏娃也赧赧然。

"这可咋办呀？"女家有苦难言。男家喜忧参半。喜不必说，忧的是倾其所有也凑不起几两银子，拿什么把人家一个黄花大闺女娶回家来当儿媳妇妇呢？

"就看少春哇！"众人议罢这般说。

后生的大大和妈妈相跟着，提着心来二哥家了。二哥满口答应，壮着胆去女方家了。

女方的大大摇头，妈妈摆手，可最终还是点头了。

一对恋人如愿了。娶媳妇儿那天，二哥喝了好多酒，高兴得如弟弟娶亲、妹妹出嫁一般。

我和四弟、小妹成家后，二哥才娶回个二嫂来。二嫂是我们老家的大闺女。二嫂小二哥十几岁。她喜欢二哥的为人处事，喜欢二哥的踏实、勤快。

在大水坑玩水，小伙伴们见我没了踪影，炸了窝似的呼叫起来。大人们闻讯赶来，二哥跑在前面，来不及脱衣服，朝着波纹的聚散处，一个猛子扎下去，把我托举上岸来。那年我七岁。

家里拿不出两块钱的学费，二哥得知后，向邻居借钱给我报了名。那年我十一岁。

入伍第三年，二哥在家给我定了婚事。那年我二十二。

…………

我与二哥是手足，他给了我几倍的手足情。

月　亮

农历八月近，孙儿便在阳台瞭月了。这让我记起我儿时的月亮。中秋圆月，是从白灵淖村东不远的地方出来的。先是一片晕，继而晕一片东方。看见她的时候，她已上了梁顶。那时打比喻，说她形如铜锣，锣面上可见隐隐的锈迹。妈妈说，那是一棵桂花树，树下是一只兔。“看见了，它还动呢！”弟弟妹妹齐声喊着。我可是一点儿也没看清哪儿是树、哪儿是兔。我的心思在母亲上了锁的柜子里。柜子里的香甜味儿勾魂似的馋人。头一天，母亲从白灵淖供销社端回半笸箩月饼。那个裱着香烟盒的纸精泥笸箩，是母亲专门用来置办年货和月饼的。中秋和年节后的一段日子，还可闻得到诱人的味道。

“爷爷快来看，月亮来了！”孙儿指着对面楼顶上空的月，喊个不停。餐桌上的各式月饼瓜果她看都不看一眼。

那个晚上的月格外地亮堂。母亲的心情也像当空的月亮。只见母亲洗罢手，把清洗过的小桌摆在当院。小桌上有一轮“月光”一炉香火。母亲燃着几张黄表纸后，面朝当空圆月三拜九叩罢了，转身进了屋里。弟弟、妹妹和我如馋奶的羊羔紧随前后，眼巴巴地等着母亲分月饼。

长孙生于六月，正值荷开季节，古称六月为荷月。她来那天，我在办案的路上，老伴报喜并嘱我起名。我随口告她叫“荷月”。中学课本有篇《爱莲说》，文美且寓意高古。周公敦颐这般说：“予独爱莲之出淤泥而不染，濯清涟而不妖，……不蔓不枝，香远益清，亭亭净植，可远观而不可亵玩焉。”爱莲人不独独是周公，还有我。

我慕古人，崇尚其喜欢荷之洁身自爱的品格。

二孙生九月，恰是菊花怒放时。老伴赐名“九月”，说俗还雅，雅俗兼容，也合我意。于是，我家便有了三个月，两个在左右，一个在天上。

九月跑过来，牵我去望楼外月，我却还沉浸在母亲分月饼的那个晚上。暑假里，跟随母亲拾麦穗，歇息时，母亲从小布袋里取出两个月饼，一个给弟弟，另一个给我。我掰一块给母亲，母亲不吃，说吃了不舒服。我却一点儿也没觉得。后来，每到中秋月圆时，我总觉得不舒服，在胃里，在心里，哪儿哪儿都感觉不舒服，是酸楚，是疼痛，说不清楚。而那轮月，总觉得是在村前的南梁顶上。这时，便生出梦来。之后的每个中秋月圆的那天傍晚，我都要单骑走一回固阳。圆月总在身后照，一路伴同游子归。

遥　祭

姥姥无儿，母亲是她唯一的后人。姥姥逝后，葬于千里之外的河北老家。母亲不能依时填坟扫墓，已是千般愧疚，还不能亲手剪纸钱，说："女儿剪是麻钱，男儿剪是银圆。"我帮母亲剪一刀烧纸，母亲将纸钱和香火供品装在一个小笸箩里，颠着小脚，去村外几里的十字路口跪拜焚烧，聊表孝心。回来后，见母亲面容舒展，稍释重负，我的心也随她而动。母亲老得快，两臂酸麻疼痛，腿脚也不利落，丢东落西，记性大不如前，可给她母亲烧纸钱的事却牢记在心里。

"我能替吗?"我说。

"还是我去好。"她说。

"我能替的话就我去吧。姥姥不会怪的！"

母亲点头，带着几分无奈、几分心许。于是，我照着母亲的做法，把纸钱装在烧纸折叠的信封里，不糊口，用柴棍别紧信封，去村外十字路口画一圆圈，把纸钱放置在圈内，把馒头放在圈外铺好的黄表纸上，点着了纸钱之后点三炷香，朝着姥姥的方向磕仨头，起身作揖。这程序是丝毫不可颠倒和遗漏的。

我把母亲遥祭先祖的做法教给了儿子和侄儿，在中元、冬至、十月初一、春节时，分封三包纸钱，一包给我的父母，一包给妻的父母，一包给妻的三爹。三爹未娶，我们是他的后人。

有人间，有没有天堂和地府且不去管它。母亲说：“人有三魂：一魂走，一魂游，留下一魂守坟头。”是与否，不去管它。只是依母亲留下的做法做了，心里便浮现出许多旧事。旧事里有三思，有五味，有七情……

亲 戚

有位亲戚，我们走得很近。我常去看他，他也乐得我去。我去了，他饭也多吃一碗，酒也多来几杯，话也滔滔不绝起来。我去的当晚，我们在一条大炕上枕头挨枕头。他话不止，我便无睡意；他不闻我鼾声，也不“请听下回分解”。如此，我们常聊到三更天。

他是农家子弟，骨子里生就了庄户人的实诚。他十七岁潜身商海后再未改行，言语里流露着商者的精明。商务平台上，他接触八方来客、四海宾朋，自然见多识广。他思敏、健谈、心口如一，且与我说话口无遮拦。我俩一来二往，交往了半百春秋。他给我的记忆库里输入的很多奇闻趣事中不乏至理名言，任意拿一件出来，都鲜鲜亮亮的，如天上的星辰。

话说某年月日，他回后山看望老人，走时带了一个十斤的塑料油壶，想顺便带一壶菜籽油回来。他说，老人是队里的会计兼油坊保管员，打一壶素油该是件方便事情。吃饭时他说起油的事。老人说：“行了。你让队长批个条条。”他听了，心里一动。次日去找队长，队长说：“行哇，咱们村的女婿嘛，要多少，你说。”他说五斤。队长说：“远天远地回来，才倒五斤？”他说够了够了。

傍晚，他把队长的条条递给老人，二人相跟着去了油库。油库就在老人院门外。两分钟可走个来回。进库后推开油瓮大盖，老人把一斤的油提子“扑通”一声沉入油瓮，又提将起来，口中念道：“一啦！”又“扑通”一声，“二啦！”待到“五啦”，老人说：“够啦，走哇！”说罢盖上油瓮盖子，先自出去。他似刚从梦里醒悟过来，一手摸着头，一手提着半壶油跟了出来。

“多么诚实的老人呀！”他说，“黑洞洞的，又没外人，转身几步就回了家里头，我以为怎么还不给我把壶灌满。”

他是位善于言表的人，说起话来，喜怒哀乐都在他眉宇一闪一动中。学说到“五啦”时，只见他眉宇顿开，眉梢飞翘、两眼瞪瞪，我忽地笑出声来，笑得我把进刚咽下的半杯老酒呛入鼻里，弄得我疯咳不止。一把鼻涕、两眼生泪、浑身冒汗，狼狈不堪，我好一阵才把神定住。定神想来，我敬佩他揭自己之短、扬老人之长的坦坦胸怀，更敬重老人的诚实人格。

“老人真好！”他说。村里人管老人叫老会计，尊称红管家。“四清”和“文化大革命”时翻箱倒柜地查他，却没人喊他、骂他、批他、斗他。查他的人说：“当会计的或多或少、或大或小都有些不干不净的，不信他两袖清风！”查来查去，信了，说，“真是个好人！”

我与打油者是连襟，油保管老会计是我俩的老泰山。

清明路上

燕子归来的时候，柳已脱下鹅黄，换了一身碧绿，轻风暖日里垂绦弄舞。杨迟碧柳一步，也是绿蝶盘枝，与园林松柏、街巷榆槐竞秀。更早报春来的是岸上芳草，不待冰湖消尽，已是一地春绿。争春斗艳的，唯园子山前小区院里的山桃，叶丫不吐，先将花儿缀了一树。开了的，粉嘟嘟的，如醉酒的贵妃；要开的，如樱桃，色如女孩刚点的唇，袭人得看不够。塞上小镇，唯她一家独秀，招来画者写生，影者抓拍，喜爱诗者墨者更不辜负采风的好时候。轻歌曼舞里，雪花满头的奶奶们，精气神不亚于当年十七八九岁时。此时掀动一园盎然的，是一群一伙的娃娃，湖畔林间卵径，小桥上半山腰山顶亭子间，叽喳雀闹，哪儿哪儿都是童声，桃红柳绿，无处不是童色。满园春色关不住的，何止是一枝红杏。

心里惦着清明，上楼翻看台历，才知清明在明天，已到了家门口。我赶忙打点行程，在次日新阳初照时，出东门，过大桥，上了高台。高台陡陡，高出台下楼宇儿层。它有个呼来俗而品之雅的名字：卧羊台。当年杨家将扎帐台上，犯了兵家大忌，被敌军夜袭了大营，慌不择路，误入二郎山，犯了忌讳，

折兵损将，让那杨家二郎丧身山谷。此系传说，而非历史，然而卧羊台却是块风水之地，老砖、古瓦、残陶、碎瓷而今还有，也常有汉墓现世，更有许多诱人推敲的故事埋藏在台子里头。台南是奔腾东去的黄河。台北是汪汪一片海子，那是黄河留给额尔登布拉格草原的女儿——乌梁素海。台东一座山，名曰乌拉山，山开大口，呈神龙吐珠状。台下的西山嘴镇便因此获名。台上空阔，可飞车走马。此时，大开的山嘴处已起了轻云薄雾，山香里掺和着檀香进了车窗，谁家儿孙老早便去给先祖送了纸钱去。一路东去，时见山脚水边、草原深处轻烟缕缕。左右林带边，不远不近停着车子，猜想也是为祭扫而来。我停车下去，在水田朝阳的埂弯里觅得几束苦菜花儿，插在矿泉水瓶里。二老吃了大半生苦菜，也以苦菜奶汁喂养我们。春暖后，我总要出城去田垄上挖些苦菜回来，或煮了调食，或生着蘸酱。这时候，屋里似有了母亲忙碌的身影和慈爱的声音。

经黑水壕，过大余太，转弯进了色尔腾山，山脚谷地弯路两侧墓地上，都是焚香烧纸跪拜的人。出山沿一条沙河蜿蜒在石坡土梁上，见几家老小聚在坟前就地野炊。忽记起清明正在寒食节里。古人在清明前一天，不动灶火，连续三天与祖先共进凉食，以示孝心。难怪傍路农舍不见袅袅炊烟。心里蒙蒙，如烟如雾。车窗外也是一派阴沉，不见了熙熙阳光。忽而车窗上三点两点，继而淅淅沥沥，才知来了清明雨。雨打车窗，如敲心扉，好一阵凄凉，掺和着凄美。古人的《清明》泛滥开来。几句似诗非诗的话流淌在心田里：“野柳家燕酒旗风，单车熟路故里行。后套后山四百里，吃酒无需问牧童。山前水畔有烟处，都是儿孙祭祖宗。莫谴纷纷清明雨，滴滴皆是后人情。”

车近村边，我掉头奔了梁上，将几枝苦菜花端放在二老墓地上，心想父母一生节俭，易居仙境，必然不缺我等儿孙孝敬的银两，喜见的定是这几枝金灿灿的黄花。

耗子娶媳

过罢大年过小年。“过年”做何解？字典这样说：“在新年或春节期间进行庆祝等活动。”这般解说，可谓是葫芦僧断葫芦案——糊里糊涂。把过年过节做一个精准的概括，唉，我也不能。

老辈子人说：“日子好过年难过。”又说：“年难过，年难过，年年难过年年过。”为甚难，难为甚，就因为缺衣少食没钱花。有钱便可丰衣足食，年也就好过了、过好了。这样说来，年文化原本是衣食文化。吃得好，穿得好，便不觉得什么是难了。

初七小年当然也要吃得有滋有味。比吃喝还要有滋味的，是初七的传说。传说本身就有诱人的魅力。

传说，人有三魂六魄。年三十晚上安神后，一魂优哉而去，逛三山五岳，游天涯海角。初七夜深人静时，才回归故里。三魂欢聚，如年如节。这大概是初七过小年的来历。

初七也是耗子娶媳的日子。据说鼠类也和人类一样，男大当婚，女大当嫁，嫁娶之事也是大操大办的热闹非凡的大喜事。不同的是，鼠类聘娶，均在夜深人静时。午夜时分，万籁俱寂，只听得锣鼓咚呛，唢呐嘀嗒，耗子鼓匠们吹吹打打，招摇过市。紧跟着的是抬着滑竿的几对耗子。耗子们以柴棍做滑竿当轿子。在轿子上悠悠坐着的是娶亲的鼠郎和鼠郎的娘亲。紧跟在后的，是娶亲的长队。老耗子、小耗子、男女耗子们一个咬着一个的尾巴，星光下影影绰绰，难见首尾。寂静中吱吱呀呀，鼓噪淹耳。这难得一见的奇异场景只有不满十二岁、未圆锁儿的孩童才有幸闻睹。初七深夜，不足十二岁、魂灵儿还不全的娃娃三五为伴，去饲养院外的粪堆畔，拣一个溜光的马粪蛋蛋，用嘴紧紧地叼着，耳贴粪堆，小山般的粪堆里便出现了前面所说的耗子娶媳妇的奇异场景。

据说老牛、耕牛哥俩见过这场面，不知是真是假，我也是听村里人说的。

听 琴

琴声响起，都在傍晚时候。太阳落得深沉，霞也渐渐收敛，只剩了一汪浅浅的红，如刚刚着了底色的一页画稿，湿湿的、淡淡的，影映着西梁。西梁成影，恰似潮汐走后露出的小岛，黑乎乎的，斜卧在落霞这边。

琴声是从村西头南院出来的。拉琴的是个见一面便一生难忘的粗人：头似水斗，背若门板，十指如没熟的小胡萝卜；神情木讷，举止笨拙，说话瓮声瓮气，步履如一，从不见急缓；不识字，更不识音符。就是这样一个粗人，锯白蜡杆子做柱，磨榆树杈子做轴，弯红柳条子做弓，剪马尾做弦，找个漆筒做音筒，花几个毛钱托人从县城里捎了几盘丝弦、一盒松香，做了一把四弦胡琴。也就半年光景，他竟拉出《卖菜》《卖碗》《打樱桃》《走西口》《五哥放羊》等十几出二人台剧目的调调和《碰梆子》《巴音杭盖》《九连环》等七八个排子曲。琴声音色如他的琴，说不得美，却也动人；弓法、指法没个规范，可排节不差分毫。

女人们洗刷了碗筷，收拾罢锅灶，赶忙跑出院外，一群一伙，都是老搭档，聚齐了后便踩着琴声，拿腔拿调地小声儿唱起来。男人叼个烟袋，在女人们旁边席地坐了，烟袋在鞋底上一磕，一个火蛋滚几滚，化作流星随风儿去了夜色里。男人又装一袋，点着，悠悠地抽着。烟火忽闪忽闪，烟袋却一动不动。想那男人们的脑袋必是一动也不动的，心思谁知道是在粗人的琴里，还是在女人的歌里。娃娃如我者，停止了打闹，踏坯梯上得房顶，歪着脖颈听琴声。谁也不得弄出声响来，弄出来会被推下房去，房后沙土有半墙高，掉下去虽不会伤筋骨，但疼是难免的。琴声好听，大别于狗叫鸡啼。但也仅此，听不出个对错，更不懂得琴声里的欢快或忧伤。

大青山后头，后草地边上，一个梁弯一个小村儿。天幕一落，梦便进了村。催生村梦的多是梁前梁后、远处近处忽而三声两声懒懒的狗叫。但这个村子，大西淖，却不。挑油灯、担井水的年月里，一盏油灯亮了几扇窗。接着，两盏、三盏、几十盏油灯亮起来，上百扇纸窗亮了。走出村子，转身来瞭一瞭，灯窗蒙胧，或三五相聚，或一溜儿排开，如一弯星河，在梁间坡隙里接通了天河。

受他习染，我于家中藏了几件吹拉的琴。得意时吹吹，忧虑时拉拉，也曾在台上见过众面，有过些排场，听了的都说好。可我觉得不好，总不如他的琴声好。也是受他影响，村里出了一位有些名气的四胡演奏者，常被请了去，为男婚女嫁、娃娃生时满月百岁岁、老人过寿、新院落成等喜庆场面添光彩。探亲时，我总去找他听琴。他的四胡弓法、指法、音质、音韵，比之与我，是“阳春白雪”。可我还是觉得，他的琴声没有粗人的琴精神，听不出胡琴的原始味道。我村在北地，曾属精于骑射的胡人，我想胡琴的鼻祖拉出的琴声，必有粗犷拙古气，如粗人的琴声。我也是胡想，可我真就这么想的。

“阳春白雪”是我儿时伙伴和同班学友，小名灯喜，大名吕荣华。那位粗人叫李埃同。那会儿，他住村西头，我住村东头。

听 书

烧柴担水的年代，阿塔山后没有电。手电筒是唯一的家电，但也不是家家都有。买几支蜡熬年，点一盏灯照亮。吃罢晚饭，女人们在灯下缝裢补缀或去邻居家串门叨啦。男人们饭后一袋烟，倒头睡大觉，或披衣戴帽、趿拉着鞋，小跑着去听人叨书。一间七尺土屋，挤下了小半个村子的人。来迟一步，只得在屋外窗台侧耳听。小屋如此爆满，娃娃们属于“闲人免进”“不可入内”者。可是，她可，我可。叨书的是她二爹，我是她同班学友（后来，她妹妹成了我的发妻）。放学回来，我先写字，再吃饭，晚了饭也顾不得吃，跑着找她去听书。小屋里烟雾弥漫，炕上的人看不清地上的人的眉眼。我们闻惯了呛鼻辣喉的旱烟味，痴迷地等待着“下回分解”。“话说那五鼠相聚在东京汴凉府，锦毛鼠白玉堂……”《小五义》《大八义》《包公案》《刘公案》《彭公案》《施公案》……武侠古书竖排线装，纸张老旧发黄，大不同于我们的课本，而且人物故事、手中兵器、衣着打扮皆古老而新鲜。每到红火热闹关节，便来句“要知后事如何，且听下回分解”，真叫人心痒却道不出滋。有时去晚了，被关在门外，窗台高过我俩的头，且都让大人们占着，只好各回家去，回去缠着父亲叨书。

父亲读过几年私塾，一肚子老故事，《乌盆告状》《聊斋志异》《三国演义》《水浒传》……也都是“要知后事如何，且听下回分解”的章回故事。

大嫂的娘家在涿州城里。她的父亲是位以说书养家的匠人，一桌一扇一震木，茶馆里设下书场，日夜里惊堂木“啪”的声响：“且听下回分解!”大嫂耳濡目染，《黄九龄认父》《李翠莲大上吊》《梁山伯与祝英台》《白蛇传》《西厢记》……真是一口袋古书旧事。连地里锄山药、拔麦子时，左右都是她的“粉丝”。她有一镰没一锄地跟着走，嘴却一会儿也不闲着，弟、妹与我更是大嫂甩不掉的老“粉丝”。

母亲不识字，却会叨好多书。晚霞渗入西山，月亮升出东方，帮母亲收拾了饭摊子，我提一只小凳放在窗台下，弟、妹拉扯着母亲的衣襟出来。母亲在小凳上坐了，喘口气，挨个摸摸我们的头，笑眯眯地开讲了：

“很早很早以前……”

母亲的故事没有年代，却多是一个主题：凄美的爱情。《天仙配》《画中人》《牛郎织女》……漫漫冬夜，鸡上架了，猪进窝了，狗也懒懒地“汪汪”叫两声，应付了差事，睡着了。人们还不瞌睡，因为听书是比吃酒嚼肉还香的乐事。母亲的故事不光是娱乐，还有浅显又深远的道理在里头。南侠展雄飞，北侠欧阳春，双侠丁兆兰、丁兆慧，小侠艾虎……侠客们的名姓还记得，甚至水泊梁山一百单八位好汉也还慢慢数说过半，其侠义之事的细枝末节虽已淡出脑海，但也留得梗概在心底。而母亲的故事多半都能细细道来，讲给儿孙听，他们听了都叫好。诸君不烦我，说个小段儿给你听：

“说是夫妻俩男赌女娼，断了顿便去瞎奶奶家借米面。瞎奶奶孤寡一人，靠远亲近邻周济为生。瞎奶奶看不见斤两，借还米面用箩面的箩子。娼妇去借，把箩子装满，压实摊平，让瞎奶奶摸摸。还的时候，却把箩子扣过添平送去，也让瞎奶奶亲手摸摸。有一天，娼妇不知怎么死了，瞎奶奶院里跑来一只芦花母鸡。母鸡一天下两个蛋，下了蛋不是“咯咯”叫，而是不住气地叫唤：‘仰箩借，扣箩还，变个小鸡还三年！’奇谈怪事在十里八乡传开来，门可罗雀的瞎奶奶家门庭若市。一个外乡的货郎翻山越岭地赶了来，在瞎奶奶家住了半个月，丢下几吊铜钱走了。后来他把这事编成故事，写入了《后山奇文趣事》里。”

那铜人，那铜马

东山顶上，矗立着一座塔。塔的顶端，一位骑兵擎刀立马，背迎新阳，目送夕霞。它是固阳县城的一处标志性建筑，是一座丰碑——烈士塔。娃娃们叫它铜人铜马。

当年，受中共中央指派，乌兰夫从延安辗转到达内蒙古，建立了大青山革命根据地。他将蒙古族能骑善射的传统以及地域特点和斗争实际紧密结合，扩建了骑兵队伍，出没于大青山，驰骋在大草原上，驱日寇、打老蒋，浴血奋战，为民族解放建立了不朽的功勋。中共乌兰察布盟委、行政公署决定建筑烈士塔，以纪念先烈，激励后代。《固阳县志》记载，烈士塔落成于1955年。塔身高17米，边长7.6米，用优质花岗岩砌筑。塔基下建有宽敞的地下室，安放着350名烈士遗骨，立有遗骨难寻者的灵位。“烈士们永垂不朽”的碑文是乌兰夫的题词。

就读包头十中（现固阳第一中学）时，同学们常常结伴登上小山去看那铜人铜马。我们立于塔下，想象着烈士们征战沙场的壮烈场景，想着当一名骑马挎枪的战士。后来，我的这个梦想果然成真了。然而弹指一挥五十年，当年飒爽英姿的骑兵战士，而今已是卸鞍的老兵。几十名同年入伍的同乡老兵将于今年八一节相聚固阳。届时，我们将登上城东的那座小山，去拜谒那铜人铜马——革命的先驱，不朽的老骑兵！

男人怕拔麦子

塞北民谚说："立夏不起尘，起尘四十天。"

大青山后，雨贵风贱。过了惊蛰，天气渐暖，地气也随之上升。肆意的寒风也就越发地泛滥开来，变着法儿地刮。忽而东风推几片云来了，转而西风又扬一场沙去了。晚上沙打门窗，把墙上挂着的扁担生生地拉扯下来，砸了墙根的桶。一对水桶好好地扣着，靠墙倚着，如一对熟睡了的双胞胎，被那扁担"咣当"一下打醒了，撂翻了，叽里咕噜地满院子跑。桶不会走，靠扁担出来进去，才见得家门口到井台的一路风光。风光一路，可是水桶哥们一生中的唯一，想想，怎能不对扁担大爷十二分地敬畏？水桶哥们忽于夜半三更满院地跑，先谢过扁担大爷，还要谢的是凹凸的院，最感激的是那肆意的风，才让水桶两兄弟撞了南墙心不死，一个弹跳，任由了西东，"咣当咣当"开心地唱，唱醒了屋里的人、窝里的狗和架上的鸡。一夜里闹了个鸡飞狗跳，搅乱了村里村外的安宁。

天要亮了，风也累了，渐渐小了。梁顶的沙蓬刮得一沟一洼，挂住了。"沙蓬本是无根根草，哪哪儿挂住哪哪儿好。"没挂住的，还在滴溜溜地转，陀螺似的跑。晌午了，风终于不疯了。不想梁那边忽然立起了几根通天的柱子，还左三圈右三遭地旋转，卷一身枯草、破布、纸片、马粪蛋、羊粪珠、牛粪块，漫梁满野里扭着绕、转着跑。大人们说，那是些孤魂野鬼在找替身，千万别去招惹它。实在躲不过，赶快脱了鞋，脚尖顶着鞋后跟，追上去使劲地踩，呸呸地唾，风就没了，鬼就跑了，还要丢一块尸骨、脏布在脚下。我们做了，如大人们说的，却一次都没见一块脏布或白骨。

不起尘的日期子仅十之一二，起尘则十有八九。过了小满，来了芒种，四十天里风萧萧，云来云去，也有雨滴疏落，却解不了禾苗的干渴。眼见着夏至过了，小暑、大暑前脚后脚地跟着，风还在任性，雨却不肯光顾。祈雨的人们敲锣打鼓地送一只活羊给龙王，龙王却一丝儿不动怜悯的心。如今想来，是村人们误解了神灵，神灵才怪罪了村人：你给我羊，我就给你雨，这叫权钱交换，这叫拉神龙下水，这叫腐败！好个罪恶的人间，你们污浊了地，还想肮脏了天！龙族动了怒，雨走云飞。火辣辣的阳婆烤着地，蒸着天。野性实足的沙蓬与麦苗无情地争夺着少得可怜的水分和养分。麦子耗尽了精神，根枯穗黄了。枯了根的麦子不能镰割，只可手拔。男人膀阔臂长，一揽五六垄，女人们多则四五垄。拔麦子时，身体下蹲，双腿弯曲，圪蹴于地，挺胸前倾，臂膀前后摆动，将手紧握麦秆，猛地拉扯薅拽，随之屈腿交替前行。村人们苦涩地自嘲：“后山人拔麦子，二鬼抽筋。”满垄满垄的红眼儿沙蓬躲不开，绕不过。两根小拇指戴了特制的指套，仍难免两把血泡两把刺，不曾经历的人焉知后山人拔麦子是怎么个苦痛。正是仲秋时节，骄阳似火，气沉天低，风却没了往日的精神，懒懒地扑在怀里、拂在脸上、缠绕在脖子上。暑天围炉吃烧烤的感觉，味觉却是黄连浸泡在苦胆里。“秋老虎”炙烤着五脏六腑，只觉得心着火了，肺冒烟了，口舌喉鼻枯焦了，灵跳出了七窍外，魂还在躯壳里。要死了，还活着，还死得不干净。脸上的汗渍和了田土，抓一把五道指痕，指痕里显现出脸的本色。眼窝里似乎是干净的，只有些许不适。反正不用睁眼，一个劲地瞎拉死拽着朝前挪。嘴角、唇围、门牙、鼻腔、耳孔、发里发外都是黏糊糊的泥，人就是一群蹴身跪地的泥胎，一群在荒草丛里找食的由猿进化而来的初级阶段的类人猿群塑。

收工回来的路上，一帮泥猴俩一伙、仨一群，扯衣伸袖，抹一把各自的脸，你看我，我看你，先是窃笑不语，忽而哄然失笑，将一腔苦痛、满腹酸楚、浑身疲累抖落了八九。进屋上坑，调几碗盐汤莜面，吃过后倒头大睡。醒来后只觉得腰僵腿直，双手紧握不能松开，强撑着翻个身却不能坐起。在半盆温水里洗净血渍，挑开血泡，用盐水涂抹了。之后下不了炕，下了炕竟以为腿是别人的，不听指挥。那也得去，也还得拔地去。

孙儿两岁，会背十几首古诗，第一首叫《锄禾》，奶奶教的：

锄禾日当午，
汗滴禾下土。
谁知盘中餐，
粒粒皆辛苦。

儿孙不知拔麦苦，顺口“锄禾日当午”，只缘生长天堂上，焉知粒粒皆辛苦？过一个拔麦子的秋天，几乎小死一回。谁家的闺女肯嫁给当地的后生？不是进城了，就是嫁到了前山。而今，十里八乡找不着一两个会搓莜面的好手。

男人怕拔麦子，女人又何尝不是呢？

后山三面

大青山后盛产荞麦、莜麦、豌豆。风调雨顺的年景，荞麦铺地，莜麦齐腰。东梁的荞麦花儿粉嘟嘟地红，西坡的莜麦铃铃翠个盈盈、唰啦啦地摇。娃娃们搭伙在荞麦地里捉蝴蝶、逮蜻蜓，在莜麦垄里藏猫猫。豌豆荚荚鼓肚肚，里头的豆豆正是水嫩嫩的时节，偷偷钻进豌豆蔓儿里，仰面朝天吃个够。完了，把衫儿系在裤腰里，解开扣子，把大把的荚荚塞个满，个个像大肚子蛤蟆爬着滚着出来，猫腰跑回家里头。

“十里的荞面，二十里的糕，五十里的莜面跑遭遭。”五谷中荞面易消化，莜面最耐饥，豌豆面是坐月子的老婆天天都离不了的好面食。闺女临产前，为娘的便速速登门，亲家两个忙活着擀豆面。手擀的豆面薄如窗纸，透着亮，刀切成丝，挽成把把晾起来。吃时抓一把把放入滚水锅里，刚扔进去，面就漂上来。捞一碗豆面条，浇一勺香油辣水的羊肉臊子，哎哟哟，挑一筷子边吹边吸溜，男女老少，两碗不饱，三碗不够，个个儿吃得眼馋肚饱。上门贺喜的亲朋，纸精笸箩里端着的，除了红糖、鸡蛋，也少不了豆面。

油荞面，醋豆面。滴儿滴醋，羊肉臊子肥而不腻，豆面条儿更显爽口。

荞面条或擀或削或压饸饹，臊子肥点儿才适口。荞面圪团儿，形若一瓣掰开的杏儿，肉肉的、圆圆的壳。揪一个面蛋蛋放在手心儿里，用拇指灵巧地搓，一个圪团儿便滚落在案板上。一顿五六口人的荞面圪团儿，就这么一个一个地搓出来，在滚滚的羊肉汤锅里几个翻腾后出了锅。豁牙露齿的娃娃两大碗下肚，撒花儿打滚儿一泡尿，没事了。

莜面的吃法上百种，洋洋万言不尽其详。从生麦粒儿到桌上餐，需经筛、簸、淘、凉、炒、碾、箩后方成面粉。经麦枳火炒熟、滚滚的水泼熟、旺旺的火蒸熟，一团儿泼熟的莜面在大姑娘小媳妇手里如“摆家家”的娃娃玩泥泥。你看她们，花衫的袖儿卷起来，柔柔的腰身弯下去，头略略侧着，嘴里轻轻哼着，两臂交叉着，双手对搓着，一对辫子在身后摆着，头绳儿扎的蝴蝶随了身儿飘着。清亮亮的阳光打进来，粉白的墙壁上一个倩影舞动着。那时候我还小，家也穷，世界也不是如今这模样，可以打开手机听歌唱曲、拍片录像。当年若如此，定要把那筛簸淘炒的情景拍下来，把那推窝窝、搓鱼鱼的场面录下来。而今难了，整个村里也没个搓圪团儿、推窝窝的好手了。

最是家乡好入眠

人们都说："上有天堂，下有苏杭。"天堂好，上得去吗？苏杭好，住得起吗？西天不要凡俗子，最是故乡好入眠。

没有了羁绊，说走就走，风西不碍回乡路，何事阻我归去来？回到那个满是父母慈爱、姊妹亲情的小院，一夜旧事成新梦，三遍鸡啼醒不来。日上三竿，眨眨眼又回到梦里头。

大半辈子活在城里头，只觉得街越来越窄，人越来越稠。人在街巷奔忙，鸟在庭院扎堆。城里人手头活泛，苦恼买不上无毒的菜、不污的粮和甜香的空气。这些，穷乡僻壤有的是。早晨转一圈回来，抓一把苦菜甜苣，煮了凉调，生着蘸酱，败毒解火去浮躁。白天，天空空地高；夜里，星灿灿地亮。闻鸡啼犬吠，若在桃花源里，就又想起见南山悠然成诗，贴东篱独爱侍菊的人来。

后山逸事

南柳村和大西淖，一个在冀中，一个在塞北，两村相隔千里之遥。大西淖村人视初来乍到的我们如桃花源中人家，而我眼里的大西淖也什么都新奇稀罕。山羊皮裤、棉羊皮袄不罩面不挂里，贴身穿了抵挡风寒。皮手套、毛袜子、狐狸皮帽子、毡疙瘩鞋件件馋眼。抓几块牛粪、捧一捧马粪蛋填进灶膛做饭，满灶膛牛马粪把翻扣的铁锅烧个通红。屋顶上一层麦糠、一层麦秸压一层冻硬的牛粪保温。用来肥田壮苗的臭烘烘、脏兮兮的牛屎马粪，竟被弄回家里铺在屋顶、烧水做饭，用于驱寒、取暖、保温。说给娃娃们听了，他们的神情也如当年的我一般。拽一绺马尾搓成套，固定在棍板上，埋进沙土里，光脚穿鞋，在冰天雪地里套雀儿，而今一想，思绪便去了童年。饭菜更新鲜。炒熟的莜麦磖面，用开水再烫一遍，和好了、揉到了，在案板上搓成的细细的条条叫鱼鱼；在石板上推开，食指一绕卷成的卷儿叫窝窝。加入切成丝儿的酸蔓菁，舀两碗酸汤和一勺素油调着吃，油泼的辣子要多多地放，吃得个热火朝天、大汗淋漓口中吸呀哈呀，泪汗汇作山溪水，飞流直下溅透衣，才算解了馋、充了饥、消去了困乏。

拉运代步的二饼饼牛车，车厢是木头的，车辕是木头的，车轴是木头的，两轱辘是实实的木饼。春耕时装一车农家肥，秋收时载一车小麦、莜麦或荞麦。车倌跨坐在里手车辕上，亮亮地响一声牛皮鞭，边赶着老牛，边可着嗓门唱开了山曲儿。山曲里都是些唱得出来却说不出口的赤条条的灰话。跟车的多半是半大老婆，围一块方巾罩了头脸，半仰半睡在车顶上。听车倌在山曲里唱灰话，“嘎嘎嘎”地笑一阵，骂一声了事。车倌也不恼，唱得更起劲。曲子里的话更灰得没了样儿。怪，灰话编在山曲曲里，竟那般的诙谐，淡化了大半的二流子味。“我在房后等你的，你和你妈叨鬼格。”你听，灰不灰？

房子里外是不抹灰的。远观近看，虽说不得古老，却也沧桑。土坯垒砌的房子，前低后高一出水，一门一窗，窗糊麻纸贴窗花。门分单双扇。单扇的风门在外，朝外开；双扇门在里，向里开。把门的不是门神，是两只红冠绿尾紫羽毛叨了两只蝎子的大公鸡。俗话讲：“端午鸡鸡黄老虎，叫回姐姐过端午。”进了五月，全村娃娃满街里吼。聘了的闺女们初二三便都进了娘家门。端午节那天听不见一声蛙鼓响。怪不，蛤蟆不知哪里去，何惧闺女住娘家。因此，便有了“疥蛤蟆躲端午”的谚语，是非避不过，丑事绕不开。

过年了，人家穷或富，饺子是必须吃的，窗花是少不得的，对子是非得贴的。窗花，手巧的买彩纸自个儿剪，手脚笨的挑现成的买了贴。喜欢花儿草儿的要“桃开三月”“莲开夏日”“柳垂河畔”“竹傍溪边”“喜鹊登梅”“凤凰戏牡丹”；喜欢人物故事的，挑些《天仙配》《西厢记》《杨家将》《水浒传》的人物，点缀些水景山色，很是讲究。对子是买了大红纸请了读书人来写。几十户人家二三百副对子重复的无几。诸如都很喜爱的“一夜连双岁，五更分二年”“千门万户曈曈日，总把新桃换旧符”的老对子几乎户户都有，“上天言好事，回宫降吉祥”的灶王爷联、“三人三姓三结义，一君一臣一圣人”的关老爷庙联是从不变更的。初一早上吃罢饺子，大闺女小媳妇们把大红大绿的新衣穿上，辫梢上扎了红头绳，青丝间别了花发卡，一群一伙相伴了出东家、走西家，满村地拜年。她们进了院儿便奔了窗户去，先不进屋。主家的女人们迎出来也不礼让，指指点点，话接话茬，聚在窗前仰着脖儿说窗花。后山有的是地，地里的营生粗放得近乎原始农耕，说不上有什么手艺活儿。而后山的女人们世世代代都把窗户巧经营、细打扮，窗是她们的田园，一格格窗棂，一畦菜，一盆花，几丛芳草，一座山，一江水，一个天地人间。那年探亲没赶上初一迎喜神，赶上了十年不遇的正月十五雪打灯。人在灯旁雪地里，闻远近掩锣息鼓，爆竹零星。不觉中一天朗朗，月在当空，人恰在美美梦里。但见白雪映红桃，红桃书万象，万象更新，福瑞祥和盈盈门外。圆月照窗花，窗花开四季，四季如春，姹紫嫣红，馨馨窗里。

时过境迁，上面说的是二十世纪的事了。退休后，我没事也常回去走走看看，可进了眼里的，物也非非，事也非非。牵着乡愁，系着童结的人事也许还有，却找不见了。只能把梦境里寻觅到的记下来，给后山出来的人们看看。也许那里还有至亲厚友，或许还有一处小院、几间泥房，也许什么也没了，有的只是看不见、摸不着、说不清，或轻或重、或多或少的念想了。我的这段文字权当是块石子、瓦块或碗片片，我斜身、侧首、弓腰、甩臂，抛在大西淖村前的海面上，打一串水漂漂，看能不能溅起几朵水花。

塞北风光也迷人

论道山河，古来诗词歌赋多是江南笔墨，鲜有塞北文章。“敕勒川，阴山下。天似穹庐，笼盖四野。天苍苍，野茫茫。风吹草低见牛羊。”这般美文有几行？有也多是狼烟烽火、胡天冷月，“不教胡马度阴山”。山河灵秀，四季如春，景似美乎都在江南。

七九河不开，八九燕未来。待到草色远看近却无时，已是谷雨时候。塞北春晚，春花夏开，夏绿秋浓。不亦美哉乎？

家在阴山后，茫茫草地南。一场夏雨淋野，暑气尽消，天净气爽。踩墙梯上得屋顶，环眺四野，一坡油菜花儿金金灿灿，一坡荞麦花儿粉白粉白。南滩小麦灌浆，北梁莜麦挂铃。更有田香如酿，随了轻风荡漾。我不由得纵身跳下屋后，踩踏着交界蜿蜒小径前行。离油菜花田不远，闻听“嗡嗡”“嘤嘤”声儿越来越近。到了地头，先被那说浓还淡的香气醉了。我慢慢蹲下身去，缓缓睁了眼睛，见蜂儿们飞起落下，在花蕊里摇须曲臂，进进出出，寻寻觅觅，弄得腿脚满是花粉，便一振翅儿飞了。这该是那割蜜人家养的蜂儿，没谁督促，没谁监管，急急地去了，又匆匆地来了。忽而见得身如拇指大小、声犹小提琴响亮、着黄衫墨裙的大野蜂，与那家蜂井水不犯河水地在花海里你忙你的，我忙我的。此刻我想去花海深处，躺在花垄间美美地睡了，酿一个甜的香的美的梦，梦里也有广阔的天宇、灿灿花田、忙碌的蜂儿，也把田香带进梦里。想了几想，又恐惊扰了它们，本来这花田首先是属于它们的。这么想着，便用手机把这梦境“收藏”了起来。我要把这带回城里的家，给朋友们看看。有谁想做一次塞北游，我愿做导游，带他们去领略塞上风情，看看北国的田园风光。

月照敖包山

前年秋香满野时，骑兵团十几位老兵齐聚呼和浩特市。次日太阳露头时分，我们分乘四台越野车，出青城，走和林，过杀虎口，穿越晋山冀水，一溜儿到了鲁域。我们在海边儿找一家渔村小店下榻，欲天明看蓬莱日出。

落脚时天将晚，我们美美地吃一顿渔家小吃，使困乏消了大半，都来了看一看海边夜色的精神。大家相跟着出了店，没几步便到了海滩。风微小浪，海里明灭着星光。海静悄悄的，似已临近梦乡村口。两三盏船灯似摇似不摇，像在水上飘着，又像在树上悬着。挂灯的船就在百步开外的灯影里。再往远看，什么也看不见了。回望渔村，窗灯零星，有高有低，渔村也有了困意。海边除了我们，也有三两相伴的人儿，看那神情，不猜也知是赶来看海上日出的远客。大家轻声低语，都不喧哗，许是怕惊了海的梦，扰了渔村的清静。

朦胧中听得门响，接着是几声女声，之后便安静下来。不等合眼，又起了敲门声和女人话语声。听是当地声腔，不懂说些什么。同室战友也被惊醒，两人顿生警惕，轻声交换推想，方才明白过来，原来是店家遵嘱，怕我们睡过头，误了看海上日出。我俩披衣下床，挨个喊起别屋的战友。大家洗毕饭罢，匆匆赶去海边。一古桥横卧东西，西接海岸，东连小岛。岛上亭台楼阁年代虽不久远，但也沧桑。池鱼五彩诱人，只是那池子显得匠气，更有钢铁气息和水泥味道。其他景致，也似曾见过。我的心思都在海上辽远处一轮新日上，便挑一高处瞭望东天，揣测那东升西落、天天见面的太阳，究竟从海东的哪个点上抛头露面。是人们常说的冉冉地升起的吗？露出水面的一刹那是怎样的一个弧呢？颜色呢？洁白的，菊黄的，粉红的，还是如她西山欲归时那样被世人称作的夕阳红？不管怎样，颜值定是惹人爱的。是掀起盖头的新娘那般粉面桃花似的喜人吗？老人们都说日月是一对姐妹。日是姐，月是妹。姐丑，害羞怕人看，便抛银针刺人们的眼珠。“刺眼”一词就源于此吗？这个丑姐一露脸便那么怕人看吗？她终身不嫁，因为“丑媳妇怕见公婆”不成？不知怎么又记起“小儿辩日”来。一出水面就那么大，却不及正午时那么小而暖吗？为什么呢？在家里儿孙们呼爷爷叫爸爸，出了家门，我倒像个娃娃啦！我呆立在蓬莱岛上娃娃似的眼巴巴地眺望着海那边。望着望着什么也望不见了。稍远处的游轮望不见了，不远处的渔船望不见了。岛上的游人影影绰绰，人不辨脸面，衣不辩肥瘦，似海中八仙，在云里雾里。得！不在云中，是在雾里，起雾啦！迷迷漫漫，朦朦胧胧，缥缥缈缈。环视仙岛，若海市蜃楼。失望和遗憾掺在一起，不由得抬腕看表，时针在八、九之间。

老兵们蔫头耷脑，七嘴八舌，起了派性。一为“走”派，主张走到哪儿看到哪儿，也算自在。一为“留”派，建议晚上看月亮，说云是龙故里，海是月故乡，次日便是中秋，“海上生明月，天涯共此时”，小住渔村，信步海边，赏中秋皓月，何等美事！

最终“走”派势重，美事不成。别处溜逛了几天，买个门票进去，转个弯儿出来，便一路返回青城，散伙了。

去年秋天，老牛盖新房，老伴嘱我回去帮着照料。恰好赶上了八月十五，村里人聚在家里吃月饼，我上房顶等着看月亮。坐在小马扎上，一支烟刚抽半截，东梁背后便泛起一抹浅浅的红，像女子画着淡汝的脸。很快，浅红开始朝边沿浸染开来，化作一个清亮的东方。看着看着，月出来了，凉白凉白的，能见到月悠悠向上的情景。也就一杯酒、一盏茶的工夫，月便与普天下正在团圆、就要团圆、企盼团圆的人们会面了。

先被照亮的梁下边，是个叫公中渠子的村庄。梁上头有座石砌的敖包，这是我见过的最老最大的敖包。我曾与小伙伴儿们爬上梁顶，围着敖包左三圈右三圈地转。后来的岁月里，不知为什么拜菩萨信鬼神的村民们竟都满不在乎地拉运回敖包的石头做房基、垒院墙、砌水井，十里八乡都这样拉个没完，竟没一个干部或神婆、阴阳先生、大仙爷出来劝阻，让人们把座百岁老者都说不清何年何月何人主持，动用了多少人力财力筑起的一座宏大的敖包给毁了。可断言，这敖包该是清朝兴旺时期所建。结果清朝时塞上的爷们做的一件好事被后世的儿孙们给毁了。如不是这样，盛世今朝的敖包山上年年必定祭敖包。因老敖包而名走草地、气越阴山的敖包山该是游人不绝的旅游胜地。

你说这是不是一个不小的憾呢？更遗憾的是新近成书的《固阳民俗》收入了这敖包那敖包，却不见敖包山上的老敖包。

月亮还是那个月亮，却不见了当年的敖包。痴情的哥哥耐心地等待，心上的人儿多会儿才跑过来呀？

都说月是故乡圆。故乡圆月朗朗照在敖包山上，照着敖包山上的敖包，那不就是那首你爱唱，他也爱唱，是个场合一男一女便能合唱的歌吗？那不就是一幅画吗？月光下，敖包旁，一对恋人依偎着。山下边，这个湾儿里一个村庄，那个湾儿里一个村庄。姑娘在那个村庄里，是山前山后的美人儿。后生住这个村庄里，是十里八乡的后生堆里拿得起、放得下、扛得住的帅哥儿。多般配哟！可，不行。闺女她妈不同意，嫌后生家里穷。

这就是一幅画，一幅四扇屏。

这更是一首诗：

月是故乡圆，

水是故乡甜。

独爱故乡美，

月照敖包山。

难怪李白举杯邀月、举头望月。月是乡愁。月是情结。月和心一样，是没有阴影的。

打坐腔

东北二人转，西北二人台，乃异曲同工两姐妹，多以郎哥女妹的感情世界为表现主题，以说说唱唱为表演形式，唱词诙谐，道白浪漫，手舞足蹈眉飞眼跳，张扬着鲜明的地域色彩，属民间喜闻乐见的表演艺术。

二人转根植于东北大地。和酷爱大葱蘸酱一样，东北人酷爱二人转。二人转火爆，登大雅之堂是近二三十年的事。这好比饭桌上没有醋，山西人没胃口；没辣椒，四川人没食欲；没酸粥，后套人觉得寡淡；没莜面，后山人觉见淡寡；春晚闻不见东北二人转的味儿，国人都觉得少了些年味。

且说二人台也是声播华北、波连东北的西北旋风，黄土高原人听来亲切，如《打樱桃》《打连成》，心酸如《打金钱》，凄凄如《纺四姐》，楚楚如《走西口》。塞北博大且辽远，各地二人台艺人同艺而术各精湛，如一棵大树枝杈伸展四下，枝繁叶茂。今人演唱二人台，大多都走了板、跑了调，继承不足，创新过头。更有下作人抹黑了二人台的脸面。污泥浊水如开了孔的粪便车，污物滴答，脏了马路，臭了行人。这该是使大劲鞭挞的，是另一篇文章的使命，这里暂且不提。

说起二人台，还有个独特的表现形式，喜闻乐见于坊间，名为“打坐腔”。阴凉树下、街巷一角或家中院外，不搭台，不挂幕，有块地方就行。不收钱，不卖票，不打开台锣鼓。两声梆子响罢，笛子吹起来，四胡拉起来，扬琴打起来，四块瓦儿呱啦啦地抖起来，先来一阵《碰梆子》《九连环》《八音杭盖》。一阵排子曲响后，听见的人溜达着来了，忙着的人看一会儿走了。任你来他去，人越聚越多。《挂红灯》《十对花》《王成卖碗》《刘干妈探病》《跳风墙》《送四门》……会唱且胆大的自己挤进来，想唱却胆窃的被人推进去。你方唱罢他登场，从晌午红火到半后晌，人伙不散接着唱。来往行人近前来，把车停在路边，把马拴在树上，忍不住挤上前来，咳两声清清嗓子，撩衣襟、紧裤带，吱喽喽兜他两嗓子，乘车打马回家去。老婆追究缘何晚，说甚也挨骂，说因为打坐腔却甚事没有。

某村有个二花眼，喜吃好赌，早出晚归。晚了便遭老婆好一顿数落，学会了溜鬼聊骗。一次晚归，老婆不依不饶，惊动了公婆，被两老人持棍棒追着可院里跑，被堵在墙角。“做甚个来来？”大大问。“打坐腔。”答。“唱的甚？”又问。“《打樱桃》。”又答。“开头怎唱？”再问。“妹妹，回个哇，黄风吹了你奶白脸脸呀……”“啪！”一个嘴巴闪过去，“这是《走西口》，哪是《打樱桃》？”

二花眼聪明，除了赌场上犯浑，别的还行。从此，他谋上了二人台，拜了一个吹唢呐的盲人为师，男女角色几十个曲目的唱词、道白记得一字不差。拿手戏是《珍珠倒卷帘》，这戏从正月唱到腊月，从腊月回到正月，二十四个月，一月一段，一段一典，都是古时名人趣事。每每归晚，回老婆问话就仨字——“打坐腔”。日久，老婆不再问，问也问不住。怪的是二花眼改了喜吃好赌的恶习。更怪的是，夫唱妇随，两人都成了后山“打坐腔”的名角。

捏莜面的新媳妇

“人生在世，吃穿二字。”这句老话该有五千年了。吃穿是生命的“最低保障线”。而吃为首，穿则为次，是因为“民以食为天”。东方古国是这般，西方世界也是如此。《圣经》首页说的是耶和华创世的事。无所不能的耶和华用了几天的时间便创造了日月星辰、风霜雨雪、山川水气、花鸟草虫、飞禽走兽。当然，还有人。耶和华先创造了和自己一般模样的男人，又取男人一根肋骨创造了女人，让两人做夫妻，夫名亚当，妻叫夏娃。夏娃经不住蛇的诱惑，违背神的嘱咐，偷食了伊甸园里的善恶果，忽然心明眼亮。见自己赤身裸体，赶忙以草为绳，穿连起树叶，围挡着身体。你看，西方世界也是吃先穿后，先食后衣。这般想来，食属物质文明，而衣则是精神世界。草叶遮身之初只为遮羞，而不为御寒暑、挡风雨。顺着想下去，人类文化最早始于食文化，接着才是衣文化。关于文化的概念，词典这样表述：“文化是人类长期以来所创造的物质文明和精神文明的总和。”食文化是两个文化中最早的文化，且开始于夏娃偷吃禁果之前。如此一来，便觉女人是创造历史文明的旗手。那么是否该有一块丰碑，用世界各民族的文字刻下：“母亲万岁！”

给母亲立一块“万岁碑”还在于她们在后来和今天，一直都推动着历史文明的车轮向前走。世上，有几个男人掂过勺呢？后山，有几个男人会搓鱼鱼、推窝窝呢？有几个男人能敲打出一首锅碗瓢盆交响曲呢？

我爱吃，却做不来一顿可口的饭。我和多数男人一样，一脸吃相，焉论烹调。要说起莜面，我真的能叨咕出个一二三来。

你会唱那首《割莜麦》吗？“白格腠腠银手镯镯，其哩哩哩哩出啦啦啦，在乃南梁背后割莜麦……”巴彦淖尔歌舞团的一位女歌手唱得那叫一个好听。这首《割莜麦》该是我们内蒙古的一支名曲，如宁夏的《四季歌》、陕西的《赶牲灵的哥哥》、山西的《羊肚肚手巾三道道蓝》、山东的《沂濛小调》、豫剧的《谁说女子不如男》、评剧的《报花名》和脍炙人口的《茉莉花》《梁祝》等，动听且独具鲜明的民族特色和地域风情。一方水土养一方人，一腔情调炫一方情。

莜面是大青山后特色食品。你看那南梁北洼的莜麦，独占后山秋色。一支秆儿一嘟噜噜铃，一只铃里一粒籽。秋风里莜麦铃铃嗦啦啦地响，走进田垄躺下，看高天云淡，听野鸟鸣啼，身心都去了梦里。开镰了，一把快手开一条巷子在前面，妙龄男女分列两边，卷袖挥镰，紧随其后。从高处望过去，一队一队徐徐行进，若群舟竞渡于江湖水面。待运进场面码垛成山，再拆垛解捆，整齐地铺开成行，用连枷拍打使颗粒脱出。打连枷的汉子们都是些身手不凡的壮年。他们排作两行，相向而站于铺展的莜麦秸秆两侧，举连枷于上方，忽一转弯，用巧力拍打下去。就这样你起他落，噼啪声整齐有序，如配了打击乐的歌舞，场景豪迈壮观，似秦人的《威风锣鼓》。“一夜连枷打到明”，说的就是此情景。

炒莜麦则是二人功夫。一人立于炒锅一侧，双手紧握一把枳机扫帚，把一平底铁锅里淘净粉好的莜麦颗颗旋扫得滴溜溜的圆。一人蹴于灶旁，抓一大把麦糠朝灶膛里扑撒，麦糠纷纷扬扬，恰似扬花飞雪。灶里便起了呼呼的焰火。火舌喷射出灶口，又呼地被吸入灶膛。锅里渐起了噼啪声，莜麦的香也越来越浓。两人练成心手默契如一人的手艺非一日之功。

炒熟的莜麦碾成面，还需经滚水烫熟、竹笼蒸熟。经“三熟”而食的莜面味道鲜美独特，且柔嫩而不黏，劲道而不僵，乃因儿道绝技融入了里边：一为和面的水须哗哗地开。二为水面比例对半来。三为反复搅拌用力揣，不粘手不粘笼，软硬如耳垂。

案板上搓鱼鱼，石板上推窝窝，皆不叫“做”。你可知为什么？原来搓、推手艺需要十分地拿捏。你见过后山女人捏莜面吗？你见过过门不久的新媳妇捏莜面吗？如果见过，那一定忘不了的。

你看，她把一块柳案炕沿边放，一件花衫身上穿，一个兜兜系腰间，袖袖挽至肘，和好的莜面盖了沾布放在右手边。腰儿轻轻弯着，胸脯微微挺着，脸儿稍稍侧着，两手捂拢着面蛋蛋上下滚动，相向搓行，两手在胸前交叉而过、两臂似贴似不贴时，捏握面蛋带八九条鱼鱼各回原位，继续下一个回合。那身段随着手臂搓动轻轻地扭，两条大辫儿在身后垂着，跟着扭动的身段微微地摇。你见过春风拂柳吗？这不就是吗？那年一群知识青年在村里住下来，见什么都稀奇。满村村各家家赶着钟点看大闺女小媳妇捏莜面。城里娃娃不认生，让吃就吃，吃后在回去的路上便议论不止。晚上在油灯下，爱画的便画了一张素描，爱写的便写了一首长长的诗，善舞者看着灯影把人家搓扭的肢体形象语言化，善歌者哼着唱着涂着改着谱写了一支歌曲。善歌、善舞者、善诗者、善画者，皆以自身的爱好呈现那捏莜面的女人的美。然而，论捏莜面的手艺，他们取得惊人的共识：论手艺，捏莜面的女人堆儿里刚结婚的媳妇排第一。可究竟为什么，却是公说公的理，婆说婆的理，争论没个结果。一群人相跟着去问村里的老太君。老太君说：“女儿们要找个好人家，脸丑了些儿不怕。搓鱼鱼正手四五根、反手三四根，窝窝推得一样薄厚、一般高低，再丑点儿，也不愁找不上个好婆家。”

被访的老太君有五男二女，看门窗可知家底殷实。老太君个头高大，看脸倒也有四五分的美。

口琴与我

炮声隆隆，伴着大鼓咚咚，一个演员，两名观众，演出开始："说老李，道老赵，老李老赵有功劳……"

这是《英雄儿女》里王芳在枪炮声中慰问炊事员的镜头。把舞台搭在前沿阵地，把歌声唱响在行军路上，是人民解放军的老传统。我也曾是传承人。

入伍不几天，我被叫到连部。

"你去演唱组吧。"连长说。

"我不会唱。"我说。

"你会吹口琴，怎能不会唱？"

我无言以对，只得去了连队演唱组。演唱组虽然是个不出操、不参训、不站岗、不喂马、整晚整晚地不熄灯的独立小王国，但是必须三个月排出一台戏，参加团里文艺会演。会演后，我被调到团宣传队。说相声，我是捧哏；歌曲演唱，我是领唱；民乐合奏，我拉二胡；演京剧《智取威虎山》，我扮演少剑波，就连演群口快板、马刀舞，我也在其中。我像只鸭子，硬是被赶在了架上。队长说我是台柱子，去赤峰各地巡回演出，天天酒席不停，却不准我喝烧酒、吃辣菜。我吃了好多亏，却占了大便宜。有人给部队寄来了信，揭发我是“内人党”。几十名被圈进去的“内人党”分子挨批斗，其中有团长、政委、副团长、副政委、正副参谋长、政治处主任、后勤处长、一般干部和战士，有的被退役、被转业或被遣送回家，但我没有。“走了台柱子，便塌了一台戏。”若不如此，我岂有今天？我是占了口琴的大光哟！还因为这只口琴，我有了文学艺术的爱好，和吹奏口琴一样，吹奏葫芦丝、巴乌给了我许多乐趣，拓宽了社会渠道，结识了好多朋友。饭局上演奏一支口琴或葫芦丝曲，声惊满座。醉了的、不醉的、似醉非醉的，无不对白头老汉刮目相看。

让我得益太多的这只口琴，是我入伍前同学赠送的，而妻是这位同学的妹妹。

后山三件宝

战友石桥，铁岭人氏，铁塔般的块头，铁嘴里颗颗是钢牙。言行举止必露出十分的东北气概，还爱拿“三宝”说事，嘴儿吧吧的，厚故土而薄他乡，声腔形色毫不遮掩：

“东北三件宝，人参貂皮乌拉草。人参味甘，大补元气，止渴生津，增加营养，乃是百草中王，唯俺东北肥山富水有。半碗山参汤，能抵五斤唐僧肉……”那小样竟得意得好像忘了自己个儿的模样。

我心里耿耿，却不敢多言，知他嘴不饶人，且又是早我一年的老兵。直到欢送他退役的晚会上，我的一曲《割莜麦》，唱得他站起身走过来，紧紧握着我的手。他哭了，我也哭了。

第二天送他上车时，他将我拉近了悄悄地说：“给我写信，说说你们西北后山‘三件宝’。”说来这是四十年前的旧事。

俗称土豆子、异地叫洋芋的马铃薯，后山人叫山药。为什么？我问过十几位长我两辈的村里村外的老人，他们或摆手，或摇头，都说不来缘由，只是说山药是后山人度饥荒的救命粮。有几位还老泪纵横，忆起一段心酸事：

1949年，后山大旱，颗粒无收。村里拖儿带女逃荒去后套投亲靠友的人家十有八九。后山人脸皮薄，不肯讨要行路，只把怀揣的山药用水煮了吃、用火烧着吃，没水没火时就生吃。山药救了多少荒野逃难的后山人啊！

我藏有一本《山药百吃》的书，书中有不少后山人的山药吃法，如把山药煮熟，去皮，捣成泥，和了白面，捏成糕片，再上笼蒸，名为山药糕；将山药擦丝、拌面、笼蒸、油炒、调以扎蒙花油的盐汤，名叫山药丸子；和莜麦糁子熬粥、拌炒面；和五花肉、粉条、酸白菜一起烩了，就馒头、炸糕吃。诸多吃法虽上不得全席大宴，却也是招待异地宾客的地方特色风味小吃。

农历七月，远望南梁北洼一片秋白，近听唰唰啦啦起铃声，那是成熟待割的莜麦。莜麦上场，便听得村村社社、家家户户“一夜连枷到天明”。

莜麦收割后需要炒熟、泼熟、蒸熟，而炒是关键。把淘净、粉好的莜麦放于略显凹状的大铁锅里，一人执一把枳机扫帚上下扒拉、左右翻炒。最抢眼的是那位火头军，你看他抓一大把麦糠，抖着手腕朝着炉膛撒洒麦糠，炉膛里“呼呼”的风声大起，火苗喷向锅底。听是一支曲，看是一幅画，想来便是一首诗。

莜麦，一棵秸秆一串铃，一只铃中一籽粒，粒儿纤纤，两头儿尖尖，酷似燕麦，属味美低糖作物。听后山旅游的人回来说，莜面也进了京津沪，又说怎么吃也不如家里的好，还说那城里的水就不配做后山莜面，如河水煮河虾、湖水炖湖鲤，味才鲜而美。莜面也是，产地的水调做才倍加可口。

莜面，后山人家怎么吃怎么香。我最爱用窝窝、鱼鱼调了羊肉汤吃，这是因为看不够那搓莜面的情景吗？

你去过后山吗？见过后山女人搓莜面吗？你是城里后山人，脑海中还有姑嫂婶娘和不曾年迈的母亲搓莜面的身影吗？

我记得。炕沿边铺一块油布，油布上放一块案板，案板上一块平平滑滑的白马牙石上涂点儿素油，右手背上桔大一个莜面蛋蛋在指缝里微微扭动，在石板上轻轻一堆，左手指翘着在石板一掀绕，一个卷儿就魔术般地套在指上。不一会儿，一样样高低、一样样圆的一笼窝窝，蜂窝般漂亮地呈现在眼前。

你再看，案板上核桃大小的面团左三个、右四个，两手按着，轻轻搓动，相对而行。手后七根条儿，粗细如檀香，匀匀称称，一根不断。搓莜面的女人多是大闺女小媳妇。她们从地里回来，见菜已齐备，面也泼好，便更衣洗手，把一件补花围裙扎腰上，腰儿弯着，头微微侧着，身段随着搓动的两手轻轻扭着，身后的两条大辫儿悠悠颤着，又逢姑舅两姨、近朋远客上门，心里高兴，便哼唱出一串爬山调儿。灯光下那雪白的墙上的影儿不就是一首配乐的诗、一支歌伴的舞吗？

山药、莜面是后山人家苦度饥荒的救命粮。羊皮袄是他们御寒的火龙衣。饥寒交迫的年代，家不论贫富，都有几件羊皮大袄。殷实人家，皮袄缝一道狐皮领，挂了布料面，人前人后让人仰视。穷苦人家的白茬皮袄更是“白天穿、黑夜盖，天阴湿雨毛朝外”的宝贝。小雪、大雪时节，雪大一阵小一阵地来了，“千里冰封，万里雪飘”，快雪时晴后，山也茫茫，野也皑皑，望一眼，五脏六腑似洗了一遍的爽。大雪盖地是丰年好兆头，后山人好不喜欢。可那白毛旋风呼天盖地疯狂起来，也着实如那追命的无常和索魂的恶鬼。能有一领羊皮大袄穿了，行走在冰天雪地而不做路上冻死骨，是后山人挨过严冬的幸福。

那时候真冷，娃娃都会唱：“一九二九不出手，三九四九冰上走。”七九河不开，八九雁不来，冻裂的地缝横七竖八，十九过了也合不拢，没有羊皮袄焉能挨过冬天？

几张老羊皮熟了、铲了、刮了，做成一件可身可体的袄。女人穿了，俊美里有了几分汉子精神；男人穿了，阳刚里平添了许多豪气。这样一件宝贝非描红绣绿的女儿所缝，也非穿帮纳底的媳妇所做，而是汗手汗脚的大男人的手艺，你信吗？

后山三淖

后山有三淖，相间二三里，自西而东依次是小西淖、大西淖、白灵淖。岸北都有个与其同名的村落。村后一座土山梁，形若卧龙，佑护着它的村民和村民的淖儿。

白灵淖大，村子也大。解放初期，固阳县四区在此办公。撤区后，白灵淖公社在原区址办公。于是，机关行业服务部门应需而生，再来个县长，便是个县城了。公社院里有一座天主教堂靠着黄土夯筑的城墙根儿。城墙顶上追逐戏闹的娃娃一个根头摔倒，起身来手里不是拿着一枚铜钱，便是拿着一枚子弹壳。教堂的拱形门窗高高窄窄，与别地的教堂一样。天主教传入固阳是1895年，首建堂于合教村，神甫是位名叫冯学渊的比利时人。后建教堂于永和公、白灵淖、色气、毛忽洞、广义魁。可见，白灵淖的文化积淀有了些年头。

每逢交流会，人在教室朗读着“白日依山尽”，心早长了翅膀，飞去看那拉西洋镜的、摆地摊的、说快板的、耍把卖艺的、炸油糕油条的、卖炖羊肉羊杂碎的。开小饭馆的多数是白灵淖的手艺人，买根油条少要三淖村人一二分钱。

放学铃响过，人便一蹦子跑了。一大圈转完，手里的毛钱湿湿地成卷，单等大戏近了尾声，布围子撩起，收票的撤了，挤进人群，踮起脚尖听一阵收场的锣鼓。

小西淖也就四十几户人家，竟出了几位拉胡琴、打扬琴、吹梅（笛子）的高手。冬日农闲时里，尤其是正月，一班高手被东村请来西村叫去。《挂红灯》《十对花》《打樱桃》《走西口》《听房》《吃醋》，荤素来一场二人台。《碰梆子》《九连环》《巴音杭盖》，先奏几个排子曲。不需拉扯请叫，便有人闪身过来，叫一声板便知曲目戏名，于是两声梆子响过，梅琴齐奏，一段《走西口》"哭板"只唱得台下眼泪汪汪地止不住。又一出《方四姐》，不待半场，人群里便响起阵阵哭声。戏到中场，人头攒动，人越来越多，越多越挤，越挤越乱，便起了怨声、骂声。忽见人影里有人手舞着帽子"叭叭"地抽打，混乱中有人挤出去，手拉手窃笑着跑进茫茫夜色里。

居中的大西淖比小西淖大，比白灵淖小。房是坯盖的，院墙是坯垒的。土房土院依了村后的土梁，错前错后地拉溜开来，相互间挨着靠着的、不挨不靠的，都那么随随便便、自自然然、和和谐谐。

村后百步开外有一小庙，里边供奉着观音、关帝、龙王、山神、土地爷。庙也是坯垒坯砌的，宽绰的可容三五人横卧，窄小的容不得一人抬头。土地爷、山神爷的居所也只是个土坯包包。我问过村里有名望的长者，为什么不起些钱盖大的庙，长者说："神仙是不计较穷苦人的。"

字典说，淖即湖泊。其实，后山人管"淖"不叫淖，也不叫湖泊，叫"海子"。自嘲嘴笨的村人为什么给自己的村子起了个文绉绉的名呢？我问过多少人，都不知所以然。一天，忽地瞭见村南的小营盘、新营盘、老营盘，又忽地想到南山里伏卧的长城，又连着想起村西十数里一片残砖断瓦的怀朔镇旧址来，便想：莫不是当年修边墙、筑古城，镇守边关的将士，依山傍水在三淖边安营扎寨时脱口而出，后又约定俗成了？将士们都是江南关里人，定不乏文人秀士……欲穷所以又不能知所以，老叫人苦苦地思谋，却也总有一种追美的心思，挺好的。

门前的海

我常常记起我家门前的那片海。我步量过，从门口去海边有一百六十一步，绕海走一圈有一千九百零九步。她是一个好大的海。她其实是一个湖，可村里人却叫她“海”，叫她“海子”。邻村上下的人们也都这么叫她。她是我亲近过的最小的海。没有泉水做补充，也不与江河相连，她只是一汪汇积的雨。雨水充沛的年份，雨水打四处涌来，家门前汪洋一片。被风吹了，竟也是波涛阵阵的，院子里听得见拍岸的声响，老远也看得见水飞溅的浪花。没风的早晨，我总要跑去看她，围着她转，去对岸静静地看她怀里的那个我。我也看我家的小院、院里的窗门、门前的老榆、榆肩上倒悬着的喜鹊窝。

我不懂，为什么喜鹊窝会是悬着的，对岸的一切怎么都倒立在海里头。而我，就站在海边上，为何始终找不着自己的影子。黄昏将至，在她风平浪静的时候，我又跑到对岸，还是看不见自己的身影。只见牛群从梁上走下来，走近海边，自觉地排成一列，大口喝起水来。海边泛起道道涟漪，扩散开去，弄皱了半个海。伴着一声响鞭，一阵轻尘进村来，轻尘里荡着马莲花的香气。

“羊群在前，五哥人在后，只瞭见羊格群群，瞭不见五哥人。”戏词里如是说。井台上“啪啦”一声扁担响，逆光里，只见得一个弯腰举臂的身影，看不清是谁家的男人天要黑了才去担水，是刚从外村回来，还是明天要出远门。西院二圪旦家的狗蹿上房顶，朝着大路那边“汪汪”两声，倚着烟洞卧下了。炊烟渐稀，阳婆去了西梁后，村子悄悄静下来。海子里开始有了动静，是那对鸿雁夫妻回来了，还领着一群孩子。夏秋季节，常有野鸭、灰鹤等许多水鸟成群地飞了来，又结队飞了去，都是些打尖住店的过客。唯一舍不得这片海的就是那一对鸿雁夫妻，夫妻俩不离不弃，也与海不离不弃。

门前的海照着天，也映着地。海里有个小世界，在对岸看海里世界，就想起了那块洁白诱人的幕布，那块县城里下来的电影队挂在队房后墙上的幕布上。幕布上演的是《白毛女》《英雄儿女》《上甘岭》《柳堡的故事》……我又想，我的海子不就是一块大幕布吗？就是！电影队一两年来不了三两回，演的都是别人的事。家门口的大幕里天天上演的都是我们村里的故事。没有剧本，不需编导，一村老少男女都是角儿，我和我的伙伴是明星，是明星群里的主角儿呢！下海打仗，水溅泥飞，一群泥猴闹海。抓一把污泥四处乱扔，呜哇地叫，追得小鸿雁一个劲地扎猛子，慌了神的雁爹雁娘在头顶上盘旋，俯冲，乱翻腾，放开嗓门悲愤地叫，酷似狂轰滥炸的敌机。

惊呼乱叫的还有岸上的女孩和胆小的男生。她们胜似足球赛上的啦啦队，疯吼狂叫着拍着手。拉拉队里还有提心吊胆的爷爷奶奶、挥拳跺脚不迭声叫骂的大大妈妈。壮观的场面若在如今，定会被手机拍下来，准是一部可获奥斯卡金奖的微电影。

海子是水鸟的驿站、蛤蟆的营地，也是我儿时的乐园。点油灯、烧牛粪的岁月，看海闹海是我等猴群的一大快事。尽管没有鱼，也没有虾，也不见水草，可在我们的心里，她已经确确实实称得上是“海”了。这一片海，不是大后山的每个村前都有的。她着实让那些没见过海的别村的娃娃们羡慕不已呢！

致敬，我的校园

虚岁九岁那年，我迈进了校园。学校在外村，离我家也就二里地。校园没院墙，也没有门庭。一块案板大小的木牌挂在校长办公室门的一侧，上书“白灵淖小学”。

校园建在半梁上，梁下散落着农家小院，梁顶上有座“三角城”，不知谁人筑于何年月，古城坍塌，已成残垣断壁。教室也是村舍模样，土墙壁、木椽檩，北高南低、“一出水”，只是比农舍长些、宽些，略显高些。课桌、板凳都是四条腿，地不平，桌凳岂能稳当？课堂上常有顽童故意把桌凳弄出响动，师生皆知是谁所为，久之都不去理他。室内泥墙一年两次用白泥掺粉土进行粉刷。白白朗朗的墙上贴着《学生守则》和励志敦学的条幅。泥抹的黑板十天半月用墨刷一次，都是些操行、成绩良好的同学的主动作为。让人引以为豪的是刷了浅蓝色、画了白线的土墙，如新砖砌筑，十步开外看上去难辨真伪。更让人心动的是玻璃窗上的花卉，粉杏、红桃、银芍、黑牡、翠柳、白杨、梅、兰、竹、菊争芳斗艳。牵牛花儿攀缘在高墙矮篱上，朵朵似垂挂的喇叭，白、蓝、红、粉，沁人心脾。步入校门，似进了花园，叫人心旷神怡。这都是崔勇老师的神来之笔。涂抹戳点，他把赤橙黄绿青蓝紫用到了极致，十来笔便生出花儿来。友邻学校师生常来校参访，那时，我的自豪便悠悠而来，会不自觉地拉拉红领巾，摸摸衣领纽扣，如在家门接待远客。

忘不了的是校长武俊。当年在我眼里，他就是皇帝，没谁敢触犯他的权威。屈广义和屈广礼被人尊称“二屈”，他俩是叔伯弟兄，都任过我的班主任，都是同学们心中的偶像。还有那位打铃的老人，全校师生都以他的铃声而动：上课、下课、出操、放学……

我的家人都以耕作谋生，比我年长的村人多不识字，同龄者文盲也不鲜见。我能读书、写字，后又在军营、警营里供职，都是文字为我垫了些底。要问我能读能写的小能耐哪来的——小学校园里学来的。每次回去探亲，看望那个先被弃用、后做他用的小学校园，是我最为快意的事。没等走近她，我的心便发声了：“敬礼，我的校园！”

铃 声

校园里的球场、操场、黑板、桌凳，件件令人感到温馨，处处触动人心。就说那铃声，两声上课，三声下课。野惯了的娃娃，闻铃而动。“丁零，丁零！”最先的铃声是一位老人摇响的。他手拿木柄铜铃，从教室窗外经过，身影后边撒下一串铜铃声。不知为何，三年级开学后，不见了老人影子，也没了“丁零，丁零”的脆响，代替铜铃的是一截悬挂在木桩上的三尺槽钢。“当当”声响撞疼了北梁之后折回来，消失在校门前边的一片低墙矮院里。老人去哪儿了？带了铜铃去的吗？

我们赴县城赶考，老师屈广礼如妈妈，精心打扮着要出远门的娃娃。他用推子挨个给我们理平头，亲手扎小辫，一群男生似少林俗家弟子，女生是地道的农家丫头。在包头十中教室里齐刷刷坐毕，忽听“哇啦啦”一阵山响，不知声打何来，又发自何物。点油灯、烧牛粪、吃井水的毛头娃娃哪里见过此等阵势。事后同窗忆之，说那一串怪响，只唬得人胆战心惊、惊心丧胆、魂飞魄散，唯浑身颤抖，不能自已，竟不知云里雾里。那怪响使得班里八大才子、五朵校花乱了方寸，成绩大跌，没中榜者大有人在。倒是我等三天不打上房揭瓦之辈，跌跌撞撞地误入了包头第十中学的大门。

就读内蒙古师院时也是电击铃响，有了先前一惊，任它怎么“哇啦啦”作响，我自神定心平。后来在军中听惯了“嗒嗒”的军号声，才觉电击铃声略有些不适罢了。

辍 学

二相公窑子村后有条大沙河，古曰茫水，今名昆都仑河。山泉溪水汇聚，流出大山，流入昆都仑水库，丰富了库里水族，润泽了周边田垄。过河北去七八里，怪草簇簇，层层叠叠，形似盆栽的碧塔，遍地皆是。怪的是该草六畜不敢食，人手不能碰，不小心亲近了，即见红肿一片，火辣辣的，疼痛难耐。小心地剪其嫩梢，用开水焯了，放盐、葱花、陈醋，滴几滴扎蒙花油，拌莜面吃，是后山小吃一绝。

怪草名荨麻（当地叫作席麻），几十户农家小院散落成村，便随这怪草起村名叫席麻塔子。在村北偏东的立崖掏挖出几眼窑洞，门窗向南，门前宽绰且平坦如场院。立崖面如刀切，用白粉土刷着八个斗大的字："车马大店，茶水方便。"店里歇脚、打尖留宿的，都是些赶着二饼子牛车和三套马车去前山、下固阳、走包头、上草地往来南北的车倌。车倌们装一车石拐的大炭、包头的百货、百灵庙后草地的皮毛，上坡抽响长鞭，下坡拉紧磨杆，一路风尘、一路山曲地赶来。此时早有店家迎在岔路口，帮着卸了车辆，安顿了牛马。赶车的一头钻进窑里，盘腿坐在热炕上，捧一只粗瓷大碗温暖冰凉的手，吸溜着滚烫的砖茶，舒展了浑身筋骨，消化了一身的疲惫。

我只在此歇脚一次，却给我了刻骨铭心的记忆。

那年我十四岁。开学了，秋高气爽，包头十中校园内莺歌燕舞，我也如雀儿一般欢快。新书发了几册，有的还没到校，同学们上自习课，教室里悄默无声。推门进来一个着棉衣、戴皮帽，一脸风尘的汉子。他不作声地扫视着，同学们愣愣不语。我一眼认出他是我同村的贵德哥。我站起身来，他腼腼怯怯地朝我过来，递一张纸条给我说：“你二哥写的。”我展开来看：“队里偷分的粮食退赔了，原打算卖了做学费。家里再没来钱处，回来哇。”

我呆了，哭了，捏纸条的手嗦嗦地抖着。同学们凑过来问长问短，我泣不能答。同学们传看着纸条，都哭了，女生们哭出声来，男同学抹鼻子抹泪。我哭着收拾着书橱里的东西。末了，竟忘记了和大家道别。我去找班主住曲世莉老师说明原委。老师说：“别退学，我再给你争取两块助学金，五块钱差不多就够了。”我知家中困苦，退学意决，就这么恋恋不舍地走出了我心爱的校园——包头市第十中学，而今的固阳第一中学。

探家路经固阳城里，我曾几次去看我的中学母校。我站在校园大门外，欣悦和酸楚在心里翻上翻下，千言万语不知说给谁听。漂泊他乡五十个春秋的后山娃娃，睡前醒来会这么想：这也是乡愁？

头一场雪

海子边儿结了冰，头场雪离家就不甚远了。古人说春雨“随风潜入夜”，雪也是，只是没有风，是乘了夜色悄然而至。夜半觉醒，睁眼见一屋晖晕。进来的不是月光，月光是澄澈的水亮，进来的是雪色，雪色是摇匀的银辉。但逢此刻，睁开的眼别再思谋会合上。披衣去看楼外，睡前还是灯明水亮的世界，做了个梦，便幻作了一个奇妙的世界。

彩铃响了，是山里的朋友发来的。山里的朋友喜欢雪，更喜欢头一场雪。那年夜里的头一场雪，把山前的农田和山后的草地盖了个严实。我踩着隐约的路迹去山里的朋友家里。朋友是牧人，山柴扎的圈门开着，羊上了山坡，牛进了沟里。昏黄时，几声皮鞭震得山响，羊下山了，牛进圈来。他背一捆干柴回来，媳妇煮一锅肉等他。他们的儿女们在山外的城里。晚春里做完剪毛、招绒等活，挤奶做奶食便是日常的营生。夫妻俩一人一匹马，梳洗打扮如侍弄孙儿。手里没了营生，便骑马逛山串门儿去。隔山是近友，十里是邻居。朋友邻居十天不见就梦里见，月半不去他总来。来了必是刀削肉、酒伴歌，数日方散。头场雪来，山披银装，树托雪塔，牛羊拣食雪上的草梢，石鸡子“打咯啦、打咯啦”的叫声此起彼落。山娃娃也学那石鸡子“打咯啦”的叫声。不用多时，棚圈里、水井旁、场房前后，三五一伙、八九一群的石鸡子便混在家鸡群里，在牛羊踩踏开的草窝里找食吃。

山里的手机信号时有时无，朋友知我进了山，却不知我在哪条沟里。他关了手机，举着望远镜，骑在屋后坡顶的树杈上四处搜我，还派出快骑在山路岔道口迎我。朋友对我情纯意洁，如这皑皑白雪。

头一场落雪后，圈栏里便多了几百只羊羔，毛如白雪，卷卷如花。咩咩声如歌，在日升日落时分响起。大山深处，一处石屋石院，一片木圈柴栏，不讲究南北，不计较东西，只是顺着山势、依了地形，随高就低地坐落在阳弯弯的一个高台上。有了山，有了树，山上树上有了雪，晨阳初照，咩歌里添了鸟啼。落辉渐淡，咩哞曲回响于山林，如同置身于童话世界。活在这样的世界里，真快活似神仙。

落了头场雪，我总要去那个世界里活几天。

后套人家

儿千人马的大营，一夜间变得空如旷野。军列风驰电掣，一路向西，再向西。车窗外一会儿一座小城，一会儿一片农舍。原野的色彩随着天色渐浓渐淡，在不知不觉中变换，不变的是“隆隆”的声响和偶尔几声彻耳的汽笛。“到哪儿了？去哪儿呢?”兵不知，班长不知，排长不知，连长许知也未必详知。阳光淹了半月，淹了一天星，淹了一路灯火，照进了车窗，照亮了一车厢国防绿，照亮了一双双迷蒙的眼睛。列车减速，缓缓停靠在一个小站上。站牌上是两个褪了色的黑字——刘召。

刘召是个小站，被四围的民房拢着，平日也不会有络绎的旅客。“咋来来，打仗呀？”人们匆匆走出家门，以异样的神色审视着骑马列队穿街过巷的军人。

军人们虽远涉长途，但不知目的地及任务。下车后才被告知要扎大营于五原，赤峰东大营给了东移的部队，移防而来的骑兵在城里城外混扎散营于民间。

五原城不大，但历史悠久，曾是唐代的州郡治所。使臣李益慰劳边关将士，途经五原作《过五原胡儿饮马泉》诗：

绿杨著水草含烟，旧是胡儿饮马泉。
几声吹笳明月夜，何人倚剑白云天。
从来冻合关山路，今日分流汉使前。
莫遣行人照容鬓，恐惊憔悴入新年。

五原在近代史上亦有闪烁篇章。当年冯玉祥将军通电全国，誓师于五原，是继中国共产党领导的红军之后又一支高举抗日大旗之义师。冯将军旗帜鲜明地抵御外敌，震撼了蒋家王朝，也震撼了法西斯，是中国革命史上浓重的一笔。

巴颜喀拉山的星泉汇成大河，千回百转，流经八省九十八县，独厚于后套。后套八百里，五原踞其中。五原人胸襟也如河套平原，辽阔而坦荡。“后套是个养穷人的地方。”晋、冀的穷苦人家出张家口，走杀虎口，两路“走西口”的移民队伍北渡黄河，在沿岸扎下根来，把口里风情带来口外，融入黄河哺育的土地里，形成了独特风情。

晋人爱醋，冀人爱粥，陕人独爱黄米糕。后套人喜爱的酸粥里，蕴含了晋、冀、陕的醋、粥、糕三元素。后套人嫁女儿，炕头上有个酸米罐子便是好亲家，男方没有酸米罐，闺女死活不嫁他。浆过的糜米熬成粥，滑流爽口、泻火润肠胃。大晌午劳作回来，“咕咚咚”一大碗酸米汤下肚，一阵凉气上身来，倍儿爽，远胜于喝冰镇啤酒。“辣椒椒抹粥——稀兜”，乃是后套人家嗜酸粥成瘾的写照。

有秽语污言笑后套人家：“哈漠儿碴墙墙不倒，后生跳墙狗不咬，闺女嫁汉娘不恼。”非也非也。后套人集传统与开放于一体，然开放渐而大矣。野妹浪哥的月夜风花韵事亦如芳草，敢问天下何处无？

后套人包容，如后套包容了他们。“水往低处流，低处纳百川。”一句老话道出亘古真理。后套是穷人的天堂。穷人眼热心善，心善常包容，眼热生同情。家家酒肉待路客，大碗送乞人。后套人感恩，一被劫小贩投宿村头孤寡老人家，小贩发达后，待老人如亲娘。“滴水之恩涌泉相报”之古风犹存于套内。“饭给饥人吃，苦给穷人受。”后套汉子壮如牛，耕种拉打，一肩挑几担。老婆们挖大渠、扛麻袋、打里照外，两臂助汉子。天道酬勤也，后套无穷人。

部队进套初期常有不服水土者，便不成形，一泄十天半月。房东们一日三餐服侍于左右。退伍老兵们常带妻儿从千百里外赶来探望当年的房东。我是固阳人，进套五十年，总是南北两相思，恋着后山和后套两个家。梦里似在后山村里，又似在后套人家。

故园走马

举家北迁那年，我八岁。斗转星移，已去六十秋。而今又一秋。深秋里，我送大哥远去，固守南柳的家人留我小住，这让我有了寻找童年足迹的时间。早前儿的忘不了，眼前儿的记不住。人到老年概是此？

祖父母生一女六男，将村后一里的一块园子分给了六个儿子。自北而南，依次是大、二、三、四、五大伯的，父亲最小，南梢儿畦是父亲的。父亲将小园分两扇，西扇栽桃，桃下种瓜，东扇种菜。哥、姐帮父亲侍弄大田，把看园子的差事给了我。而今想来，七八岁的孩子看园子，是等同于地里的稻草人儿，吓唬乌鸦、喜鹊、家雀罢了。是，鸟儿们怕我，可我怕有人来。都说“放花的”坏人专找小孩儿开膛破肚剜眼睛。可我不干会挨骂，于是我硬着头皮天天去。园子中有一眼蓝砖砌筑的小井，有一簇兰花马莲生在井旁边，叶似令箭，尺把来高。我拔了接成绳，拽一片西葫芦叶子扎成斗状，用马莲绳拴了，扔到井里打水喝。“水斗”上来了，水也漏完了，仰着脖子接几滴，不为清凉解渴，只图手里有一件事做，心里少了几分慌。井上有个葡桃架，实在害怕了，我便藏在枝叶里，歪着脑袋等着太阳掉在村西的高粱地里，一溜烟地跑回家。

今天去看那眼小井，发现小井没了，被埋了？或许还在。不知它是否念着我，我可是常常在梦里看它，还有井上那架葡萄、井旁那簇马莲、那桃、那瓜，以及那些茄子、韭菜、水萝卜。

大哥走了，去找先走的大嫂去了。四弟领我去看儿时几个地方。路上，我记起了母亲说的“大疙瘩”的故事。

说是很久很久以前，叫金梁、玉柱的哥俩起个大早推碾子。他们家的公鸡闻声啼叫，邻里的鸡们也随之唱和，于是百鸡争鸣，声声不断。其实，当时不过四更天。这天夜里的谭城，车马穿梭却悄无声息。原来，大山里胡家正在拉砖运土，奔忙有序，欲一夜筑起一座城池来。不料一鸡啼唱万家灯火明，搅得“一夜起城”的计划落了空、泡了汤。胡家人马闻鸡惊怵，只好草草收拾，打道回了深山老寨，这才给谭城抖落下偌大一个“大疙瘩”。天大亮，谭城老少疑从天降，惑打地生，先是风声鹤唳，继而奔走相告，随之面面相觑，结果是大惑不解。一城百姓满头雾水，个个似丈二和尚措不着头脑。此等怪事，扩而散之，风传开去，真乃是一日千里，家喻户晓。

“真的么?”我们问。

“都这么说呢！”母亲说。

胡家，狐家也，乃是修炼千年万载得道成仙的豪门富贵之仙家。看谭城是块风水宝地，不料被误了时辰的金玉兄弟搅了好事，它们只能将那无数石木砖瓦化为一座土山给了谭城。虽说城没筑起，憾为废城，然而“大疙瘩”也并非“烂尾工程”。它乃是胡家一座仙境，与陶渊明之桃花源各有其胜。几年后，冬春阳弯里，夏秋树荫中，常见三两着长衫、登皂鞋、童颜鹤发的老者，混迹人群里聊天、打牌、观棋。他们观棋不语、玩牌不奸，个个如佛家弟子、道家门生，温良恭俭让皆备。一日黄昏，谭城众老应邀至“大疙瘩”，忽见石门洞开。洞若天成，无锹镐痕迹。行十数步，见星河清澈，月光如水，小径幽深，林木葱葱，芳草萋萋。野湖碧碧，倒映亭台楼榭；星光熠熠，普照阡陌桑粟。灯火通明处，一座大院深宅，门庭矗立，廊柱挺挺，书写诗词联赋；廊壁阔阔，彩绘花鸟草虫。厅门大敞，玉女童男分左右施礼迎宾。厅内生辉，脂粉袍带齐离座躬身待客。太师椅、八仙桌桌椅有序，蔬果盘、琼茗杯杯盘无色。待谭城众老落座，主人先抱拳道一声谢："各位街邻赏光，胡家蓬荜生辉。我举家出山，落脚谭城宝地时逾千年，众老宗祖百代对我胡家老小不弃、不嫌、不欺、不辱，百倍信我、容我、爱我、助我，才有我胡氏一族九九八十一代老少陪座众老一聚之机缘。今设素食清茶，也只为此，略表我胡氏上下千口之谢意。"言罢，举杯齐眉，胡家呼啦啦起立躬身，数十谭城老者亦纷纷离座作揖。随即，主人说声"先干为敬"，一饮而尽。满堂宾主亦满杯下肚，一滴不剩。

出洞时，一二半醉半醒者暗记来去路径，以便来日不迷。谁知待归去醒来时，迷蒙若梦，早忘了西北东南。

此后胡家人常劝谭城人："请各家公子少爷莫再戏弄我家孩儿们。顽童有过时，不用手下留情，只是手脚再轻些就好。"

听说村里有红白宴，只需将杯盘碗盏桌凳一应用具列清单置于"大疙瘩"某处，次晨便齐齐楚楚摆列出来。

后来，有人借百而还八十，还不足一半者，也非三五人家。

后来，有勤快人贪早拾柴时，见十数辆骡马大车，沿南柳村大道，朝大柳村方向奔去。

再后来，有谭诚老者在京都偶遇胡家人，说是在京城设字号经营丝茶。

再后来，再无胡家信息。

再后来，"大疙瘩"几遭盗毁，又受水火灾难。昨天四弟带我探访，"大疙瘩"已成小土堆，顶上几株枯杨衰柳歪脖枣，土堆下几个坟头埋没在残枝腐叶荒草中。

戊戌雨

公元2018年7月18日，戊戌年六月初六，天气闷热，家禽哑，野鸟喑，人身汗流如水洗。日上东山，便在云里云外行走。黄昏不觉日落，黑压压却不见满天星斗。古人感慨："好雨知时节，随风潜入夜。"岂知这恶雨也是偷偷夜里来。夜半，横风推窗，斜雨入户。起身但见，窗台地下一塌糊涂。楼外，风不止雨也不休。楼檐儿滴水如瀑。水淹了草坪，没了道路，水中矗着的只有楼和树。车不见了四个轱辘，一排排一列列，似湖边码头的竹排小舟。

微信信息频至，说阿塔山前后，雨狂如注，尤其是兴顺西、斗铺、怀塑（原白灵淖、卜塔亥）等地，农舍倒塌，道路被毁，村庄被淹，猪羊成群溺死，农田大面积绝收。当日，固阳县政府办发布《固阳应急信息》称，五名村民在洪灾中遇难，两人失联。如此情况，固阳此前亦无文字记载。

自我记事以来，故里雨贵风贱，十年九旱，颗粒不收者十之四五。可怜爷辈父辈汗比雨多，面朝黄土背朝天，吃苦受罪堪比牛马，哪年不为吃穿二字愁？

好不容易赶上了政通人和、以人为本的好时候，农家不再纳粮交税，国家还给粮补、医疗和养老，贫困户有了些许贴补。农户感受到了党和政政府的关怀。

南水北调，惠济了一，不知南雨北调行吗？可否将调风调雨也纳入国家“天保工程”项目呢？

雪 娃

柳根子原本是梁后王五的后代。王五输掉了南滩的水地，又把个花儿似的媳妇还了赌债。媳妇身怀六甲，债主嫌累赘，半月后转手卖到了东梁后柳树滩。一个男孩儿在柳宅呱呱坠地，起名柳根子，担当起传承柳家烟火之大任。柳根子十五岁那年，母亲与继父先后逝去。遵父遗言，十八岁的柳桃与小她三岁的弟弟做了夫妻。夫妻恩爱，日子滋润，只是年近不惑仍膝下无子。两人求医问药，仍不如愿，便初一一炉香，十五三盏灯，过年过节更是香火隆重，倍加崇佛敬神，在门前踏出一条通往梁头小庙的路来。这天是腊八，柳桃早已将供品备齐，待新阳初露，柳根子便抬腿上路，踏雪直奔梁头小庙。风小了，雪花越发纷飞飘落。柳根子跺落脚的上雪泥，小心进庙，摆供焚香于土台上，整整衣帽，双手合十，双膝跪于土地上，三拜九叩后，默祷神灵赐一男半女，好老来有靠，传宗接代，也不枉人间走过一遭。这般心里嘀咕着，耳畔似有婴孩啼声。柳根子先是一怔，再侧耳细听，却是庙外轻风舞雪声。他倒头再拜，念叨着临出家门时柳桃的嘱咐。

梁头这座小庙不是观音菩萨莲池宝地，也非送子娘娘仙府殿宇，乃是一座一门一窗坯砌的龙王下榻的寝宫。大青山后风贱雨贵，后山人只求神龙降天水以供衣食自足。“生瓜籽多，穷汉儿多”，难以为生，于是山野处龙王小庙如大青山上的敖包，举目可见，却少见送子娘娘和观音菩萨庙宇。柳桃、柳根子确信心诚则灵，“龙王能降雨，送子有何难？”柳根子心里铭记着风水先生的话，忽然耳根颤动，又听得“咿呀”啼哭声，慌忙一个响头到地，爬起来，闪身出门，站在雪地里细听，果然隐隐有啼声过来。循声望去，但见百步外雪地上有一角红绫。柳根子三步并作两步，到得跟前，真的是一角红绫如火苗。柳根子先是一愣，然后单膝点地，用手抄起这个红色包袱，塞进白茬子老羊皮袄里，掉转头，一个奔子下土梁，跨柴扉，撞入家门。柳桃见一雪人呆立炕沿边，吓了一跳，定睛一看却是自家的老汉，便吼道：“怎来来，跟上鬼啦？”见老汉不应不理，只顾扯断腰间草绳，从怀里捧出一朵红云似的包袱。正待解开扎捆的布带，只听“哇”的一声长啼，惊醒了二柳求子梦。“儿子!”妻吼。“儿子!”夫吼。是，是个儿子。解开红云包袱，只见小腿蹬蹬，一支细流成抛物状，在空中画了一道淡淡的虹。虹根翘着，指头大小，如一只袭人的小蜗牛。

雪还在下，不见消停。柳根子捅旺了炉火，拔了饭锅，扣一口烧裂的铁锅在灶上，满满填了一灶膛风干牛粪，只听得铁炉“轰轰”、炕灶“轰轰”，更显得雪舞漫天寂无声。柳家夫妇侧身左右，两眼不眨，打量着熟睡的小天使，竟不去理睬辘辘饥肠，更不觉天已近午时。

夜深了，雪还再下。夫妻俩忽而呆呆地对视，忽而轻轻地对话。怕惊了儿子的梦吗？怕醒了一个盼儿的梦吗？

是梦吗？

是命吗？

儿醒啦！

梦醒啦！

“起个名儿吧！”妻说。

“叫雪娃吧！”夫说。

“雪娃，好！雪干净。”妻说。

雪娃会笑啦！

雪娃会坐啦！

雪娃会走啦！

雪娃会叫“大大”“妈妈”啦！

雪娃上学啦！

雪娃毕业啦！

雪娃上班啦！

雪娃是村里第一个上过大学、进了县府的娃娃。雪娃孝顺，攒几笔薪水给大大买了一辆“飞鸽”自行车，给妈妈买了一台“飞人”缝纫机。大大腿快了，再不用“拉步格儿”了。妈妈手快了，再不用在灯下费力缝补了。

柳雪娃上进，先当秘书，再当科员，再当科长，再当县长，再当书记，官至市政协主席。

柳桃、柳根子风光啊，年逾八十，先后寿终。柳雪娃与同桌结为伉俪，生五男二女，三博士、四硕士，谨遵父命：为官经商，不得拉父亲的大旗做虎皮，远离家乡千里之外，供职于江南和鲁地。柳雪娃不理家政，将半边天宇给了妻子杨沐雨。沐雨勤快要强，黎明即起，洒扫庭橱，凡事就怕不如人。她把儿女装扮得净净光光，将公婆侍奉得妥妥帖帖，把家打理得利利索索。

柳雪娃依规退下来，儿女们做三桌家宴庆贺。次日驾车送父母回了后山柳树滩。听说柳主席回村长住，一村老小聚集柳院。柳雪娃应答间扫一眼人群，见骑竹当马的哥们儿少了，凭眉眼推敲谁家子弟者多了。雪发霜眉的柳雪娃松开发小的手，冒一句话，沸腾了满院人：“带来一群猫狗，喜欢就领回去。都是街头流浪者，做过防疫了。”话落地时，车厢已开，十几只纸箱搬下来，猫儿狗儿几十只，怔怔盯着众人，并不惊叫。“都是流浪街巷的猫狗，打过疫苗洗过澡的。”柳妻也说。一阵哄抢后，一只不剩。人也少了大半，留下的都是柳雪娃的同辈人。人们礼让着家里坐了，几人追问：

“住下不走了?”

“真不走了？”

“不走了？”

“回来啦，不走啦！”柳雪娃摇摆着紧握的拳头。

柳家老宅宽阔，占地半亩还多，门前一株老柳，树干需要两人环抱，冠若天堂伞。柳荫里有一盘磨，半截碌碡插在地里，几只木墩拢着磨扇。置棋盘可对弈，铺毡帘可打牌，摆几碟小菜，沏一壶砖茶，成了老哥们谈今论古、避暑纳凉的宝地。落户柳树滩的流浪猫狗也不离左右，猫在柳冠上嬉戏，狗在柳荫里玩闹。来往于村前东西路上的行人也都乐得在柳萌下歇脚，喝一碗黑红的砖茶。一来二往，邻村上下晓得柳树滩村有位柳主席待人如已，常来柳下问政咨法，家长里短也来倾诉。柳主席说话深入浅出，晓之以理、动之以情，让人带一脸疑惑而来，揣一怀高兴而去。不知从何时起，大柳树下成了放电影、唱二人台的场所，往日寂寞无声的柳树滩成了繁华地，连村后小龙王庙的香火也日盛一日。

柳雪娃的老伴杨沐雨是位手麻利嘴也麻利的农家女子，随夫入住柳宅后，很快便适应了村里的生活。她把半亩宅院划归已有，照陶渊明之草庐布置她的宅院：南栽两株桃李，树下种豆；东架一排柴篱，篱畔种花；西墙根儿一行爬山虎顺鸡舍攀缘伸展，当院铺一石经，两边儿畦点种紫茄、黄瓜、西芹、辣椒、香菜、西红柿、白萝卜……种一畦一垄，如农艺专家的实验田。爱诗者视为几首诗，作画者看作一幅画。她说，她执鞭四十年，解析众家书，唯《桃花源记》意味为最。她八十六岁寿终正寝，临终前给她的雪娃留下两句话，一是“葬而不宣，来者为客不收礼”，另一句是“选一位农家孀孤结伴陪你到老。”他依了沐雨的第一句话，违反了沐雨的第二句话。沐雨走了，他只身惜守着他们的宅院，细心照料着沐雨的田园。白天他有村邻做伴，他不孤寂。晚间他亮灯到深夜，写他的《乡愁是老酒》续集。《乡愁是老酒》是他任上的处女作。他掏几万饷银，印刷了三千册，一册没卖，都被人们讨了去。他为人随和，朋友多，村里朋友尤其多。他的书说的多是村里的故事，村里的朋友看上了瘾，便跑到市府楼里找他要。“吃人家的饭，住人家的屋，大老远来要你一本书，怎好要人的钱。”他说。

柳主席的书可以白要，茶不可白喝。路上来大柳树下歇脚、讨茶喝的过客，是必讲一两件趣闻旧事才肯放行的。他说他这一手不是他的发明，乃是蒲公松龄的专利。许多人听说可以把自己的故事写进书里，乐得专程找他来。找他还在于他的魅力。他是个帅帅的老头，寿眉底下，目若双潭，温良清澈，你一眼能看到他的底。他话语精练，款款道来，浸入心田。“话是开心的钥匙”，他就是把握钥匙的老头。

柳雪娃回到柳树滩，柳树滩一带雪明显多了起来，春早也飘飘，冬晚也洒洒。这是白露末一天，塞雪如歌，飘飘洒洒，漫天遍野。雪晴已是黄昏后。柳院的窗里亮着灯，灯影是一位伏案的老人，腰背似一把松弛的弓，一把箭已远去弦还“嗡嗡”的弓。他是在续他的文章呢，还是回复谁的信？他与远方的友人叙旧，仍袭旧规，把话落在纸上寄去，方觉得尽表心情。手机只作为应答和告知的手头用具。他也收藏转发来的名言至理、经典字画、诗词歌赋，不去理会养生泄气、雾罩云腾、煽风点火、掘井挖坑的东西。

灯还亮着，灯影依然，弯月移步去了西梁头上。雪野上有了一声两声鸡啼犬吠，凸显着晨曦降临前的寂静。忽然，群犬狂吠，村鸡齐鸣，噪声大作，若地震临头。“怎么回事？”一村老少惶惶然出门奔上街头，稍定神，又呼啦啦奔了柳院去。柳院柴扉开着，屋里灯还亮着，狗们在墙梯上匆匆上去又急急下来，猫们在窗台上“喵喵”地抓挠玻璃。蜂拥进屋的人们惊呆了，随即有了哭声，即刻哭声一片。进不得屋的拥着挤着朝着窗里看着欲探究竟。当院的老者默默地站着，明白了屋里发生了什么，眼窝里滚动着泪珠子。

雪娃走了，在一个雪晴的夜里。对于他的走，他似乎知道，却没做好走的准备。他一声儿没吭地走了，丢下了沐雨的东墙花篱、窗前桃杏和她的石径及石径两边的菜畦，丢下了他的几个发小、一村邻里和他未完的续书走了，就那么悄没声儿地走了。他的三屉桌有一页未完的稿子，无题无款，却是在述说某件事："当如前事，从简就好，来者……"略去了什么？那是省略号吗？扭扭歪歪地错落着，不在一行里。

哭泣声断，躁动趋于平静。雪娃的发小略作合计，即刻忙碌开来。老人奔丧的儿女进村目睹大柳树聚集的人众，都是村亲邻里，先行跪拜，起身后奔了灵棚倒头号啕大哭，长跪不起。众人好一阵拉劝，儿女们正待起来，见棺盖上一群猫咪瞪眼无声，十几只狗狗依偎着棺木，复又捶胸恸哭。人群里泣声不止，猫咪狗狗们怔怔不知发生了什么。

儿女们进院回屋，捧着父亲半纸绝笔、断续遗言，明白了父嘱，简葬父亲于庙梁上。事后设几桌家宴叩谢了乡亲。依俗"复三"那天，见新坟开了桶粗一个洞窟，猫咪狗狗们进出于洞口，嬉戏于坟前，一帮儿孙又是一阵昏天黑地地号哭。哭罢，欲堵塞墓窟，捉猫狗带回城去，不料那猫儿"呼噜噜"进了墓穴，任怎个哄叫竟不理不睬，狗狗们一溜烟奔了梁顶的小庙不肯回来。

之后，大柳树下又恢复了早年的寂静，不再闻得狗叫，也不见猫的身影。

风雪夜里三兄弟

夜很静，下着雪，母亲给我们讲故事。

从前，有三个叫花子哆嗦着进了财神庙，找财神闲聊的土地爷见状，数落起财神爷爷来：“老财迷，改改你嫌贫媚富的臭毛病，可怜可怜这些穷困之人吧！”土地爷指指搓手握耳抢步进门的叫花子。

“老土地，”财神开口了，“你有所不知，钱财之物，是谁的就是谁的。命里没有，给谁也拿不走。”

“我不信！”土地爷不信，要与财神打赌，“我输了，情愿将小庙送你！”

次日黄昏，三个叫花子踏雪归来时，一个忽被绊倒。他起身时气极败坏地拾起绊脚物，正要撒手抛出时，忽大叫：“啊呀呀，大元宝！”

三个叫花子是撮土插香的拜把子弟兄。绊倒的是老二。老三手疾，却不及老大眼快，老大抢过来揣摸端详，果然是枚雪花银铸的大元宝。回到庙里，老大发话：“你哥俩赶快去市上兑换成散银，再买些羊蹄、猪肘、火烧、炸糕、老白干、二锅头，咱哥仨美美来一顿。之后把那银子平分了，各回各家，讨一个老婆，置五亩好田，再不过这遭人恶斥、被狗撕咬，衣不遮体、食不果腹的鬼日子了！”遵大哥令，哥俩转身出庙门，一路小跑奔了集市去。回来的路上，老二摸起路边一块半头砖，结果了三弟。掏出事先备好的小纸包，将包中粉末尽数抖落在肉食里，然后拧开酒壶塞子，“咕噜”了几口，摇晃着奔了财神庙去。庙门虚掩着，老二一脚门里、一脚外，叫一声“大哥，我回……”“来”字还未说出，便狠狠挨了一闷棍，仰面跌倒在身后雪地里。大哥剥下二弟的衣裤，当作铺盖，然后大口地吃，大碗地喝。忽觉肚里闹腾，他起身去大解，刚出门槛，一头撞在庙门前的影壁上，手脚抽动了几下，死了。

土地爷认输了：“容我天亮了再把庙宇给你。”

财神说：“你的就是你的，我可要不起。劳驾你把那哥仨埋在你的土地里，早些让他们脱生去吧。”

母亲讲完了，深深叹口气，说，“他们服不住啊！”

我不懂什么叫“服不住”。见我迷惑，母亲又讲了个小故事。说是八国联军闯入故宫，一个洋鬼子进了金銮殿，想坐一坐龙椅，谁知道他屁股一碰龙椅，“呼啦啦”，五条金龙迎面扑来。洋鬼子被吓死了，舌头拉得老长，眼珠子暴出了眼眶。

我还是不明白“服不住”是何意。母亲说，当个生产队长，就肩不扛锄头，手不握镰刀，骑匹高头大马，滩上梁头四处里逛游，也是“服不住”。

我似乎听懂了母亲的故事和故事里的道理。而今想来，那些一夜暴富的财主、一曲成名的歌手，更有那锒铛入狱的“小苍蝇”“大老虎”，其实多数原先都是良家子弟，只因权膨胀、钱无数、心无度、服不住，才把爹娘辜负，把民众垫在脚下，把祖国丢在脑后，或做了阶下囚，或当了外国奴。其中不乏靠脸蛋儿发家、用屁屁致富者，焉能服得住?

老忻州

大西淖和小西淖，两村相距二里。大西淖谁家夫妻不和、婆媳不睦，小西淖人人皆知。小西淖谁谁家媳妇娘家哪里、姓甚名谁，大西淖家喻户晓。就是这样两个紧临的村子，村风竟全然不同。

大西淖人爱吃、好赌。猪杀了，羊宰了，吃个光光的。冬春闲日，男人掏宝，女人打牌，昔日如此，而今依然。而今有电麻将桌，日夜不闲。农忙时节偷闲也搓个十二圈。有时放羊人手不够，就把羊圈门开开，任其去草滩上、麦地里啃吃，而放羊的人都在哗啦啦垒城墙。

小西淖小，可小小村子里吹梅的、打琴的、拉四胡的、耍四块瓦儿的、打梆子的人才济济。农闲时、阴雨天，吹拉弹唱起来，招来邻村之人，越聚越多，行路人也停车驻足，挤进人群踮着脚尖看，且戏不停他不走。

但是也有厌赌远嬉的勤奋人。他祖籍山西忻州，没几个人知其名姓，可一说“老忻州”，远近十里无人不晓。他在十里八乡小有名气为哪般呢？就是勤俭持家。他一年没个闲时候，四季里三季光膀子。远看一个老包公，近瞧一个包黑子。他光着膀子，挑一担箩头，老早出门，天黑回来，在外面拣骨头

卖。他走村串社，脚印能踩到达茂、白云的草地上。骨头卖了多少钱，白灵淖生产资料门市部老王清楚。拣骨头走了多少路，老王说有两个两万五千里。

“小西淖有个老忻州，拣骨头娶了个儿媳妇？”固阳县城里的同学问过我。我十分激动地说着这个故事，他们十分激动地听着。

英雄未必沙场见，伟大终归是平凡。

强 人

朋友中有三位脑血栓患者。一位是法院院长，一位是警局同事，另一位是农民。我问他们，为甚走起路来低着个脑袋，老是用脚画圈圈？院长说是圈定人生。警友说是从零开始。农民说是找拾丢了的东西。我戏弄他们，他们的回答语言幽默，心态坦然，给我启迪。

我对他们面对人生的态度所震撼。

由此，我想到贝多芬，想到张海迪，想到日本钢琴家喜多和她的妈妈，我还想到我的二哥。聋人贝多芬面对失聪，把五线谱玩得如娃娃挑单单，成为举世闻名的音乐家，他的钢琴曲作是所有钢琴家的必修课。高位截瘫的张海迪以优异的成绩取得学士、硕士、博士学位的同时，还讲学、出书。数年前她接任了中国残疾人联合会主席，和省长部长们平起平坐。喜多是一位身高一米、双手只有四个指头的女孩。父亲弃母女而去，母亲给女儿起名“喜多”。母女俩哭一鼻子抹两眼，多少辛酸泪，伴着日日练练琴声。终于，喜多成为游走于世界的钢琴演奏家。我想起我的二哥。他历经三场磨难，致使腿重残、鼻骨断裂、头骨凹塌。北京医界专家会诊后断言，二哥头骨凹塌属世界罕见疾病，不治则年不过五十，提出给二哥免费开颅试治。二哥婉拒。之后，他孝父母、助弟妹，拉扯了一对儿女。村里人遇事都去找他拿主意，逢难事都请他出头露面。如今，二哥年近八十岁，还在打工挣钱，闲时驾三轮与二嫂捡拾工厂弃物和生活废品。他不能直立，只能深度弯腰，难受时吃两粒止痛片，脖子一扬又去干活儿了。他说他战胜北京医学专家的预言，靠的就是一股子劲儿。

贝多芬、张海迪、喜多和她的母亲，勇于正视不幸，并以超人的意识和勇气战胜不幸，获得了常人难以置信的成功，不愧为世间强人。二哥和三位患脑血栓的朋友以超然的态度面对人生，他们都是让人敬重的强人。

世界是常人的，更是强人的。

风琴雨鼓都是歌

某月某日，某人一呼，众者百应，一个微信群诞生了，其名曰“幸福大家庭”。那年我还不知微信是何物。孙儿教会我在微信平台上对话书写后，我忙不迭地走进大家庭。只见群中你在天涯，他在海角，却在茶台对坐，说油盐柴米，聊保健安康，唠奇闻逸事，入睡前嘘寒问暖，节假日互致问候。闻听“抢红包啦”，我匆匆撂下碗筷，抢得三分五分、块儿八毛，美滋滋抹抹嘴，竟忘了碗里饭菜啥滋味。更有儿时旧事、闲旅风光，示儿女、孝老人的古训，在群中尽显人生正能量。

诚然，也有小惆怅。

谁没有点儿烦心的事，都是尘缘难了的草木之人。唐三藏历难九八十一难方成正果。我敬仰那位和尚，也喜欢这首歌：

生活是一团麻

那也是麻绳拧成的花

生活是一条线

总有那解不开的小疙瘩
生活是一条路
哪能没有坑坑洼洼
生活是一杯酒
饱含着人生酸甜苦辣
……………

尾声是留给思索的。

“沉舟侧畔千帆过，病树前头万木春。”我喜欢这诗中的哲理，更敬仰作者的淡定。

朋友，你呢？

好 人

卧羊台公路边蜷曲着一个人，衣裤被溅成了“迷彩服”，一只皮鞋在不远处扔着，另一只勾在脚尖上。满头满脸的泥水盖住了面容和年龄。综合现场信息推断，这是个有年纪的男人。

一辆三轮车冒着黑烟爬上坡来，开车人一眼见得这场景，一脚踏死刹车，一纵身跳下车来，急匆匆摸一把卧者的头，一惊，急忙跳上车，在废纸堆里刨开一个坑，又跳车下来，将卧者怀抱在刨开的废纸坑里。他一踩油门，车“突突”着跑了。车主依照卧者的身份证径直把他送回家。卧者是位退休的老师，教了好多学生，写了好多字画，年老后得了阿尔兹海默症。

卧者是我朋友的岳父。

车主收瓶子和废纸，刚打乡下回城。

老师有好多开车的学生。事传开了，有几个说，好像见过那一幕。

光棍生涯

咸丰年间，某一日，避风湾里突然起了烟火。一座山梁和慢坡的土地从亿万年的梦境中醒过来了，一大片雨水形成的海子明镜似的映照着避风湾。不断有新户迁来这里，大多是“走西口”的山西人。合作社时候，避风湾已是个有三十多户的村子了。只是这三十多户里，竟有十三个没老婆的光棍。

“六月里来六月六，你看人家有老婆的兜不兜。西葫芦那个烩羊肉，可怜我这光棍圪蹴在个门后头，喝了两碗冷酸粥。”凄也，凉也，光棍也。陪伴光棍的不仅有凄凉，还有优点和长处，比如曹山。

曹山，山西人氏。年近华甲，恋乡音如恋老陈醋。冬春两季，村里人闲着，就走亲戚、听叨书、打纸牌。他忙着东家做一领皮袄，西家做一条皮裤。忙活小半年，挣下的莜面白面两年吃不了，票票一年花不完。他把饭碗一推，出得门来，门不上锁，便哼着小曲、夹着纸烟串门去。他常去的乔、李两家。在一盏煤油灯下，两家给他吸溜羊棒。在羊棒骨上安个子弹壳，捏丁点儿烟末装上，灯火上就着，使劲吸一口，猛劲吹一口，后山叫“吸羊棒，一口香”。吸几口羊棒，喝一口滚水，哈哈着，一副神仙样。他识文断字，精通杨家将、薛家军的故事。几句戏文道白，一段山西梆子，半天一出戏。说的人起劲儿，听的人来劲儿。谁也吃不上他的纸烟，唯乔、李两家。谁家的饭碗也不端，也唯这两家。这两家缝连补缀，待他不薄。只可怜他孤身一人，无亲无故，临终前靠邻居周济，端去的热饭放凉了也吃不得几口，一碗滚水喝不得几口倒洒在土炕上。

王相儒，山西人氏，识繁体字，懂古文章，会擀毡手艺。他吃香的喝辣的大半辈子，老来收徒，徒弟孝顺，给他送终。他的徒弟是我家老四。

高家哥俩，一对光棍。哥待人通情理，弟会扎针拔罐，深受村里尊敬，也有近亲照顾，后路还算宽敞。有叫撒大、撒四的哥俩，患小儿麻痹症，行动困难，靠村社照顾。我离村多年，不知二人最终怎样。

还有一人，与我还沾点儿亲，也患者小儿麻痹症，活了七十几岁。有人去看他，见他躺在灶台角落里，被老鼠吃了半个耳朵。

二碰子

前旗有一乞丐，人称二碰子。父早亡，他与寡母相依。家贫无力求学，不知何人传授，他学得四六句、快板书，并且有眼到口到、随口而来的绝技。凡乞讨者，皆腿脚灵快，他也是，兼有将耳闻目睹之奇闻异事张口说出四六句、快板书之能耐，令人喜而不厌，故所得多于上门行乞者，更大别于沿街讨要者。有时他见三五人闲坐街头巷尾，便凑了去。不待其走近，便有人让座开口：“二碰子，来一段。”待他笑眯眯地落座台阶上，便有人递烟点火，听其慢慢道来。他能引众人惊笑，人也愈聚愈多。其素材无一不是耳闻目睹，内容不外乎某村某社某家妻贤夫祸少、子孝父心安真善美好事，坑蒙拐骗偷假丑恶奇闻，行善老来得福、作恶家破人亡，谁家闺女未嫁养娃娃，谁家老人死了三天又活过来之类，更是前因后果、故事情节都交代得明明白白。

前旗境内，不知书记旗长姓名者多，不知二碰子者少。二碰子走遍前旗套内前后山，食宿不用花钱，乘车不用买票，因其嘴好，更因其心好。二碰子走村串社不背面口袋，不拿打狗棍，他说笑半天，给三五块不嫌多，给三五毛不嫌少，不给也不恼，主要是心态好。他在乡下走串十天半月，回来总是提鱼肉来见寡母。母欠安，他必是日夜守候床前。后来攒得些钱，他就早早备好了老衣、棺木交母过目。母亲寿终五年后，他因病自缢，穿戴如前。

旗委一齐姓书记出版的《山曲儿》，不少源自二碰子，奇书记曾上门专访他数次。

同窗四友

冯牛死了，在退休刚好一个月的时候。在财政局里，冯牛一屁股坐了四十二年，排骨凳换成木椅子，木椅子换成皮椅子。依旧制，他不过是个无品的小吏，县太爷的管账先生。当今社会，他也只是位股级干部。“有甚的难活了？”老伴眼巴巴地瞅着一天天消瘦的冯股长，说不了别的，总是这么一句话。

冯股长焉能不知自己的斤两？他是个官，可又能是多大一个官？按说是这么一个理，可在冯股长心里还有一大堆理由让他食不知味、卧不安宁。四十二个春夏秋冬，一万五千多个日出月落，哪个日出月落里他不是在精打细算着那点儿钱。城里乡里几十万人口，谁的碗里没有他冯牛的一两颗算盘珠儿？可为什么他前脚退休，后脚就没人理了呢？校长没有他冯牛的签字，能拿走维修校舍的大把的票子吗？公安局长没有拿到写有力透纸背的“冯牛”二字的文件，能弄走几百万，又盖房子又买车吗？姑舅两姨亲戚，他拉扯出多少？股长官不大，但是没有他行吗？冯牛自嘲中大有褒义，所以才“怎么就……怎么就……”地死了。都说是人死前是有征兆的，可冯股长的死，一点儿征兆也没有。儿女们问母亲，父亲留下了什么话。他们的母亲说："怎么就……怎么就……"

陈重住院了，就在宣布退休第五天。陈重躺在病床上翻烙饼，只觉得哪儿哪儿都有病，可哪儿哪儿也查不出毛病来。陈重想不通。农、牧、林、水、财政、民政等局的局长们，千方百计地把钱花出去，钱花出去了，尽了力了，就能一身轻了。唯我公安局长，绞尽脑汁，昼夜辛劳了结一小案，恰似捉了老鼠喂猫，好一家、恼一家；破一桩大案，得罪罪犯三代几十人。干警们没日没夜，无年无节，掏腰包自驾出警办案。工作大半生，官职不过所长、队长。干警自嘲为"犬"，闻"嗖嗖"两声，必虎虎生风而上，否则……不说也罢。"知我者唯妻儿老小为我担忧，不知我者为我何求！"

褚静患了抑郁症。消息传开，谁都不信。退休前几天，他还拿了市里象棋赛金牌。市里众生，知棋王叫褚静者多，知政协主席姓甚名谁者少。褚静乃县中学老三届高才生，毕业后留校任教，后投鞭从政，先当秘书，后当主任，再做县长，一步两阶，官至市政协主席。他阅文签字如对弈落子，少有失误。若不是年龄偏大，市长非他莫属。他的字亦如他的人，行笔沉稳，透着颜筋柳骨，行书更有兰亭味道，"褚静"二字更显"草圣"风范。如是一位心静如水者，怎就抑郁了呢？不知为何，如毛的属下知其患者甚多，探问者却寥寥无几。褚静郁郁寡欢，老伴知其一而不知其二。儿褚亮与母亲耳语，随将一纸条递于母亲。母亲见纸上写着：

采购计划

褚主席：

现将本周蔬果采购计划呈上，请批复：

黄瓜1斤，茄子2斤，西红柿1.5斤，菜花3斤，香菜0.5斤，鲜蘑2斤，老抽酱油（500g）1瓶。

妥否，请批示。

呈报人：王拉弟

2017年8月8日

正想心事的褚主席见写字台上雪花飘落，定睛见是一纸公文，忙取花镜擦拭后戴上，仔细研读后，提笔蘸墨，一笔行草如春燕戏柳，影落溪潭：

入秋以来，正值蔬果旺季，物美价廉，然不宜存储，一周一购，不大妥当，一日一报似为好。

褚静于即日

至此，王拉弟收拾了早餐用具，便急急拟订当日蔬果采办计划，即呈褚主席阅批。此方法还真灵验，褚主席的抑郁症消失了。

四位同窗，依年庚排列为冯、陈、褚、魏。魏何最小，也已退休五年。看他的精气神，不是临近古稀，而是未到花甲。魏何自称杂家，琴棋书画，根石盆景，诗词歌赋，拿得起、放不下，文不成、武不就，松松垮垮，样样不通不畅，唯垂钓有所成就。二十年前他收得一名徒弟，在钓友中钓技属上上乘。前年收一名关门弟子，钓技已胜魏何一筹。魏何还有小赌嗜好——打麻将，票子输了掏出去，赢了装起来，总是输多赢少。这般一个不材之人，却手脚不停，整天忙得不亦乐乎。

老年大学里的故事

老年大学有个葫芦丝班，学员均龄六十六岁，执教者也恰好六十六岁。他叫白相来，学于内蒙古老年大学，首考葫芦丝等级既获九级证书。友人宴上，一曲《赛江南》声惊四座，之后便常有老友新朋上门听曲求教。有朋友推他办班教授，将南疆之艺推广于塞北，当是做件好事。

去年瓜果飘香时节，忽有异域歌声回荡于街头巷尾、林间和水边，引得路上行人驻足侧首寻声，树下闲客仰目环望，欲穷洗耳清心之声来自何处、生发于何物、因于何人又名为何曲。

这便是老年大学的学员们吹奏的葫芦丝曲《月光下的凤尾竹》。

乌拉山镇乃边陲小城，人们听惯了二人台、爬山调、山西梆子和草原歌曲，忽有异域之声入耳，怎不叫人心生好奇。

葫芦丝，一只葫芦，三支竹管，气运其中，手指起落，七孔发音，便有百曲千歌悠扬而出。遇鸟鸣给鸟鸣增色，逢花草为花草添香，入人之心田便在心田间拨弄心弦，与心弦汇作和声一曲，引人去梦里寻觅真善美。

因是气运葫芦之胸怀，音发秀竹之心肠，便兼了横笛竖箫之音色。葫芦之韵味，撩拨得人如醉于琼浆，忘了自己是何人。

说来也就一年光景，两个学期，老头老太们便登台献艺，慰问特殊学校师生，参加社区文化活动，亮相庆祝建党九十五周年大型晚会上。一曲《草原美》大合奏，如习习一阵风儿，凉爽了小镇仲夏之夜，凉爽了舞台一侧的广场园林和林间的花草。博得灯影下好一阵掌声。

学员们的剧照、演奏的歌曲在电视台播放、在微信群发传递，小镇上越来越多的人知晓了老年大学有个葫芦丝班。一群花甲、古稀老人在短短时日内，把《婚誓》《映山红》《妈妈的吻》《军港之夜》《月亮升起来》《月光下的凤尾竹》《金风吹来的时候》《夫妻双双把家还》等十首歌曲和《草原美》《竹林深处》《赛江南》《蓝色香巴拉》《曲水兰亭》等乐曲演奏得有声有色，缘何？

摘几朵小絮，送你闻花香。

白老师相来，早年是执鞭人，后来从政做了小官，身上自然有了师之尊严、官之正气。无论对谁，有错必纠，屡犯则批，管你从前怎样，而今我是先生。“听你的了，还是听我的了？”可他又有与生俱来的“猴性”：忽而来句“小脏话儿”，或含而不露地幽默一下。老先生用足了教书时累积的宝贵经验，把“叠、打、倚、颤、泛、顿、滑、波、吐”和“前、后、上、下、强、弱、单、双”掰着指头讲，摸着音孔教，语俗而乐理入木三分，深入浅出，妙趣横生。他，闻声是后生，论学问则是真先生。

男宏仓，女双凤，是一对杨姓夫妻，都是资深执教者，桃李遍城乡，且是葫芦丝演奏的先行者，葫芦丝班的催生人。这一对伉俪游云南，被葫芦丝语牵了魂，欲离团借宿于山寨并拜师学艺，未能如愿，便购得几支葫芦丝回旗，在公园亭台间你奏我吹起来。

先说那宏仓兄。他年近古稀而心如朝阳，生性活泼，招人敬而爱之，在众人心中很有威信。他颇有文采，笔下生花，诗词文章常见于手机微信，读来悦人心脾。时而也有捧腹笑谈，却不失为金玉良言。

双凤，众人皆呼作大姐。大姐亦近古稀，然精神不减当年，风韵犹存，装扮起来，真如一个醉酒的贵妃。她乐于助人，心地纯净，善补台于人，说话不留半句，备受师友敬重。夫妻二人登台，奏一曲《夫妻双双把家还》，起一片掌声。

班长谢蓉有“三最”。一曰“最耐批”，任你怎么批她也不恼，批一次她就进一步。二曰“最能吹”。“我们谢蓉一天能吹二十四小时。”她的老公如是说。三曰“最先进”。班长不识谱，可她不畏难，她也曾是执鞭人，深知师难生也难，师生都似蜀道行人。她用几大车汗水，淘一粒沙金，每每都是先人一步，她说：“我乃是笨雀儿先飞。”

高兰亭，闻其名如见其人。书香古古，发人幽思。父母兄弟均属书艺之家，唯兰亭是救死扶伤的天使。可谓玫瑰园里草也香，她也喜歌舞、爱红火。插班进来误时不少，老父染疾，她侍于床前，缺了课程心急而方寸不乱。抽得身时，便登门问师求友。日常淘米和面、抹桌洗衣、打里照外、待客陪亲、手脚有事时嘴也不闲着，单、双、复吐，轻倚慢颤，不练技巧，就背曲谱。她将零碎光阴铸成一块金砖，跑到了师友前头。她一招一式谨遵师训，颤音里可闻心之声，倚声中轻轻有脉之韵。吹奏《竹林深处》时，她如南域竹海载歌载舞的少数民族妹子，激动于溪水潺潺、飞鸟鸣唱、芳草吐馨的情歌对唱的场景中。

班里有个葫芦丝迷，她曾几次穿街过巷追赶边吹边走的鸟语人，买过几支不好的葫芦丝。听说办了葫芦丝班，她兴冲冲地报了名，乐哈哈地置了D、C、G、F、降B五支马牌葫芦丝。回到家中，她拿起个大的，放下个小的，乌啦啦吹了一声响。可怜一只雪儿般的猫咪，被唬得腰儿弓弓、尾儿立立、两耳直竖、双日圆瞪、挺着脖儿朝向主人。她见状惊里带笑，又突然“乌啦啦”吹了一下。但见那猫咪咪一个大跳，似一道白光，不见了踪影。

她叫立冬。立冬床头展一块彩巾，彩巾上卧一只雪样洁白的猫咪。见立冬落枕，猫咪便呼噜渐起。立冬也呼噜着去了梦家庄。那日黄昏，不见猫咪归来，不闻它的呼声。“你在哪里？”猫咪的去向成了一个谜。立冬心中，恐慌里掺了几分心疼，一夜都在煎熬中。立冬迷迷糊糊，窗外朦朦胧胧。次日清晨，她开窗吸一口晨的鲜凉，忽见一团点了丹红的雪绒铺摊在底楼窗根儿，如一只睡呆了的仙鹤伏卧在晨曦里。立冬一怔，明白发生了什么，着睡衣，趿拖鞋，吧嗒嗒下楼去，吧嗒嗒上楼来。然后清洗、上药、包扎，精心护理如侍弄婴儿，好吃好喝如接待远客。

“后来怎么啦？”师友问。

“好好儿的啦。”立冬答。

猫咪的筋骨“好好儿的了”，立冬的功课也“雅克西”啦！吹奏起《蓝色的香巴拉》，她的声情容貌活脱是一位维吾尔族姑娘。

郎 中

他走了。村人忘记了他哪年走的，如不记得他哪年来的，只记得他医术高超、医德高尚，精神高古，人也高寿。自从村里落脚了这般高人，如门神落户庭院，进村来求医问药者络绎不绝。郎中出诊不计天气，不分昼夜，不论远近。走包头，绕石拐，哪请到哪。他被请去石拐给我家亲戚诊治，不想因年事已高，一路劳顿，突发急病，险些没能抢救过来。一次，他上门问诊，先不问长短，让病人在对面坐了，将胳膊落于脉枕，他三指于病人脉上按捺沉浮，看一眼舌苔，最后面带微笑开口道："胃有虚火，饮食不周，无大碍，不需用药，就咸菜喝几顿小米粥就好。"按他说的，两三天后真的好了。病人好了，他不收分文。还有一次，来人将病人放他炕上，来人开口道："死马当活马医吧。"只见病人头如斗，肚如鼓，面无血色，清亮映人。他一番望闻问切后说："不会有事。你回去捉一只青蛙，和胶泥包成球状，放于锅灶烟口，如往常一样用柴草烧水做饭。七日后取出青蛙研碎，分两天于早晚饭后服一次。服后盖双被，其间忌生冷风寒。"十天后，病人的儿子提了一篮鸡蛋，进门说："我大好啦！"

他从旧社会过来，他的家助他成才，也给他带来了太多麻烦。十年动乱时期，一帮家伙批斗他，我也在其中。斗完他后，我挨了母亲一顿好打。母亲说："他是好人，碍你甚事？"天黑了，母亲拉着我去给他赔不是，快到时我挣脱跑了，那年我十七岁。后来我当兵了，回家探亲，我和妻去看他。我心里纠结，他和蔼可亲，问答不断。他的老伴在茶碗里放了冰糖捧给我，还要留我们吃午饭。

郎中叫张济民。他家在村西头，我家在村东头。

昼雨晚晴

羊群进村了，雨也住了。等不及雨晴，太阳就悄然回去了，把天空留给了月亮和星星。

没有风，也没有雷，雨就那么哗哗啦啦地下了一个整天。风门开着，我坐在马扎上听雨。雨打在田上，洒在抽穗灌浆的麦地里，淋着莜麦的绿铃铛。按说，雨该是轻重缓急、抑扬顿挫地响，可是并没有，侧耳细听，都是不急不缓一个声儿，似隐隐掺和了风声。院儿里榆冠，墙外柳枝儿，只见抖动，并不见一丝儿摇摆。屋檐雨帘垂垂，也不见风摆弄。榆冠婆娑，雨珠滴滴落在树下一对扣着的水桶上，声如爆豆，更像是“咚咚”的架子鼓声。鸡槽满着，弹溅着雨花，雨花开谢，在眨眼工夫，还发出弹脑崩儿似的声响。地上的雨花似破土而出的蘑菇，一样样大小，一样样色泽，却不似鸡槽里那样即开即谢，忽行忽止。它们又如河灯浮在水面，忽悠着去了。

雨停了，说停就停了。还没读够这雨，这场家园的新秋好雨就这么停了。

西梁后，一抹彩晕渐渐淡去，也就穿衣系扣的工夫，一丝儿都不见了。

灯亮了，一窗，又一窗，不知是谁家的灯先亮的。一抬头，才知天河初照，星儿远三颗，近两颗，稀疏可数。几声狗叫，并不张狂，不像是远处传来，倒像消失在远处，也就懒而散的那么几声。南滩忽闪着手电光，光柱交叉扫射，猜是谁家在找寻丢失在雨地的羊。续写雨事的，还有檐雨。“嘀嗒嘀嗒”，声儿干脆利落。老榆树的雨也如檐雨，一滴，两滴，滴在扣着的水桶上，敲一个单音出来，似孙儿单指点在钢琴键上，虽是单调的一声，却是好听的。静，好个宁静的雨晴夜。我不困，却平添了精神。和我一样不困的还有谁呢？都去了梦里吗？一村梦，好美。而我此时，梦在村外，心在村外梦里头。我拿件衣披了出门，走进院外的梦里。

一个真的梦幻：头上一天星，颗颗粒粒，晶晶亮亮。门前的海子，也是满海星斗，如雪花，如银盏银钉。妙在夜无丝风，水无涟漪，满怀是清清淡淡的野香。海子似一面明镜，把一片星河照了个明白。忽然海子里一颗星儿画了个孤线，不是飞出水来，却悄然沉落在海底。我踏沙路正想去海边走走，又怕惊了那对鸿雁夫妻的梦。思谋着，就听得几声鸿雁叫声在这昼雨初晴的夜里，竟是那么的干脆、嘹亮、辽远。我熟悉这叫声，它是充当哨兵的孤鸿发出的警报。鸿雁也如鸳鸯，是对爱情忠贞不贰的水鸟，一旦结为伴侣，便不忘初心，不离不弃，相依相爱，直到老死。若一方不幸死去，幸存者便孤身到死，再不婚配，从此沦作孤鸿，为雁群值勤放哨，直到死在荒滩野水。鸿雁痴情，更乐得帮人作美，才有了鸿雁传书的故事流传至今。

农历五月前后，鸿雁夫妻俩远避人烟，躲进山林旷野，度一个甜甜的蜜月，巢里就有了七八个绒团儿似的宝宝。选一个风和日丽的天，宝宝们伏卧在爹娘背上，做一次远游，去一个水的世界。鸿雁也如燕子恋旧，不去他家筑新巢，总回旧居觅乡愁。我家就在岸上，与这对夫妻是老邻，怎好去扰了它们的梦呢？我转身进院，见七星横斜在屋后梁上。银河清澈，牛郎在这边，织女在那边。两个苦命人，三百六十五日，相拥只一回，也才一天工夫，可怜了一对儿女，也化作两颗小星星，分立在父之左右。忽有啼声传来，隐隐不知南北，远远地，疑是来自天上。

房　子

山脚下的营房外，有几排红瓦蓝砖房，说不清住过多少妻儿，接待过多少爹娘。其中一间，是我们的婚房。

我携家调来小镇，自然住进一间久不住人的小房子。小房子一门一窗，垒砌了锅灶，恰好支得开四口之家的板床。家安定了，不再搬来搬去，至少在短时期内不用，我们也就不去在乎狭窄与宽敞。

后来一位战友转业了，我们搬进了他住过的小院。一套小房子，一进两开，外间一分为二，一半做餐厅，一半是厨房。里间一盘火炕，还用绿漆刷了腰墙。小院都给了两个孩子，任姐弟俩玩泥巴、盖小房子和捉迷藏。再后来我们又搬进了一个更大的院子，卧室、书屋、厨房、自来水一应俱全，门也紧密，窗也敞亮。小院开出两畦地来，种几苗紫茄、半畦绿韭、七八株西红柿，撒一片儿白菜和小葱。窗前一架葡萄，刚好遮蔽了暑天的骄阳。早晚蹴在菜畦里，浇浇水、锄锄草、间间苗，如在诗里画里。与邻相隔着一道篱墙，篱笆内有桃红、杏粉、箭兰的牵牛花，它们在新阳里，伴着鸡歌吹喇叭，看一眼，叫人心情好舒畅。墙角有一棵杨，晨风里就听得麻雀一家问答家事，却找不着它们躲藏在哪几片叶子里。邻居们隔着篱笆墙，递过来一把青菜，递过去几碗大米。日子苦是苦点儿，但有个得以安身的房子，不再搬来搬去，家也安宁，邻也亲近，便觉心也静静的，不再因搬家而惆怅了。

在小院住了十几年，说要拆迁，不得不租房，便又是一番不小的折腾。

小院拆了，置换了楼房车库，变换了两套大些的楼房，一套给儿子，一套自己住。从此，两代人有了自己的房子。

迁居那天，妻子自语："这是第八次搬家了。"虽然她心里似乎有些忧伤，但是看得出更多的还是喜悦，因为有了自己的房子。

楼上视野好，瞭得自然远了好多。房间也不小，卧室、书房、厨房、卫生间，比之先前的房子，自然豪华了很多。说来也怪，在楼里住了半年多，总觉得是在宾馆里住着，总是怀念之前住过的平房、村里的小院。记忆中的小院，是土墙拢着坯房，房顶北高南低一出水，一门一窗一盘土炕。门绽红桃，红桃映白雪；窗栽百花，百花开四季。门前两株老榆，杈上有几个鸟巢，巢里住一家喜鹊。我最爱听喜鹊喳喳，因为它们喳喳一叫，多半是有客人来。客人来了，不是炒鸡蛋、烙油饼，就是炸油糕、粉条烩酸菜，逢年过节一般，心里自然十分高兴。人们说："母亲在，家就在。"而今，父亲母亲都走了，留下一处小院。小院里，老榆还在，鹊巢还在，老房子还在，我总会年年去住些时日。我总觉得，只要房子在，父亲母亲就依然还在。

水　井

我总也忘不了村前那口井。忘不了它，不是因为吃水不忘挖井人。井是谁挖的，老人们没说过，我也没当回事地问起过。它让我总是记着它，是因它而发生的那些事。

城里人起床后的第一件事，是去公园散步、跳舞、打太极，享受清晨，吐故纳新，借以强身健体。村里人“黎明即起，洒扫庭橱”，挎箩头下地，回来时，不是猪菜就是牛粪，装了冒尖冒尖一箩头，自我记事以来即如此。

有趣的清晨在井台上。你担一担井水颤悠颤悠地离开井台，他挑两只空桶哼着曲儿走向井台。井台上的后生把柳编的水斗投入井里，手指粗细的麻绳一抖，曲身挥臂，把满斗子清水提上来。井台旁等着的人们并不排队，而是把扁担放在桶上，然后圪蹴在桶旁或坐在扁担上，捏一撮烟叶装满烟锅，划一根火柴点着了，边吸边说昨天的事、夜里的梦、当天的营生和家长里短。也怪，人们每早在井台上一见面就有话说不完的话。

太阳点燃了西天，梁后泛霞的时候，羊群进村了，便直奔井台而去。羊倌丢下羊鞭，挽起袖子，站立在井台上，前仰后合，双臂挥动，幅度夸张，节奏如一，动作欢快，实是打井水，形若新疆舞，把水斗耍得个眼花缭乱。羊群走了，牛马群来了。牛们马们可不同于羊们那般温顺，霸道者大呼小叫，又踢又咬，弱小的则敢怒而不敢吱声，可怜兮兮的。井台上消停下来，得一顿饭的工夫。

伏天里，闺女媳妇、婶子大娘三五相跟、七八为伴，在井台上聚了，把衣裳泡在盆里，把井水汲满丈二八尺的井槽，任阳婆晒着。她们小板凳上坐着，说十里八乡的新闻旧事。新闻旧事汇聚在井台，不一日便会分发出去。那时没有电，更无手机和电脑，口口相传是最为便捷的传媒方式。她们说到动情处就抹鼻子擦泪，唠起恶习坏事便咬牙切齿，高兴快乐时会唱一支爬山调或几句二人台，心旷神怡的样儿逗人更悦己。

待到数九时，人们担水多在晌午。水斗变成冰坨，井口前晌还如烧锅大小，后晌变成脸盆大小。井旁常常撂把冰镐，用来敲刨水斗和井口。我家在村东，见担水人拿着桶蹲在井台上，把扁担丢在雪地里，好一会儿才来了“咣当”“啪啦”的声响。还未上学的我只当是家离井远，声音才来得慢。那时，我将扁担链对折了，扁担钩反扣在扁担上，能担半担水。来回一里地，五个来回才能担满大水缸。担得动也担得起两满桶的水，是我辍学那年，那年我十七岁。此后又担了三年井水，我走了，当兵去了。军营里，我还梦着老榆树下倒扣着的两只水桶、树杈上挂着的那条扁担、村前那口老井、一大早担水的男人和伏天里聚在老井旁搓洗衣裳的姑嫂姐妹、婶子大娘。

我在骑兵团

在一次战友的孩子的婚宴上，百余位骑兵团老兵欢聚一堂。大家用握手、拥抱、捶胸、捣背，多姿多态的肢体语言，夹杂着文明、粗野的南腔北调互致问候。罢了便是碰杯，杯底朝天，点滴不留。细细看来，当年一张张白里透红、点缀了青春痘痘的脸，而今长出了一弯黑的、白的、黑白相间的，长的、短的、长短不齐的，疏的、密的、疏密有序的胡子。三五杯下肚，红脸如关羽的，白脸胜曹操的，大呼小叫的，轻声细语的，手舞足蹈的，放喉高歌的，为把宴席推向高潮而推波助澜。

这就是我们马背上的军人，退役的老兵。他们借烈烈的酒和激昂的歌，为主人捧场，给战友助兴。一如当年阴山脚下，军营西侧的校场上，飞身跃马，挥刀斩劈，回首射击，纵马跃障，抖缰冲锋的战士。置身于此，当年人呼马嘶、炮响枪鸣、烟尘滚滚的场景，如同战争题材的电视连续剧，一幕幕地在眼前滚动。

我忽觉年轻了，大家也都年轻了，变得一脸青春模样，没有了胡子。眼前，全团人马一身戎装，策马飞奔，尘风前涌，山峦后移，惊得山鹰腾空盘旋，我举杯仰脖，竟不知杯里空空。

也是在一次战友为孩子举办的婚宴上，战友康明魁告诉我，他欲组织编辑一部我们骑兵团的回忆录，并与许多战友取得联系。他的倡议得到响应，部分同志已经完稿。

“趁我们这些老家伙还健在。”他胸有成竹，似思谋良久，说得很细：不限体裁，不计字数，连同与哪些部门联系，如何筹资，就连编辑、印刷、分发，都头头是道，款款详尽，如一项重大工程的可行性报告，有条有理。

第一次与康明魁同志见面，是在我借调政治处做通讯报道工作的时候。那时我还是战士，他已是以笔代枪的宣传干事。后来我接任了王治宇政治处书记员的职务。我们朝夕相处，知他文字功底扎实，笔耕不辍，似农家侍弄桑田。他当干事，人在机关，脚在连队，对全团人事知之甚多。他在骑兵团一待就是十八年，情感深厚，故才出此倡议。呼之有应，当是必然。

是啊，红山脚下的那座大营是我们纵身上马的地方。她孕育了多少骑兵战士的梦。阴山脚下的那座新营，是我们自己运土、拉砂、烧砖、采石，亲手建起的。营区的树，马厩里的军马，操场上的歌声、厮杀声，朝夕的军号声，军营后面突起的山峰，西边的马术场，东边那座坟茔……声声在耳，件件难忘。

飘雪的时候，伴着一阵锣鼓响，一批新兵唱着歌进了军营；又一阵锣鼓响，一批老兵流着泪出了军营。军营丰富了他们的青春，锻打了他们的筋骨。虽然，和平的军营里，人不惊天，事不动地，可战士们的理想如笋，在军营里破土，在马背上升华。破土和升华中，包含着苦辣酸甜和人生五味。诸多人和事，令人回味无穷。

康明魁同志的倡议，还在于我们骑兵一团的命运。她由营扩为团，又由团缩编为营。据说，因北京、上海、长春、珠江四家电影制片厂以拍摄古今战事体裁影视所需为由，在百万裁军那年，联名上书中央军委，我们的骑兵一团才减编为营，作为一个兵种，在中国人民解放军序列中幸存下来。据说全军仅存两个骑兵营，而今身着马裤、脚穿马靴、腰扎武装带、挂马刀，骑马行进在中国人民解放军大方队中的骑兵不过千人。再过些年头，骑兵就可能消失，成为历史了。我们这些卸甲的骑兵，有责任和义务留一点儿骑兵色彩的文字，给我们的骑兵团，给我们军队，给我们的战友，还有我们自己。

写点儿什么呢？当战士期间，我曾借调政治处。任政治处书记员时，常随主任王佩林和团首长下连队跑跑逛逛，对团里的人和事略知一二。而今仍然记忆犹新。我终生难忘的还是我的军马、我的连队、我的同事、我的故事。

我的战马

我在骑兵团期间曾有三匹马与我相依相伴，一匹叫“三条腿”，一匹叫“山丹”，一匹叫“二丹”。

人的名字多是长者和恩师所赐，或俗或雅，均饱含着赐者的心意、深情和期许。马得名，亦如此。团长马永禄的坐骑，膘肥体壮，三蹄踏地，如柱撑梁，一蹄洁白，似雪洗征泥，故取名“白蹄”。政委卢茂林的马，一身乌黑，毫无杂色，鬃似飞瀑，奋蹄扬尘，如乌龙行空。它烙印“100”号，当不是巧合，该是主人的心意。管理股长满都拉的马，名曰“草上飞”。野营拉练，他带数骑先行设营。一路上，可快可慢，不必成行成列。但是，谁都不敢超越他。你若纵马近他身旁，他便挥手一鞭，打你的马脖，你的马陡然减速。接着，他又回手一鞭打自己的马腚，那“草上飞”也真如雄狮猎豹，飞跃于花草梢头。老股长虽有武大郎开店之嫌，但那马也确是一匹良驹。战士们为给自己的爱骑起名，有的查字典，思谋良久，推敲再三才得；有的则在眨眼之间，随灵感而来。雅者有“神驹”“天马”“飞龙”“虎啸”“云雨”“白浪”，俗的如“大熊”“豹子”“后生”“姑娘”。军马一百，得名上千。老兵走了，新兵来了，军马的名字变了。你是你的用意，他是他的情愫，如苏东坡看山，横看成岭，侧看成峰，高低不一，远近不同，可谓仁者见仁，智者见智。然仁智所见各异，而爱马一心相通。

我的第一匹马，是下到连队的那天，班长分配给我的。它身条匀称，敦敦实实，身无亮点，平常如我，让人一览无余。它第一次背着我上课，光着脊梁，不备鞍韂。由着它跟着队列一路小跑。在它背上的那感觉，如同大风来临，骤雨将至，怕我浇雨的哥哥，背着我在田埂小径上奔跑回家的情景。下得马来，我站立不能自己，胸腹疼痛剧烈，好似五脏错离原来的位置，呼吸也不能使劲。次日清晨号响，我穿裤不会蹬腿，披衣不能伸臂。如此情景，早在班长意料之中。他手脚麻利地帮我穿戴边说："这马是'三条腿'，惯了也就好了。"班长的话，我一半糊涂，一半明白。咱是新兵，不敢多问。课余我跑到马厩细细打量，见它不拐不瘸，四蹄无恙。"三条腿"是何意？后来老兵告我说："它跑起来如非洲草原上的野狗，不按规矩出蹄，好像少了一条腿，所以叫'三条腿'。好马跑起来，蹄声如急促的鼓点，连贯有序。'三条腿'跑起来'扑楞腾，扑棱腾'，像溺水人打水，杂乱无章。"再后来，知晓了马有"小走""大走""骆驼走"和"套步颠"本事。而这些本事有的属胎里带，先天赐之；有的是骑手有方，马也得法，人马默契，后天得来。这般训练有素的好马，均属班长、排长、连长、团长，与老兵无缘，新兵更没份。我的"三条腿"尽管那般让我受罪，可它军龄很长，反倒供我驾驭，我视他为老兵和老友。它踏实如牛，温顺如猫，让我信得过、靠得住，如同夜半三更、万籁俱寂之时行走在荒山野岭乱坟岗上，与我相伴左右的大哥，给我壮胆，领我前行。训练间隙，我带它在草地上信步，它如我儿时"过家家"的伙伴，让我追念童趣。夜间在马厩站岗，我与它相依相伴。想家的时候，我去马厩找它，给它梳鬃毛，与它说话。它通人性，懂我心思，时不时以响鼻回应，头蹭我胸肩，舌舔我手臂。我想给它起个名字，观察再三，思谋良久。它不似神龙，会藏头露尾，覆雨翻云；也不像猛虎，长啸雷响，威震山林。又想，龙虎鲲鹏，叱咤风云，不惧乾坤，而终归是异类且难得一见，又相互不知。我和马，我心里有它，它心里有我，一个校场上操练，一个军营里生活，一个军队里服役，我们是战友，是兄弟，就叫它“三条腿”吧，虽是绰号，但也名副其实。

不料有一天，它先离我而去，而我未能早知。待我冲出营区，它已被裹挟在远去的烟尘里。

恍惚是冬末春初的一个清晨，连里的马被一纸命令调走。也在这一天，来了一群新马。新马来自新疆的山丹。山丹马场是专门繁育军马的基地。于是我们叫它们山丹马。

山丹马，高挑个，修长身，颈长，毛短，鬃薄，尾细。远观近瞧，疑是长颈鹿的远亲。马被圈在厩里，排长传连长令：“都去抓马，谁抓着归谁!”顾不得站队，随排长冲向马厩，还是来迟一步。马厩里已有百余官兵、百余匹马，马跑人追，人喊马嘶。调侃而言，如鬼子进村，鸣飞狗跳，掀翻了一片天地。不知过了多久，马厩里变得静悄悄的。夕阳里，只有我俩。它在马厩一角站立，瑟瑟地，眼神里闪着惊恐。它被几个老兵围追堵截，却化险为夷。不成想，他们搅浑了水，我得了漏网的鱼。官兵们牵着相中的高头大马，个个得意扬扬，一脸的伯乐样子。

我的马，一身吐鲁番蜜瓜色，茶盏般形态的白色胎记不偏不倚正在额头。修蹄挂掌后，我不敢给它理尾剪鬃。因为它本就袭人，夺人眼目，再着意打扮，怕招人妒爱。因为有时他人看你的马好，先与你协商，你若不允，便一纸调令下来，谁人敢违？这般夺人所爱的事件，也不鲜见。

一天之内，一个去了，去得急急；一个来了，来得匆匆。这天晚上，我彻夜不眠，闭眼是去者，它与我顶风冒雪，共度春秋，伴我服役三年有余，我们同苦同乐，它为我排解了多少苦闷。我辗转反侧，睁眼是来者，不是我着意相中了它，也并非它一眼看上了我，但我俩最终走到了一起。我信缘分：“聚散都是缘，离合总关情。”

天天早晨，不待起床号响，我便去马厩看它。晨曦里，它定是听清了我的脚步或是闻到了我的气息，我还在十步开外，它便点头晃脑，摇动缰绳，打着响鼻。我给它梳毛、搔痒、洗澡时候，它总是不停点头，舒服清爽的神态饱含着谢意。

就叫它“山丹”吧。山丹是它的故乡，是生它养它的地方。人爱怀旧，常起乡愁。我想马也如此，要不“老马识途”该是何意？就叫“山丹”，定了。山丹，如诗如画，不俗不雅，且有“赤峰红山”之意。

春去春来，梅开二度。走了一批老兵，来了一批新兵。我的“山丹”已是懂营规、知号令、令行禁止的老战士了。我离任了六班班长的职务，从张春排长的二排调任四排副，给李久新排长做帮手。那段日子，“山丹”为我排解了太多的苦闷，是后话。

一九七一年，春天来得早。刚进五月，便听得牧羊海子里鸥歌雁鸣。野鸭成群结队地掠过连队上空，消失在山影云间，转眼又呼啸而来，朝海子上空飞去。它们把惊恐留在球场上、马厩里。是谁惊动了它们，破坏了牧羊海宁静的早晨，莫不是慰问边塞的使者？停车驻足，在海子边以水当境，歇脚洗尘。我忽地记起唐人李益的《过五原胡儿饮马泉》诗：“绿杨着水草含烟，旧是胡儿饮马泉。几声吹笳明月夜，何人倚剑白云天。从来冻合关山路，今日分流汉使前。莫遣行人照容鬓，恐惊憔悴入华年。”五原是唐代丰州州治所在地，即今内蒙古自治区五原县。饮马泉即鹈鹕湖，在丰城北。

追寻着野鸭群，我思谋着：五原城西北是塔尔湖，东北是牧羊海，李益歇脚洗尘的鹈鹕湖，该不是如今的牧羊海？

回过神来，见田埂野径已呈碧带，麦田也绿油油的，连队人员在室内上课，我臂带袖标在营区值班。忽听马蹄哒哒，尘烟飞扬，但见两骑从团部方向急驰而来。百米开外，马变慢步，见连长王富焕和通讯员下马。通讯员接过连长的马，连长挥手朝我喊：“四排副，通知班以上人员到连部开会！”他的样子很急，不知何事。几声哨响，班长以上人员齐集连部。连长开言道：“一个议题，四排副入党的事，请大家发表意见。抓紧时间，我还要赶回去，参加团党委扩大会。”连长的话音落地，我的心提了起来，只觉得血往上涌，脑子里一片空白，手脚不知放在何处。不知是谁的声音：“同意。要不是‘内人党’的事，他早合格了！”接着是一阵附和：“同意。”“同意。”“没意见。”又听连长说话：“少光，批下来，要努力工作；不批准，更要再争取，不能闹情绪！”会散了，大约十分钟，我努力镇静自己，手微微颤抖着填写了入党志愿书，交给连长。通讯员一直在连部门前候着。俩人打马而去。傍晚连长便策马而回。我被叫到连部。连长嘱我：“你已被批准为中共预备党员。记住，今天是五月十号，预备期一年。期满前，要交书面转正申请。党费从这个月交起。”

指导员王贵举是我的入党介绍人，他曾多次和我谈心谈话，给我鼓励。连长说话时，他一直看着我笑。连长说完，他只说了两个字：“去吧！”月末，我被通知去五原县医院体检。几天后，组织股长于奎骑马到牧羊海，把我接回政治处，让我接手了书记员王治宇的工作。“山丹”也随我回到团里，在司政后机关马厩驻扎下来。

我的第三匹马和“山丹”是同年入伍的老乡，也是山丹马场的良种。我叫它“二丹”。“二丹”比“山丹”明显壮实。它浑身一色，黑里泛红，如浓墨调了少许朱砂，在太阳下透着光亮。亮不刺眼，光泽润洁柔和。“二丹”慢步行进稳健，有“小走”和“套步颠”的本事。和我相伴的三匹马中，“二丹”最优秀。三九、三伏，我总要从临近村社买些麸子，炒了给它泻火。周末和节日里，或在晚风中，月光下，我总要与它出去走走。每每此时，我们一前一后或左右相随。缰搭鞍桥上，我走它也走，我停它即停，我们形影相伴。夜间查铺查哨时，我总要去看它，它总用响鼻迎我送我。

我与“二丹”也有一段离情。那年团里接受了协拍《吉鸿昌》的任务，政委王悦发借走了“二丹”。那段时间，我很少去马厩，去了心里空空的，总有一缕离愁在里头。“二丹”回来的时候，腿带着伤。政委说它在八达岭上失蹄，滚落崖下，右后腿内侧被尖石割伤，幸无大恙。见它一跛一拐，如同上甘岭下来的伤员，我心里那股滋味说不明白。

有几年了，街头巷尾，林间湖畔，见女孩抱一小狗，小狗身着花袄；少妇牵一大獒，大獒银链盘胫。此时必有人回头驻足，舌喳唇叽，摇头晃脑，戳戳点点。我着意问过一些人，就宠物现象，摇头者多，认可的少。认可者多是骑兵和牧人。爱和被爱，幸福双方。“爱”属情感类词汇。因爱和被爱升华了情感，是一件美好的事。爱动物，亦当如此。何况，军马是战士的无言战友，盲犬是盲人的光明使者，升华的爱，更加神圣。

我的连队

一九七六年，我完成了内蒙古师范学院的学业后回团，不日便被团长马永禄带回了我的老连队。他让我住进连部，自己住在班里。次日早饭前，团长在队列前宣布：“任命刘少光为内蒙古骑兵一团一连政治指导员。司令员：李玉堂。”

一九六八年四月二日，新兵连训练结束，我被分到一连。一九七二年六月，我被于奎股长从一连领走。一九七六年，我又被团长带回一连。八年光景，画了一个圆。这个圆起笔于红山下的老营，接笔于阴山下的新营。老营和新营都在山脚下，日来月去，笔起笔落，画了一个圆。哲人说：“圆是轨迹。”普通人说：“圆是美满。”道家说：“圆即是道。”佛家说：“圆即是缘。”

我说：“都是。”

我在一连“画圆”，我化缘也在一连。一连的领导和战友们保护了我，成全了我，一连是我的“井冈山”，是我的“延安”，是我的宝刹。

回老连队任政治指导员四年间，来的走的，新老更替，算来足有百余人，他们都是经层层筛选、百里挑一的战士。他们卧倒似待发的虎，站立似挺拔的松，跃马一幅画，牵行一首诗，行进的队列是一支震撼的歌，人人都有生动的故事。和他们在一起，谁也朝气蓬勃。那些日子，连队在乌拉特中旗和乌拉特后旗境内挖沟布线，为守卫在中蒙边境一线部队埋设通信电缆。战士们早出晚归，不待连里组织，班排都自行出动。深一米二、宽四十厘米的缆沟，一日竟能挖掘三十米，多者达五十多米。战士们个个两把血泡，人人都不叫苦叫累，谁也不甘落后。烈日下，冷雨中，吃口干粮，喝口水，就算休息。伸伸腰臂，望一眼无垠的草地，听听野鸟的鸣叫，倍感心旷神怡。

这是一九七六年的事。时近中秋，草原上天高气爽，工程也近尾声，连队驻在边防四连让出的几间屋子里。九月九日上午，我正给连队上课，值班员没敲门、不报告，忽地推门进来，神情慌张地说：“毛主席逝世了！”他手里的半导体收音机播发着哀乐。大家不自主地站立起来，气氛至今描述不来。不一刻，几名战士相继跌倒在地。

这一幕，我终生难忘。

战备工程结束后，连队又接受了生产任务，住进了牧羊海那草搭泥抹的小营房里。先前，它是独立营的生产基地。几排泥房，一个球场，远看是一个整齐的小村落，东西两个点，有几百亩平展的耕地。一九七一年，我随组织股股长于奎离开这里。这次，我随连队第二次来到这里。这里曾有我的汗水、泪水和那个让我沉闷、慌悲的“内人党”包袱。

锄耧耙种的活很辛苦。日出而作，日落而息，没有团部营区里的紧张气息。战士们大都在农村生长，辛苦不在话下，锄镰活计是驾轻就熟的事。战士们的情绪高涨，班里自发地开展了“三颗菜”活动。田边地头，几架豆角，一片油菜，零零碎碎，瓜瓜菜菜任炊事班采摘。这里有许多有水的坑洼，放养了百余只小鸭，饲草不愁。圈里大小猪多时上百头。腌制的小菜有十几种。分管后勤的靳尔水副团长组织全团相关人员，来牧羊海召开后勤生活保障现场会。连队每月杀两三口猪，节假日混得熟的战友们骑马，常来连里玩耍、解馋。

想来，那时一个连队有干部战士百余人，吃一锅饭，喝一井水，同享聚之乐，共尝别之泪。如今，官兵们荡漾在五湖四海里，散落在东西南北中，除部分你来我往，多数都没了消息。年年八一，我都取出珍藏的《连队人员花名册》翻看。一个个名字进入眼帘，一张张阳光的脸便浮现在心里，一个个生动的故事便跳出脑海，一缕缕情丝便成霞成锦，亮起在心的原野。每每此时，我怨我提笔如锤，力难从心。有时竟想入非非，想请名家作曲，再请名家唱一支我们骑兵的歌；请军旅文豪执笔，请名导演执导，众星联手，演一部我们内蒙古骑兵第一团的电视连续剧。我这般情痴情稚失常态，不知是醒时还是梦时。

我的同事

刚到政治处的时候，营房才建了一半，一个团的人马散落在黄河北、阴山南的村子里。王安满村是乌拉特中旗红旗公社所在地，团部就设在这里。政治处在一个靠路的小院，有三间向阳的房子。老东家住东屋，少东家住西屋，我和政治处主任王佩林住中间，宣传股和组织股的部分人员住在我们小院附近，部分人员住进营区未曾内装的房里，那里有参加营建的连队。这里紧靠山脚，又因营建拉沙采石，破坏了蛇们安静的生活环境，它们常常跑出来活动。有时低头见在脚下，让你毛骨悚然地跳起来，大叫着后退一步。大雨初晴，太阳暖暖地照着，它们都跑出洞外晒太阳，让你步步都提着小心。正午时分，它们又到阴凉处纳凉。有时蛇会缠绕在门把手上，我伸手推拉，忽地见了，吓个半死。如果在蛇、虎中必选其一，我宁与虎为伴，也不近蛇一步。夏日的一天，午休的时候，忽听一声大吼，又响起人跌床下的声音。受惊起身的人们，惊呼接着惊呼。只见俱乐部主任闫登山仰面朝天摔在地上，一条三尺长的大蛇盘在他床上。那盘绕的蛇摇头晃身正松散开来，许是受了惊吓，一副落魄不安的样子。就在人蛇惊恐未定之时，宣传股长盛世忠找来一根长棍，似景阳冈上打虎的武二郎，将棍挥舞过去。他手起棍落，只听得一声响，定睛看去，那蛇不见了踪影。于是，又起了一阵惊恐；人们转身、侧首、抬脚、抖衣，个个似丈二和尚，汗也从手心里钻出，思谋：莫不是蛇精隐身逃去？！大家怯怯地抱起行李，小跑着出了门外，乱了章法地抖落起来，确信那蛇精不在自己被里潜伏，方转回屋，细细地扫视自己床下一遍，才新兵似的整理起内务来。人们情绪稍定，可疑惑未解：那蛇到底哪里去了？都这么想着，就听一声闷响，一个东西砸在地上。大家如得口令，齐刷刷往那发出声响的地上看去，只见那蛇又魔鬼般显身在眼前。

闫主任登山同志描述，他睡得正香，只觉脸上凉凉地、酥酥地、痒痒地，如轻轻的吻，不觉从美梦中醒来，定眼一看，一条大蛇正吐着芯子，朝着他的脸。

我们政治处这些人，平时舞文弄墨，写报告、拟总结、弄稿件，闲时则海阔天空，唠闲篇，编故事，侃大山，演绎的小把戏伸手就来。于是，登山与蛇的故事便有了几个版本。传下来的大致是这样：一条变成美女的蛇，与许仙一般的美男子登山在梦中相遇。白娘子相中的是一位文弱书生，而登山同志浓眉大眼，两耳垂悬，人也健壮，字也灵秀，笛子吹得诱人。相中登山的蛇仙必是那性情率真的小青。笑侃中，登山同志却做了一番认真的思索，悟出了一条科学道理：那蛇吻我不吻他人，是我不吸烟的缘故。蛇是最怕尼古丁的。于是打那时起，登山同志便没命地吸起烟来。

那么，那条隐身而去又现身而来的蛇，到底如何隐身，又怎么显形？原来，盛世忠股长手中的棍棒挥过去，并未落在蛇身上，他再抬手起来，便挑起那蛇，巧巧地搭绕在了未绑苇帘儿的棚架上。受了惊吓的蛇定神片刻，思量这棚架并非久留之处，于是又落下来，把些军官们弄得一头雾水，一片惊状。

周末，家已随军的干部都回到设在五原的部队家属院，家在营区周边的也与家人团聚去了。我们政治处的几个单身汉时常相伴到营房后面的山里去玩。山路如肠，忽降忽升，盘旋逶迤。半山腰里有棵孤柏，高我两倍，粗壮如我腰，根如暴筋，在石缝里进进出出；皮如龙鳞，冠若华盖，斜刺里伸展出去。每次上来，我必在它荫下歇脚；点一支烟吞吐着，寻找它的根，心思也在石缝里出出进进。回过神来便想：巍巍阴山，伏卧在高原，这松柏又立于这阴山上，想那根也必深扎数千尺，才能饱吸大地的养分。看它“抱石读风雨，临崖观云海。翠同涧草绿，香伴蜡梅开”，我肃然起敬，久久矗立着。之后便倦倦地倚着它，不肯下山去。

我的故事

请名家来讲我们骑兵一团的故事有难度，还是请我们骑兵一团的战友们自己讲吧。如康明魁同志所说，把自己难忘的事讲一讲并记下来，就当是我们骑兵一团历史的一个缩影，留给战友，也留给我们自己。

那么，我就讲一个我的故事。故事始于我们村，终于我的连队。它平淡却离奇，可说离奇也不离奇：一盆狗血喷洒了成千上万的人，我只是被脏了几根头发；说平淡也不平淡：故事里的我若被推一推，必将跌落悬崖，后果是显而易见的。

我是“内人党”，有揭发信为“证”。

1968年八一建军节后，各连队文艺演唱组会演后，从演唱组里选调人员，组建团文艺宣传队。我被选中。选中的队员们住在赤峰东大营礼堂的耳房里。一天傍晚，我去连队存放的战备包里取些换洗的衣物。回来的路上，忽听身后脚步急促，接着一个声音传过来："小刘，不要回头。听我说，连里收到了你家乡寄来的信，信里说你是'内人党'分子。你要有个思想准备。别说是我说的！"他掉头走了。我呆立在操场上，脑子和脚下的操场一样空空荡荡，一时间我弄不清我是谁。

通风给我的是三排长温都苏。后来得知，他也被揭发是"内人党"，因为他父亲是"内人党"，是锡盟的领导干部。不久，他便转业了，不知是否因此事牵连，也不知后来如何。

我十分地感激他冒险告知我，使我在恍惚、不解、苦闷、凄凉、无助、愤恼、恐惧、百感交集、惶惶不可终日的时间里，做好了被提前退役、赶出军营、遣送回家、挨批挨斗的准备。我还想，如果被提前退役，没人遣送，我就偷偷跑到一座深山里了此一生。又想，我不是"内人党"，只是见赤峰大街上挂着"内人党登记站"的牌子，四处飘落的传单说"内人党"是反革命组织，仅此而已，还是道听途说，我怎么就成了"内人党"了呢？不行，我不能躲进深山，宁可被打死，也不能自绝于党和国家。

不满二十岁的娃娃，方寸已大乱，如何经得起"四海翻腾，五洲震荡"？很快，营区里出现了大字报，有了呼喊声。接着，团首长被关了，剩下的人也不能幸免。制止武斗时被"红卫兵"自制手榴弹炸得腹裂肠流的政委关天宝，不待伤愈也进了"内人党"学习班。与我同年入伍的老乡董子胜也进去了。下一个是谁？我惶恐不可终日，不能入寝，入寝便噩梦连连。

腊月三十，宣传队放假，队员们都回各自的连队过年去了，只剩我一人孤单地待在空荡的礼堂耳房里。泪进了嘴里，说不清什么味道，打湿了衣襟，又不敢放声。我任手里点燃的烟燃着，呆呆地看着，也不去吸。忽听开门声、脚步声、说话声，是我的副连长李成。我抹泪，起身。他已在我面前："少光，回咱们连队过年去。"声音暖暖地。我记得清清楚楚，我如同屋檐下悬着的一枝冰溜子，被露头的阳光照在了身上，融化开来，先在体表，后在心里。

我忽地记起一件事。八岁那年，我在家门前海子里玩水，手脚瞎扑腾，已远离了岸边。我慌了手脚，沉下水底，忽又探出头来，“啊”了半声，又沉了下去。岸上哗然一片。二哥闻讯赶来，不解衣裤，跳入水中将我捞起。我跟在副连长身后，这么想着，回到连队。春节联欢晚会已经开始，我被副连长推在前面，他拍着手说：“来，请我们的文艺家唱首歌！”

我稍稍定神，便唱开了：“天上布满星，月牙儿亮晶晶……”我不知为何脱口唱了这支歌，那样动情，眼里噙着泪花花。歌声未落，掌声已响起。

知我者为我分忧，不知我者为我歌喉？

春节过后，宣传队乘坐团里的一台“嘎斯”，去吴丹、大板、宁城等地和驻昭乌达盟的部队慰问演出。我在京剧《智取威虎山》片断里饰演少剑波。为演好这个角色，我在团部大礼堂反复观看影片《智取威虎山》，模仿剧中人物说话语气、一招一式，尽可能贴近角色。我一个大青山后的农村娃娃，听京剧乃平生第一次，还是在参军后的东大营里。三五天后，便要登台演唱京剧，恰如绣女坐轿，演好更是力不从心。不过，我还是接了角色，一点儿也没犹豫。当时想的是，让我演我就演，让我唱我就唱。原因并不全是“服从领导，听从指挥”，目的还在于让繁重的担子挤压我的惆怅。此后我渐渐担任了不同角色：在一个将木凳当马骑的舞蹈里挥刀猛跳，和老兵杨荣说相声，在民乐合奏里拉二胡，编写三句半、快板书之类的小段、创作了以刘玉海拦截被惊马车为素材的小歌剧，起大早练身压腿，白日里拉琴排练，业余时间里编写创作。粉墨登场是他人，下台来还是我自己。我恨不得一天三场五场地跳啊唱啊。梨园旧有“台上是老子，台下是孙子”一说，而我上台是疯子，下台是呆子。见我发呆，好友彩文便为我排解烦愁。郝彩文，托克托县人，与我同年应征，是四连的兵，在宣传队主弹三弦。拨弄起琴弦来，一头黑发随琴声而动，两只大花眼帮情绪传神。他在乐器班，我在表演班。他知我因“内人党”问题不堪重负，经常找我拉话，给我劝慰，给我解愁，伴我静静地散步，陪我默默地吸烟。他骑我的山丹马，挎着道具枪，我们去营区外的林子里、铁路上拍照。我喜欢翻看老照片，我俩骑马的合影照我至今珍藏。他退伍后去了呼和浩特市，我转业在乌拉特前旗，相距数百里，四十余年往来不断。他退伍后还专门到团里看我。我们开两个梨桃罐头，炒几个鸡蛋，切一盘酸菜，两人说着话，不觉二斤烧酒已下肚。我在内蒙古师院上学时，找他回托县永圣域看他生病的母亲。我去呼市，他不仅热情款待，还放下手头活计，给我引路，陪我办事。“一生得一知己足也。”老话说得精辟。

宣传队解散了，我回到连队。笛声远去，锣鼓不鸣，我的心反倒不得宁静。“内人党”问题如同注了铅的包袱，压得我喘不过气来。当时，我是二排六班长、团支部宣传委员，于是，我仍然采取了用工作挤压心中不快的办法，麻痹自己临近抑郁的神经。做完大家的“共同科目”，便去采编稿件，刷新黑板，设计版面，把黑板报搞得花里胡哨，以努力上进的情绪深埋愁苦和恐惧，言行中也含着十分的小心，不敢近雷池半步，一副“五类分子”样。

熄灯号响，全连鸦雀无声，蛙们也止了鸣叫，门口和窗前的蚊子们活跃起来。劳作一天的战友们鼾声渐起，有的长气轻声，如洞萧洗耳；有的大气粗声，如闷雷远去，又滚滚而来；有的则拖泥带水，漫不经心，缺少韵律。我睡意召之不来，遗憾不能加入进去，索性细细品味起来，陶醉在战友们鼾声大合奏里，心里亮亮堂堂，忽而来了灵感，想着倘若团宣传队再度成立，我定把这合奏曲搬上舞台：幽暗柔和的光亮下，一群汗滴未干的战士和衣而卧，东倒西歪，睡态千姿，口水横流，领章、帽徽闪着光亮。舞台一角传来了鼾声，远远地，如村社里农家的第一场鸡啼。接着，两声、三声，整个村落头一遍鸣叫开始了，邻近的村子也响应起来。万鸡齐鸣惊动了原野，震撼了天宇。于是，有了雷，有了闪，雨也就跟着来了。美美地洒在身上，直觉神轻气爽。我沿一条小径走着。不知何时雨停了，天上没有了云，也不见星辰，只有蓝蓝的天空。就这么信马由缰地到了一个去处，见一条小河弯弯，桃林爽岸，落英缤纷，芳草鲜美，蜂鸣蝶舞。又见一老翁戴笠执竿，背我而坐。身旁柳条编织的筐，一半浸在水中，筐里的红鲤鲜鲜的，白条已死去，像浮在水上的银子。我与老翁搭话，他不言语，以手示意我在他身边坐下。我小心地席地而坐，他才轻声道来："这里叫桃花溪。陶令就在桃花源，昼写桃花晚钓溪，桃花溪水君不见，越往源头越无鱼……"我一脸惊叹，方细细端详老翁。但见他头发银白，随风而动，面似桃花，白里透红，一身素衣，软软松松，古风袭人，似在何处见过一面。我努力在记忆里搜索，终无结果。正待壮胆问个明白，却被远处传来的号角惊醒。我两眼圆睁，心还恋在梦中。我好生奇怪。更怪的是，后来我又多次回到这个梦里，只是再没见那戴笠的老翁。至今想来，令我遗憾不已。后来，天天翻着家中带来的中学课本，把一篇《桃花源记》翻得烂熟。都说"日有所想，夜有所思"，也许因我当时心境而得此梦，也未可知。

我不惜笔墨地记录我的这个梦，是因为它给我的美好实在难忘。你转身一人行走在荒原上，几日断顿，忽见一清泉和一树野果。那泉，那果，一辈子忘得了吗？

从梦中醒过来，我仍在现实中。现实里更有许多难以忘怀的人和事。我的第一位排长孙学武是第一个给我野果和清泉的人。入伍第一年，同时入伍的战友金熙康、胡凤才被批准入党，同时递交了入党志愿书的我因"内人党"问题没被批准。孙学武排长无数次找我谈心谈话，给我的理解、安慰和鼓励，如果能盛能装，需用船装车载。他写我抄的稿件登载在《昭乌达报》上，还把我的名字列在他前。副指导员萧东忠看我热心团支部工作，却因"内人党"问题情绪低落，到班里找我，他重复了多少遍的一句话，在我提干后才恍然大悟。他说："你的心情，我能理解。同志们信任你，党组织信任你。"可不是么，如果连队领导把我列入退役名单，如果有一位领导对我入党、提干的事提出异议，如果某一个人振臂一呼："把'内人党'分子刘少光赶回老家去！"断然没有今天的我。倘若有，今天的我所讲的定然是一个悲惨的故事。为此我还想说，如果寄揭发材料的几位小伙伴不依，以“宜将胜勇追穷寇，不可估名学霸王”的精神来“痛打落水狗”，我头顶上的这片天，哪能会像今天这般蓝？脚下的地，又焉能像今天这样绿？我那位同乡董子胜，入伍半年后被关进了“学习班”，年底便被提前退伍。时隔数年，他找部队开具了一份“因‘内人党’问题提前退伍”的证明，回乡落实政策。那年我见他时，他双手颤抖，语不连贯，一副患了帕金森病的样子。

那个年代，什么可怕的事情都可能发生，而我却什么事情也没有发生。有党支部的呵护、连队首长的关爱和战友们的理解帮助，我入党了，提干了。战士、班长、政治处书记员、连副指导员、连指导员，其间还被选送上了大学。虽曾逆水行船，却是有惊无险。借此书问世的机会，对我在逆境中给予我理解、同情、支持、鼓励、关爱的党组织，各级首长和战友们诚表谢意，致以军礼！

“人有悲欢离合，月有阴晴圆缺，此事古难全。”我在骑兵团，看月圆月缺，品悲欢离合，今想来，仍情丝缕缕。退休后，我常拣上好天气，到池塘野水边，在白杨绿柳下，选一片阴凉，落座折椅，执竿垂钓，也常邀渔友夜钓天池。鱼儿大小也罢，多少也罢，总是乐趣无穷。在家时，孙儿外孙绕膝盘腰，其乐融融。然而，在梦里相见最多的，还是我的军马、我的连队、我的同事和走进我的故事里的战友们。

小景

讲述四海情怀，赞叹五岳妙美，是大家巨匠的事。做点儿小手笔，弄此小情绪，是我的一片爱心。

林海公园的桥

平生喜欢桥，我却无缘得见几座。我听说的几座有故事的桥，诸如赵州桥、西湖断桥、大渡河的铁索桥、连接中朝的鸭绿江大桥、驰名中外的长江大桥、黄浦江大桥，皆因肩上事多、囊中物少，不能相见，只能神往，如神往神话里的鹊桥。

儿时，村里办社火，大人们教唱的秧歌曲儿里说："赵州桥，什么人修，什么人挑担走在上头，什么人骑驴桥上过……"那是第一次听说了桥。至于桥为何物，大人们不说，我等也不问，只是跟着学唱罢了。

上学了，课本里有十八勇士飞夺泸定桥的故事且有插图，才知桥是架在河上的一截儿路。阴山后，草地边，缺水无河，有河也是雨来流水、天晴干涸的季节河。蜗居于七沟八梁向阳湾儿里的村里人，没见过桥的有的是。

后来，当兵了，出了家门，见一根独木、几节涵管接通了两边的路。人行南北，水流东西，人不误流水，水在桥下流；水不碍行人，人在桥上走。慢慢地，脑海里慢慢地成熟了一个桥的概念：桥是衣扣、拉链，桥是绳结、纽带，桥是接通了路的路。这样我也越来越喜欢上了桥。但凡过桥跨水时，心底里都会对人的智慧、水的敬畏生发出一阵感叹来。

后来，心里收藏了一座令人震撼不已的桥。那年出差进京，人流车流里寻不见办事的路，在闷闷的车子里，忽地记起中学时城里同学嘲笑我们农村学生的一串话："山老大进城，腰系草绳，手提洋瓶。眼如牢铃，脸搁得通红，寻不见茅坑。崩断了草绳，打碎了洋瓶，紧闭了牢铃……"车子里的我就如那般神态，开车的同事比我更甚。

车流里错过了路口出不去，出错了路口进不来，七拐八绕，见不远处有座桥，问人说是卢沟桥。"好哇！"事今天就不做了，把车停好，在这石筑的桥上走过去踱过来，数栏杆上的石狮子，真的是过去一个数，过来一个数，不是多一只，就是少两个。蹲下身去摸索桥面的车辙想，多少宫役，多少水车，多少车水，从这厚厚的汉白玉桥面上日夜往返，碾轧成尺把半的沟来，只为皇帝一家煮食、烹茶、净面沐浴、浇花草、灌珍木、饮御马、研香墨。我人在石桥上，心却进了深宫里。日落时分还不走，等着看"卢沟晓月"。星河灿烂，还不见月影儿。听旁边也如我痴情于这古桥古月成佳景的京外人问答："初几了吗?""要么是初一、初二，要么是初几了？我也晓不得的啦！""初一初二都没得月亮的啦！"

一天光景，事儿没办，月也没来，还忘了与这神往已久、偶然得见的卢沟桥合个影，竟把个遗憾丢在了古桥上。

几年工夫，传说不知深浅的锅底圪巴和与其毗邻的小果园，精巧地幻化成一个可人的园子，还有了一个算不得大雅却也不俗的官名：林海公园。依照园艺，园子里有了花草树木，有了假山崖壁，有了曲径亭阁，有了小河，有了碧湖小岛，必然有了水，自然有了桥。水把园里的河湖相接，桥把园外的街巷连通。古人说："山不在高，有仙则灵。水不在深，有龙则名。"园子呢，有山则显高古，有树就有精神，有水便显灵秀，有桥凸显雅趣。

一座板桥，宽宽展展，铺在湖之一角，南来者过桥去了曲径通幽处，北往的过桥来疏散在街巷里。我独爱落坐阳伞下，倚板桥抛竿垂钓。老伴则喜欢坐小马扎，在丝柳下看孩子们摇船，看蜻蜓点水，看子燕子翻飞。很美的是几座石墩石面石筑的拱桥，一孔若月半，两孔三孔似古窗。一座一个样，卧于净湖曲水上，恰到好处，如点睛之笔。是，它们是比不得江南水乡的桥来得秀丽，却也有江南水乡的桥的倩影。诚然不可与京都园里的桥比古、比壮、比精美，倒也有京桥之味道。

当初建园时，听筑桥师傅口音似莺歌燕曲，想必是丝竹南韵里有些成就的工匠，举手投足，少不得把江南文化带将来，融入桥的身心里。

我查商务印书馆的《现代汉语词典》，“桥”只见词条，没有定义。

“桥像什么?”我问孙儿。

“桥是变形金刚。”

“桥像什么?”我问妻。

“手镯。”妻笑答。

“桥像什么？”我问战友，他是一家诗词杂志主编。

“桥是诗，是词牌。"

我又问朋友读大三的女儿，她说桥是白马王子。

看来，桥无定义，形无定法，桥是美的特别的存在形式。公园里不能没有桥，没有桥必没有水。试想一个林荫草碧、霞落湖水、水跳鱼花的园子，没有桥，如龙无戏珠，山无林木，人无精气神，也如一朵枯枝败叶的玫瑰，蔫蔫地，没了馨香，又有谁人欣赏?

朝霞里，夕照时，我爱找个合适的地方看林海公园桥的剪影和他们在水中沐浴的影子。月儿亮亮的，我透过桥孔看水中的月，还试图寻找“卢沟晓月”，拣回丢在古桥上的遗憾来。

我更喜欢桥们在雨里的样子和雪里的神情。我在雨雪中拍摄了许多桥的照片，藏在我的相册里。

更多的时候，我在阳台上倚了楼窗眺望园子里的桥。久了，便有了与这园子、园里的桥非说不可的几句话："浓林碧草影崖，亭子拱桥鱼花，琴蛐歌鸟鼓蛙，径幽人暇。园外楼，是我家。"

沙枣树

主干歪扭，丫杈横斜。灰里有些许淡绿，是它的叶的颜色。沙中涩多甜少，是它的果的味道。第一眼见它和化了梢的病杨一样，让人心疼和失望。

这是四十年前的印象。十字街口和单位门前就那么几株化了梢的杨和歪歪扭扭的沙枣树。

古人说，今人也这样说：“山不在高，有仙则灵。水不在深，有龙则名。”我说，城不在大，有树才有了精神。当年街里若没有那几十株沙枣树，偌大一个旗政府驻地，只见得几棵枯枝化梢的病杨，加上黄昏里几声鸦叫，活脱脱一幅《枯藤老树昏鸦图》。而今街树成荫，树种繁多，唯独不见了沙枣的身影。

我因事下乡，见田头沟边、禽畜棚圈旁、人厕柴垛一角的沙枣总要想起当年城里的沙枣树。当地人告诉我，村里村外的沙枣也都是任其自生自灭。树干歪扭，做不得椽檩，解板打不成箱柜。村里村外有的是空地和碱废荒滩，空有它总比空着闲着强。说也怪，那些年，年年植树少见树，年年造林不见林。倒是这没人待见的沙枣树，或一株独处，或八九株相依，不劳人、不费钱，人们嫌弃就挖了砍了，不嫌弃它就自在地活着。借了太阳的光，自己给自己做一片树荫。借了鸟儿们的翅膀，把种子任意掉落在地里，就长出一棵树来。

踏 雪

塞上的娃娃与雪注定是有缘的。

一觉醒来，见窗外雪亮，窗棂格子里似有雪影，一个激灵，起身、下地、推门，可不是下雪了！地上厚厚的，雪还在下着，正如课本里说的：“地上白了，树上白了，房顶上也白了。”转身上炕披挂罢了，端着纱板，一路小跑去套雀儿。到了场上，见土打的场墙背风处，小伙伴们一溜摆开，正挤呀挤呀地扛膀膀呢。一个叫重弟的女娃娃袖袖里揣着画眉，画眉哆嗦着，发出凄凄一两声哀叫。

只放了一天晴，然后就是白毛旋风。我们一个拉着一个的后襟，顶着风雪上学校和回家，这可害苦了女生，乐坏了男生。稍觉风儿小，我们便放开衣襟跑到远处，沿着电线杆子两侧捡在电线上碰死碰伤的沙鸡、画眉、百灵子、蒿滴溜子。

放学时天还早，不需谁说，我们挎只箩头，踏着残雪拣牛粪。手指冻成了红萝卜，哈一哈，搓一搓，不觉得多艰苦，而今想来也还似甜甜的梦。

十七岁那年，我在大队里做事。二哥买了一辆旧白山车让我骑。我高兴得像是长了翅膀，有事没事就骑着转。大小西淖四合圣，老小营盘白灵淖，雪野上，两行车辙印把六个小村连成环。各村的队长和人们，还真把个十几岁的娃娃当干部。

那天雪好大，没有一丝风，我嘎嘎地跑在雪路上，去见接兵的解放军。“报名单上为啥没有你？”他劈头问我，“你虚岁十八岁？我就是你这个年龄当的兵。”“噢！”我明白了。次日在公社卫生院体检，我把我排在第一名。不料第一关量血压就被打了下来：“没事了，回去哇。”“为甚？”“血压高。”“多少？”“二百二。”女护士挤眉弄眼儿，一脸的幸灾乐祸。我去见接兵的军人，他拿出小红本打开来让我读：“下定决心，不怕……”读完了，我见他鬼眉溜眼地笑。我去找那护士，护士说去找部长。部长说：“你走了，几十条枪谁管？一个武装基干连谁带？县里民兵大比武的尖子班怎么办呀？”我说：“有副连长了哇。”他说：“单兵战术、场地设置、班进攻，一套郭兴福教学法是谁都能弄得了的吗？”他用劲地看着我：“今年你教会了他，明年我就放了你。”我逼他写了保证书，签了字，盖了公社武装部的大印。

第二年不征兵。又一年过去，我终于如愿了。

正月十五，夜无月，雪打灯。窗外通明，屋里暖融融的。闻远近，万籁俱寂。我辗转反侧，眼睁睁，到天明。

我朝村中走去，身后留一串脚印。村中有一口井，井边有一片大石板，石板上积了厚厚的雪。我坐在石板上，等一个人。井在那人的家门口。人没出来。我把话写在厚厚的纸上，交给东村的女孩转交。

走的那天是正月十六，不通车，五个新兵和送行的家人嘎吱嘎吱地踏着新雪走在去县城的路上。二哥跟着我。我心里沉沉地，惦着那个人。

苏式营房坐落在赤峰市东郊的红山脚下。西、北两大门岗楼里，持枪哨兵巍然如塔，把大营里的神秘和威严紧紧地盯守着。我看不过来，只觉进得眼里的无一不新奇，似猴儿进了水帘洞，上了花果山。晚上开了欢迎会，那首歌儿似唱给我听的。而今哼来还那么亲近，想听吗？听我唱来：

欢迎的晚上
拉起了手风琴
同志们手拉手
激动了我的心
想起了一件事
真是乐死人
你要问我
你要问我什么事
嗨——什么事
真是乐死人
嗨——
真是乐死人

那一年出了村
我报名去参军
到了区公所
人家不批准
说我年纪小
还不够成年人
我好说歹说
好说歹说不顶用
嗨——不顶用
嗨——

真是气死人

嗨——

真是气死人

第二年一开春

我又报名去参军

一路唱着歌

心里真高兴

身体一过磅

刚好差一斤

我好说歹说

好说歹说不顶用

嗨——不顶用

嗨——

真是急死人

嗨——

真是急死人

实行了兵役制

我当上了国防军

穿上了新军装

领章真漂亮

挎上了冲锋

帽徽闪金光

我对着镜子

对着镜子上下照

嗨——上下照

嗨——

真是乐死人呀

真是乐死人

踏雪赴邀

住在老院的一个冬天，三天两头飘雪，撩拨起我对雪的探索。

雪又飘来了，不大。零星的朵儿若散落的梨花瓣儿，飘得幽娴，落得自在。天空本无风，风是雪儿们自己弄出来的。

我取一把钓鱼折椅，坐在苹果梨树下看飘雪，一走神儿便把雪花当作梨花了。弯腰掬一把，手冰冰的，在衣襟上擦干了，伸出去接雪花，试图把它托在手心看个明白。可惜手心温度高，雪落在手上立马化作小米粒般的珠儿。后来的也如前者变作水珠，掌上珠儿不断变大。我把手曲成一个谷，想那山湖必是这样形成的。如此想着，身心似在雪山上。手机响了，是山里的朋友，说是刚杀的羊已扔进大锅里："都来了，就等你了！"山民说后套话，还有蒙古族母语味道在里边，学起来难听，听人说动听。

我不能不去，何况很想去。妻语婉转，说："远是不远，那么大的雪，一个人怎么去？"

不远，就在城外卧羊台上的小山嘴。我去了，踏着依稀可辨的路迹。朋友是个讨酒不问价、请客忒大方的主。一大盆羊肉放在桌中央，奶油、奶酪、奶皮、奶茶、炒米……围圈摆个满，奶茶杯、银酒碗、割肉刀人手一套。还有牧人就地采摘的沙葱，调了或者腌了都是下酒加饭的山野佳品。然而我，踏雪进山不为酒，只为枯瘤老根。朋友的山柴垛里没有，朋友的朋友的柴垛里任怎个翻腾也不见一块可意的料。回来途中，见山弯土打的墙豁里卧藏着什么，灰乎乎的，与雪色大差而亮眼。我的好奇牵动了脚步，临近时心跳加快，甚才叫可遇不可求，怎才是得来全不费功夫？噢，它正是我踏雪进山苦苦寻找的老根。雪野上，鸟飞绝，人踪灭，只有我和我肩上的爱物。

回来后，略下功夫，便叫人看个不够：一个八九分如鸟，一个七八分似兽。如鸟的似凤凰，似兽的是头鹿。鹿回头望远，凤侧首听歌；鹿卧于地里，凤立于鹿背；鹿颈扭动，凤尾飘逸。头，一个略斜而向右前，一个稍歪而朝左后。鸟兽如此和睦相处，在动物世界亦非独有。它如投生在我家门的双胞胎，让人亲不够、爱不够。根艺界朋友看着皆啧啧称奇。也有说那鹿角一断一弯是大美中之小不足。起初我也这般以为，深思鹿角断弯之因和这飞禽走兽和美之缘，忽大悟，随作小诗《祥和》：

同类好角斗，
异族乐亲和。
说是和为贵，
暗里动刀戈。
回首思无限，
不知缘于何。
谁解其中意，
南阿弥陀佛。

作罢，我盘膝打坐，双手合十，欲入定听禅，果真自觉日渐心宽了。

夕照亭边有片霞

一翁嗜读古赋，好唐宋元之诗词曲，还依葫芦画瓢，曾挑得意之作送刊并得稿酬，悄作私房钱换烟酒。

我依规解甲后，日出而无作，日落而难息，身不能习且不适闲度，便拜友为师，学些把石玩根、垂钓杂耍的技艺，倒也心宽。然晨夕之时似睡还醒，寂廖难耐。又求儿女教用微信，与远近亲朋说天侃地。久之无话可说，忽萌生作文念头，发在群里，一则心手联动，延缓痴呆，利于己；二来亲友相通，不致远疏，利于人。

我工作恰恰四十载，为官三十又八秋，却官不及八品，无大过而仅有小功。文不惊天，武不动地，不知文章从何处开头是好。闷闷中念起家乡人事，只觉得旧事如酒，愈陈愈醇；老人如书，越读越厚。忽大悟：何不从村里说起。

担心群中老少不肯买单，我先作短文，推敲取舍，斟酌再三，方按动发送绿键。不时便见一二点赞，更有吹捧短语。我好不沾沾自喜，此后连篇累牍，一发而不可收。

一次，几位老友打外地来访，下车后闻听笙歌悦耳，寻声拾阶上得园中高处，但见亭子旁一翁倚山石而立，正奏一曲老歌。夕阳晚照里，翁发蓬松，似秋叶霜染。一曲音落，几友掌声不约而起。翁回首，先是一惊，立马急步上前拥抱，牵手进了园外“老兵烧烤城”。

寻梦桃园

祖上有个园子，分给六个儿，从北至南依次排序：老大、老二……老六的在最南。老六是家父。父亲在园里种了两行桃树。桃三杏四梨五年。果然，三年头里桃儿满树，空地上种了瓜菜。父亲把看护园子的活儿给了我，那年我虚八岁。把村外一里多远的园子交给个八岁的孩子看护，晚我一辈的父母信吗？晚我两辈的娃娃们敢吗？与我同辈的父母们会吗？我不会，老伴更不会的。

桃园里有眼蓝砖垒砌的水井，井边有两丛蓝花儿马莲，井上有葡萄架。凉快时我爬在葡萄架上瞭望四野，听知了扯着嗓门儿叫，看云彩随着风儿走。晌午前后下来，藏在架下乘凉。渴了，抽一把马莲拧成绳，摘一片西葫芦叶做水斗，系在马莲绳上，扔进井里提水喝。叶斗里有了半斗水，赶忙提上来，只留下滴答的水珠。我仰着脖子张大嘴，弄得满头满脸好凉爽。喝不上几滴，再来，再来，真好玩儿。

其实我也怕。能不怕吗？大人们都说地里藏着放花的，指甲缝里的迷魂药顺风一弹，孩子就倒了。放花的把孩子拉进高粱地或玉米地，剜眼、割蛋、掏走心肝卖钱去。大晌午，青纱帐里静悄悄的，只有知了没死没活地扯嗓门儿叫。谁知道哪块高粱玉米地里就藏着放花的坏人呢。这时候，我便藏在葡萄树下，摘个大西葫芦叶子盖着头，抠两个叶洞放在眼睛上朝外看。玉米叶子有响动，耳朵不由得一支棱。这么躺着，就盼着瓜果葡萄快点儿熟。它们熟了，胡洞里的伙伴才肯来园子里找我玩。也盼着麦熟，麦地一开镰，地里满是人，我的胆儿也壮起来。开镰前母亲领着二哥提着柳条篮子来摘桃，西北角那棵树上的大白桃早让我吃得精光。

一天，二伯在园子里浇水，园里有了自家人，我也放心了。我钻进桃园旁边的麦地里，仰面躺着看云彩。云白白的，像是新摘的棉花堆成的垛。一会儿来了一只鹰，绕着棉垛转着飞。一会儿像棉垛里跑出一只鸡，被鹰一下就抓走了。我吓哭了，那是二伯家的大公鸡。我没命地叫起来，叫来了村里一群人。我也被叫起来，才知是做梦。天黑黑的，我听到母亲的声音。她背起了我。一道闪电，让母亲小跑起来。刚进了院，就来了瓢泼大雨。我的红肚兜兜还挂在桃园的葡萄架上呢。

后山风光独好

前些年回家，走包头、住固阳，总得两天才能到。而今坐班车当天即到，自驾车松松快快一天打个来回。现在有了三条路通村里：一条南路经包头到固阳，在白灵淖下车，西行二里到家；一条中路走大余太，经朝阳、固阳去白灵淖；一条北路，经大余太、小余太，走王如水地，过西斗铺、兴顺西，往东三十华里进村。三条路都是柏油路，我偏爱走北路。清早出发，初阳斜照时过大佘太，拐弯进佘太山口。但见路西不远处有一根石柱耸立在山脚下。柱约二层楼高，粗细需十数人合围。此乃穆桂英的拴马桩子，当地老少都这般传说。翻山过去，一条路直达小余太镇所隆兴昌，旧时晋商于此设商号，经营内地的粮盐绸布和蒙地的皮货骡马。爬缓坡出镇，上到梁上，见一片汪洋，便是增隆昌水库。一座小孤山坐落南岸，孤山如春盖冬雪，山石皆白无他色。紧贴北岸是光禄塞遗址。古塞建于西汉。传说昭君出塞，因风雪阻路而在塞里滞留八年。古塞背后是山，进山不远就见长城随山势起伏蜿蜒，似如化成石的龙，不见了肌肤，只留得骨架，苍苍莽莽。游人见了，无不为先祖们感叹。长城北也就数百步远，瞭得一断石壁豁墙，近前方知不是墙，是凸起的山石。此石质地、颜色、形状大别于身旁石类。更奇异的是那石面上有盘羊、野鹿、狼狐，或走或停，或回头独立，或三两戏耍，个个成形拙古，似童儿画图，一半不像一半像，要说精神真精神。

柏油路沿着山根儿走，山渐显矮，山与山也愈来愈远，宽宽展展地腾出千百亩田来。我在田边路上不记得走过几个来回，只记得山田里，春有耕牛行走，夏见农人劳作。秋天，满野赤橙白绿：赤是熟了的荞麦，橙是待割的小麦，白是摇铃的莜麦，而绿是那将身儿潜在土里，只把缨儿忘在地面的红蔓菁黄萝卜。熟田里阡陌隐现，人车往来。远处三五家在杨柳荫里，田边四五户篱墙小院避风朝阳。闻犬声不见犬在哪儿，听鸡啼忽见鸡在房上。陶渊明的桃花源在晋代，我的桃花源在今朝，这就是名及一时的王如水地。山圈峰堵的这块肥土，再加上泉水滋养，不知救活了旧时多少逃灾避难的人家。水地不远的高地上有个叫西斗铺的农庄，早先是收买五谷杂粮的地方。朝东再走一段路，就是我的村子了。

雷追圪旦

村后一座梁，相去二三里。三月春尽而梁顶残雪不尽。居其前者呼其北梁，住其后的叫它南梁。某年，一逃赌债的在白花雨天里被雷击死在梁脚下，几枚铜子儿嵌贴在胸脯上。后来，又一贼人于青天白日被雷劈在梁顶，胯下的毛驴鬃毛不损，掉头跑回几十里外的主人家。再后来，雷追圪旦上发生了许多吓人的故事。

吓人归吓人，那可是我等好玩的去处。只要有谁一声吼，我们呼啦啦一个冲锋便上了梁顶。头名状元骑着老末的脖子，被众人前呼后拥着漫梁头风光一阵。然后一个奔子下梁去，挎上书包蹬上鞋，搭人梯上房顶，各回各家。到家了才发现错拿了书包、穿差了鞋，每次总少不得三五个要昏了头的。

来一两场好雨，胡麻花儿蓝了，荞麦花儿粉了，菜籽花儿黄了，清风吹来，麦垄泛起涟漪，雷追圪旦上的草也长了几寸。草丛里忽飒飒绽开了一层碎纷纷的花儿来。开了的，形色若梅比梅小巧；要开的，似山楂，但比山楂红得水灵、长得玲珑。看她们都萌萌的，人们叫她们“扎蒙蒙”。

羊倌们带回了花的消息，姑嫂们带了红柳萝头、纸精笸箩相伴着上了雷追圪旦。眼见那花儿萌萌，心也都萌萌地开了花儿。她们个个屈腿弯腰，或干脆跪坐在草上，五指叉开，掌朝蓝天，伸入花柄下，拢回五指，迅疾收臂，三两朵花儿便聚于掌中。“三个老婆一面锣”，姑嫂们手儿忙，嘴又焉能消停？她们或悄声耳语，或大呼小叫，都是些闺房夜话。那为嫂的疯婆一般，不藏不隐，小媳妇脏话儿脱口而出，只把那小姑羞得个脸儿彤红。小姑偷眼看嫂嫂，却见那嫂子也侧目瞄过来，这便引起了一场追打。好一阵打闹，直到你散了辫子，她丢了扣子，才气喘嘘嘘地住了手脚。一旁看红火的婶娘们一脸啼泪，捂着肚子，弯腰曲背，笑得前俯后仰，转了向，找不着个东南西北。村人们管这耍着闹着的营生叫“叼扎蒙”。她们叼满笸箩，疯着跑着回村去，将那花儿用井水洗了、淘了、冲了，在石兑里捣成花泥，掺些许碎盐捏作花饼，挂在房檐下风干了。掰一小块，捻碎，置于滚了的菜籽油里，“滋啦啦”倒进面条锅里、苦菜盘里、盐汤盆里、疙瘩汤里，那面条苦菜盐汤的原味平添了扑鼻的野香。被后山人称作拌汤的一小盆疙瘩汤，滴半匙扎蒙蒙花儿油，在城里的大酒店，不花费五十元是端不上你的转盘桌的。

扎蒙花开时，我等三天两头就跑雷追圪旦，但心不在花上，而在一种叫“沙奶奶”的草果上。草果秧儿盈不足尺，开白花，结绿果，拇指大小，汁如马奶白而甘甜，口感脆生生又如黄瓜。它对于不知瓜果梨桃为何物的大青山后的娃娃的诱惑，比那花果山上的山桃野杏对水帘洞里的猴子的诱惑更大。一次采摘误了课，我等被传进大办公室，低头不语，慌忙把满兜果果尽数掏出放在老师的桌面上，便两臂垂垂等着挨训。此时，别班的老师围了过来。只听一位女老师说：“去吧。”谁也不敢动。又听我们的班主任说：“去哇。”我等才似放飞的鸟儿，一下逃离了樊笼。

次日是周六，班主任老师让我带队，他在队后，去我们村后的雷追圪旦做了一次野游。

观景台

走一个千余米的缓坡，就上了雷追圪旦。它是个孤立的大包，包顶杂石半埋在沙土里，杂草丛生在沙石间。与它远近的大包小包皆种了庄稼，唯有这雷追圪旦上无人耕种。因为曾有人畜被雷击于顶上，所以阴雨天是无人近前的。在我眼里，它是个令人生畏的雷池。我还是娃娃的时候，大白天里也不敢上去，那儿雷劈死过人呢！方圆几十里，雷追圪旦是制高点，放眼远眺，四周都能望得见。小时候，我跟在大人们身后上去过一两回，心里咚咚的，总觉得四下里、头顶上有什么看不见的东西，让人毛怵怵。后来我在军营里还曾梦见过它。一次探家回去，我登上了雷追圪旦。那是个晴格朗朗的前晌，四下里瞭一眼，俯视远眺之感叫人心旷神怡。新营盘、老营盘、小营盘，三村如鼎足，互为照应；白灵淖、大西淖、小西淖，三淖村前一片海子一字排开。依山傍水安营扎寨，是古来兵家常识，这雷追圪旦脚下的三营盘、三淖尔莫不会是古时兵家驻地？远眺西南，坐落在怀朔古城边的村落影影绰绰。北魏怀朔城离我家仅数里，瞭见它，也就联想起怀来、怀安、怀柔……怀字古城在帝王心里是难以忘怀的重地。这般环眺遥想更觉乡愁辽远，转而对脚下雷池泛起悠悠爱意来。这是四十年前的事了。

这次回来，村里人说雷追圪旦上有个景观台，是固阳县夏季旅游文化节搭建的景观台时，专为游人登高望远而建。景观台是十数米高的钢结构建筑，完工于菜籽花蕾初开时节。我回来的时候，得了几场晚雨的菜籽已荚角泛黄了。登上台上，我看不够，间种的荞麦红肥绿瘦，莜麦和小麦也一片银白、一片金黄了。

白云行

朋友去白云鄂博，邀我同行。这季节，那地方有各种奇石。朋友的邀请美而妙，可见朋友心知我想。“朋”是两月亮，你照着我，我照着你，相互照亮了，才配做朋友，也才够朋友。

车出西山嘴，离后套远了，离后山近了，三人飞跑着上了白云天。果然，白云深处有人家。这是我第二次去白云，头一次是出差，这次是闲度，一色云天，两样心情，这次更醉人。

白云鄂博是个小而美、小而富、小而神秘的边城。它是达茂草原姑娘们的骄傲，它是龙梅和玉荣的故乡，它是钢铁汉子们的自豪，它有富含十多种珍稀元素的宝藏，稀土探明储量占世界的三分之一多。地质学家丁道衡发现了铁矿，包头才有了“钢城”和“稀土之城”的双美，白云鄂博才成了一个名声远播的边陲重镇。丁道衡依偎着大山的钢像下，铭刻着一行字：“一个人，一座山，一个城市。”七月十六日开幕的包头草原旅游文化节，这里承办了奇石展、中国首届石艺文化论坛。这里的石头会唱歌，这里的石头唱着气壮山河的歌。

我们去了草原深处，那里有我一位乡友，他有一个白灰矿。近处山坡草地上有许多精美的风砺石，美极的是玉化了的肉石。肉石肥瘦层叠，红白相间，又被皮包着，置于猪肉摊上，屠夫难辨真假。我们去了，手把肉虽吃了个够，但遍山满野地踏破旅鞋，只拣了几块非皮非骨、有肥无瘦、似肉非肉的残羹。可我们满足多于失落，毕竟羹汤非米汤，总有些许油花在上头。来时连阴一路雨，现在减了负的天蓝得深远，净了身的云若淋了水的白玉。原上草，绿油油的。草间花，香馨馨的。草原绿得辽阔，牛羊显得零散，山不仅浓重了颜色，还似缩了一截，更近人了。

归去雨歇满天晴。查干哈达山里的太阳从哪儿出来，让山外来客费猜想。晨光四处，人仿佛在手术灯下没有影儿。吸一口气，如咽凉茶，芳草野花味儿浸了五脏六腑，让你如醉如梦。天空空的，不见一朵云。只听得鸟儿鸣啭，不见它的倩影，更说不来是百灵在歌还是画眉在唱，还是它们的美妙和声。身临其境，说什么也不想走，乡友也拉着拽着不让我走。可又怎能久留呢？我们走了，乡友不停地挥手喊再见，我们的手伸出车窗，心一直在车外头。

都说云是鹤的家乡，我更爱白云深处的人家。

心　雪

小雪、大雪本是落雪的时节，却不见有一片雪来。小寒、大寒本该是雪的世界，可小寒将尽也不见一片雪。今晨起来，觉得楼外迷茫，推窗见是下雪呢。雪花零星，不像是认真积极地来一场的意思。吃罢早餐，急急去阳台看雪。雪没了，空中没了，落了的雪花也不见一片，只见楼瓦清新，刷洗过一般。停车带上的各色车辆、绿化带上的各种花木、柏油小路、碎石曲径也似得了昨夜的风雨，湿润干净。天也干干净净的，天地间竟不见点滴雪迹。楼外明明是下雪来着，怎么吃半截油条的工夫，天上的雪就落尽了，地上的雪就化完了呢？

风霜雪雨逆天道，当有却无好恼人。大寒临近了，雪比霜还稀罕。总排干渠的水还在流。河套灌区渗漏的水，经毛小支渠、十大干渠，排进总干渠，注入乌梁素海，出南海口，贴小镇东侧汇入黄河。往年这时节，入河的总排干渠似冬眠的蛇，而今这渠里水还在流淌。岸边海竿斜倚、手竿低垂，渔翁们稳坐钓椅，如在翠柳青杨的春三月。真是渔人乐得三冬暖，焉知农家忌暖冬。该雨不雨，当风不风，法不自然，地生虫灾、人染疾患，但往年不是。

柳枝儿绿得早，山桃花儿开得早，心情似柳绿桃红、春风雨露。小区里，爱好晨练的打外边回来，还不肯上楼去，总在绿柳红桃间静静地走走或与认识不认识的人说说话儿。喜欢冬藏的，见壁有暑色，便推窗探头，也被楼下柳绿桃红牵了魂，赶忙蹬了鞋顾不得系带，披衣来不及扣扣，颠颠地下楼，踩曲径奔了花前柳下。

在桃柳间散步的多是些退休了的爷爷奶奶，其中不乏识文断字的书生，言语里透着文人气。

“你看这柳，不似贺知章的。”言者墨眉霜发，“贺知章的春风剪柳，万绦垂下，叶若闺眉，正是仲春万绿时。”

“这山野桃木进得城里，竟也早开了一个节令。”说话的是位做了大花发型的奶奶，在小桃林里比画着纤纤手指，“你看这先开的，粉里隐了少许的红，如西施新扮，楚楚动人。看那刚开的，红里显了淡淡的粉，似贵妃醉酒，更惑人心。还有那要开没开的，形似一串珠，色胜山里红。一树千枝，形形色色，靓丽在新春二月里。不像陶渊明的夹岸桃林，可闻蜂唱，更见蝶舞，毕竟落英缤纷，已是春尽时节。”

“是，说得是。这也多亏了年前那两场好雪。”

“言之有理，言之有理呀！”

柳下说柳，桃旁说桃，我竟会记起冬里那场雪来。

腊八回到小别的村里，当晚来了场雪。我踏着铺了雪的墙梯登上房顶，见坡坡梁梁和远近村社全都是浓浓厚厚的雪。冬将去，我心里一直惦着的雪，以为它不会来了呢，它却悄悄来了。它来了，却又不知怎么它好。我在房上站着，忽地想起毛主席《沁园春》里的雪来：“万里雪飘……逶迤莽莽……山舞银蛇，原驰蜡象。”好一派北国风光，想着想着，轻轻出声了。

雪还在飘。飘舞的雪不似鹅毛，倒像是榆钱儿。我任它们落在肩上，卧在发上，挂在眉上，悄悄开了手机，随意地拍着四野的雪。反转屏来拍了雪中的我，发到“幸福大家庭”微信群，群里立刻有了雪的图像和说雪的短文。

城亲的楼外，乡戚的窗前，千姿而一色，都在同一个雪世界里。我被这世界醉倒了，在房顶上不肯下来。

从酒醉里醒来，常恨贪杯。从雪醉里醒过来，憾不该醒。

桃红又是一年春

清晨，似有暗香进楼来。我探身楼外，见桃花开了。假山旁，小桥畔，亭子坡上，烂若朝霞落将来。

昨日黄昏近时，我还去看过她们。干若老梅，枝如红柳，枝干横斜，密密匝匝，一树红星。夕阳照着，似熟了的梦。没想一夜间，已是繁花锦簇了，是鬼斧神工给的力，还是散花的天女们帮了忙？

在花下晨练的多是爷爷奶奶，都是桃花的熟人。你接她和，轻声漫语，都是桃花话题。

今年桃花开得早。春分才几天，槐不见发芽，杨没吐穗，柳也不露鹅黄，刚刚绿了枝条，郊外还是“草色遥看近却无”呢，桃花就开了。问过浇花剪树人，说院里野桃是家桃的祖先。它们先花后叶，不是争春色，只为果早熟，给一冬口淡的人尝鲜爽口。

楼下有个小园，小桥拱拱，小水曲曲，曲水拱桥随了小山弯转。踏小径探遍新桃，只觉得心清气爽，却疑是山转水不转。人醉了，忘归去，天将午时，才想起早餐来。

往年这时节，常被桃花招了去，与她们心语。夏日里，也常潜身桃下，躺在小山草地上，从枝间叶空里看云。白云走得慢，黑云来得快，黄云挟日，似妖气翻腾。就想这是云惹了风来，还是风逼着云走？想不来。又想起桃花源来。桃花源里，屋舍俨然，阡陌纵横，桑竹鱼池，鸡啼犬吠，安然而清静。陶翁说："临近水源，便得一山，山有小口，仿佛若有光，初极狭，才通人。"那桃花源别有洞天。洞里人不知有汉，何论魏晋。那武陵渔人忘了来去路，令后人不知桃源在哪。

"重重叠叠上瑶台，几度呼童扫不开。刚被太阳收拾去，又被明月送回来。"桃影婀娜，惹日月劳神呵护。桃之可爱，可见一斑。

一只猴子偷吃了几只桃子，惹了一身官司，闹得个地覆天翻。不是王母小家子气，实在是那泼猴不懂规矩，不知轻重，搅了好端端一个瑶池会，坏了众神仙品桃雅兴。天庭如此偏爱桃，况凡间俗子，哪个闻桃不是口鼻生津、垂涎三尺？

桃味鲜美，味更美在桃花里。让我说来说不好，听听古人怎么说。

李白说："犬吠水声中，桃花带露浓。"

杜甫说："三月桃花浪，江流复归痕。"

苏轼说："竹外桃花两三枝，春江水暖鸭先知。"

张志和说："西塞山前白鹭飞，桃花流水鳜鱼肥。"

唐宋大家知多少，谁家篱院不种桃。大家笔下，流水总伴桃花开。

古人吟尽桃花诗，余下的只有桃之歌了：

"桃花那个你就红来，杏花哪个你就白……"

"等着你回来……桃花开……"

"在那桃花盛开的地方……"

"二月里来什么花花开幽开，二月里来桃杏花花开幽开……"

唱《十对花》的，是小辫上扎了红头绳的女孩。我和她俩在一个村。后来长大了，一个嫁了同村的后生；另一个与我在军营外小院安了家，在桃花盛开的日子里。

山丹开在桦背上

乌拉山最高点名大桦背，因背阴一坡的天然桦林而得名，海拔2332米。

上桦背走北路，穿林绕壑，攀缘登顶，费脚力而得一路风光，更获得险路攀登感悟。经南路可驱车而上，走一条几经开凿、多年铺筑、筑了又毁、毁了再修的水泥砂石混凝土路，宽处可会车，窄处当缓行。高处看它，逶迤翻卷，若舞寿神龙，云里雾里，不见首尾，唯见忽隐忽现的身段。游人自驾，走走停停，与老柏合照，和苍松留影，见顽石如卧佛，如走驼，如猴，如虎，便你给他拍、她给你照，咔咔嚓嚓，嘻嘻哈哈。累了，席地坐于浅草花间裸石上，开一冷饮，边喝边聊。不待怀里汗凉，又被山丹勾了去。山丹丹花开红艳艳。山丹之红，红比芍药，艳得夺目，也因稀少，才更撩人。又被风儿摇着，似绿枝儿上落着的蝶，教人不近她不能，近她又怕她飞了去，还是不由得去亲近，躺着卧着拍个照，脸儿便绯红如那山丹丹。闻三呼六叫，不忍离去；离去了，还一步几回头。

转弯过石桥，被一处山宅迷住。山宅位于疏林浅草半坡上，不忌阴阳旧俗，也不去理会朝向，几间短屋，垂檐见顶，半墙石片半墙坯。一群羊羔，贪睡的睡了，贪吃的还在槽里槽外拣食吃，贪玩的如花果山里的猴儿追逐嬉闹。圈栏是干枝枯木制成，并不修砍，也不挑拣，粗就粗来，细就细做，高矮不一，参差错落，不求齐整，和柴门篱院一样，都是随手而做的营生。

柴门半掩，家门不锁，主人不在。在家的是栏里的羊羔和院外的群鸡。鸡群五颜六色，抢眼的是一只顶戴紫冠、披挂绿氅的头领。它俨然一位三军统帅，威风凛凛，立于房一般高大的山石上。见一只山鹰在远处林梢上一晃，那统帅咕嘎嘎一声吼，鸡群便没了踪影。鸡群里混杂着一小群野山鸡，山鸡起落惊叫，惊得草虫蚂蚱飞蹦乱跳，家鸡野鸡们便乱中夺食。谁夺得归谁，便不再争抢。我几进山里，总在这山宅旁倚一株老柏看不够。看不够便就想起那个桃花源来。“陶令不知何处去，桃花源里可耕田。”陶令果然不在桃花源里，他担心武陵渔人嘴不牢，早已潜移他山去，莫不就在此山中？

南路车来人往，多在旧历七月半。大家进山来避山外暑气，看山丹、樱桃、白桦和秋山夏色。大桦背绝顶处，有一座涂了迷彩的球形建筑，游人不经许可绝不可近前，给山幽平添了几分神秘。

游人一身舒爽，满腔山香，爱诗的心里便来了诗，爱画的眼里就有了画。五福堂人是我军中好友，内蒙古诗书画研究会掌门。他立于石上，遥指山外一匹白绢。白绢曲曲弯弯、辉光闪闪，它是黄河后套段，他说是草圣的“地书”。他语若古筝弄弦，又回指说山里：“山高水低，山峦叠嶂，峰起岭卧，谷闭屏开。远望，树比山高，云比风淡。近看，红瘦绿肥，苔重石轻，无不是诗画笔墨、书砚章法。”我似懂非懂，却也醉了。

我更乐得腊月里进山，在山友家小住，跟他去放羊，看遍山雪，又看山榆、山杨、山柳、山杏、山茶一树琼枝雪挂，看油松香柏一身银装，看雪埋了半身的灌木丛中山禽林兽的雪踪。我也在五月进山。山里五月，前坡碧碧，后梁皑皑，一山南北两重天，教你遐思无限。

泰山归来不看山。是，但也不尽然。倒是诗人不将话说绝：“横看成岭侧成峰，远近高低各不同。”一山即此，况千山万乎？乌拉山巅大桦背，不比岭南山清、苏杭水秀，却独有北国山岳的峻气。这里更有山丹丹，勾了魂似的惹人爱。智者乐水，仁者乐山。桦背山水，大有仁者智者大乐之处。

来吧，朋友，小住桦背，你会忘蜀而不归。

小山观日

小区里有个小园子，园子里有曲水、拱桥、卵径、石鼓，件件小巧玲珑。野桃、家柳、山杏、老榆制作的盆景，更是玲珑小巧的精品。用他山丑石堆筑的小山、蜿蜒而上山顶的石阶和小山顶儿上的小亭子，愈发是小巧得可爱，玲珑得袭人。

小园子对着一条宽阔的大街。大街出城东去，缓缓上了卧羊台。乌拉山犹如苍龙昂首高台上，俯瞰台下小镇的风光和居民的烟火。

晨练回来，拾阶上得小园的小山上，遥望清晨的乌拉山，等待新日上山。三百六十五个日出，一出一首诗，一出一幅画，一出一篇精美短文，是我一日生活的序幕徐徐拉开，做我多彩一日的扉页，展开在我清新的早上。

最好的是在夜雨初晴的早上。乌拉山那边散而未净的云，一弯、一片、一朵，若画家勾勒泼洒要完未完，只欠补色的画稿，在我眼里，已是一幅完美的画卷。转眼，画卷上有了颜色，是浅浅淡淡的水红。继而水红浸润开来，不但不淡，反倒红得如火，点着了山顶多姿的云。云里放射出光来，如喷如爆，状若复活的火山，不见烟雾，只有火焰，壮美了东方小半个天。

我从小喜欢日月，经常背着书包，脚在路上走，眼往天边看，看阳婆究竟怎么爬上敖包山。我最担心的是“天狗吃月亮”，真有一回月亮被天狗吞吃了大半，各家把铁锅铜瓢提到院里敲得叮当乱响，沸腾了山前梁后的村村落落，直把那天狗吓唬得吐出了吞下的半个月亮。锅瓢声渐息，小村安静下来，弟弟妹妹才止了哭声，抹一把鼻涕笑开来。

这几年，归来的游人说山说海说山海日月，如八卦西游水浒三国红楼，撩人心肺。这促我有了两次旅程，一次去日照，一次去蓬莱。两次皆遭遇了大雾封海、浓云锁天。八方旅人，四处游客，憾憾离去。一群老兵不肯走，怏怏回了渔家小店，要看海上月出。“海上生明月”“海是月家乡”嘛！不期然，大酒喝得过了头，醒来时，一轮海月早已朗朗垂悬在渔村山巅的树梢头。只见一片渔帆靠岸来，但听渔翁唱：“圆月总在前头照，一路引领渔船归……”

从海边归来，我更加珍爱东山日出和西山月落。我早晚登上小园里的小山，看日出月落两山霞，人也似在天梯上。

芍药迎客四月开

志文诚邀治宇、任玉、郭俊、瑞明、我等几位战友去看芍药，赴呼下榻三和国际宾馆。之后，便是一场洗尘大酒，接风盛宴。胜酒者自然是淋漓畅饮，不胜者以茶代酒也喝得汗透了衣衫。都是马背上的老兵，酒畅快，茶畅快，心里畅快，来了情绪，令人捧腹的“小段子”，你一个，他一个，连接着小脏话儿，话音未落或是话锋一起，便激起声波笑浪。好酒的自然是量过而不醉，醉也似贵妃醉酒，似醉非醉。或许是怀揣着看芍药的心思，不似从前相聚那样，总有一个两个如倒拔垂杨柳的鲁智深，全不顾及和尚形象，喝得酩酊大醉，演绎出许多口口相传的故事。

看和林芍药，这是第二回。头一回看得晚，已是无可奈何时，不见有花，也不曾见花蕾，满地都是挺挺的干、弯弯的枝。导致一群老骑兵，揣了一怀芍药之憾，各奔了东西。

这次看得好，然而也有憾。停放自家车，等待旅游车，耗去大半时光。这消耗的时光煎熬着想见芍药花的心。

终于上了山。山上林木荫荫，芳草萋萋，小风儿吹来，在小满节令，竟得一身凉爽，真好！旅游车停在“钱币坛”下，坛上已游人熙熙。我们是晚来者，先忙着留影拍照，可景框里多半是生面孔。更面生的是一枚枚放大了百倍千倍的古币造型。

塑造的历朝历代的钱币，一下子无法数得准。古币坛上观古币，眼前飞扬起一阵接一阵的历史云烟。时已近午，不得不改变了游程，乘车直奔花地。山路蜿蜒，林径深幽，一处一景，一路风景滚动而去。游车拐一个小弯上了芍药坡，眼前一亮，一坡一岭起伏成花浪花涛。在我眼里，花情花势更胜洛阳牡丹、菏泽花王。你看她白的似点了油亮的乳，红的似浸了鲜鲜的丹，粉的粉里有桃色……看着看着，忽地想起大观园的十二金钗，继而又记起出瑶池为王母做寿摘蟠桃的七仙女。噢，花是女儿们的，女儿们都是花儿托生的呀！

和林芍药花儿美，我这点儿能耐不过述其一二。我怕回去交不了孙女儿的差，不停地按动手机快门，顾不得，其实也用不着特意地调距取景，只管一个红的特写，一个粉的素描，远拍近照，任你“咔嚓”，都是一幅《芍开四月图》。如此心旷神怡，竟忘了与那花山花海留个影，心里又多了一丝儿遗憾。也好，如此就多了来年再看和林芍药的理由。

根　趣

一块树瘤，一截老根，做成赏心悦目的玩意儿，大体需要选材、相材、取舍、拼接、打磨、抛光、着色、打蜡、配座、命名等多个程序。每个程序无不是精心创作的过程。

命名也是。

古今文章，依题而作。一挥而就，搁笔成章，点题在后之名作也不鲜见。根作得名多是后者。

依题作文是把题目铺陈开去，洋洋洒洒，如春种秋收，有因有果。阅文命题是将文字收拾起，千锤百炼，似画龙点睛，味道在形里形外，命名也就格外地难。根雕取名忌讳满和破，满了就难以回味，破了便跑了味道。比如，像马便名马，似驴就叫驴，没了意思。我的架上有只虎，至今没个名，是只无名的虎。任朋友、客人怎么看它也是只虎。既如此，何必非得取个名呢？鲁迅有“无题”文章，我有无名老虎，学鲁迅，不亦荣幸乎！

根艺之趣在于自然天成。自然天成，行内称天趣。行刀用斧，讲究随天趣而动，顺其自然且不留痕迹，有“天人合一”之说，有“三分人工，七分天成”之论，追求巧夺天工之美。

我有四件小品，问客都说像狗狗。客问我：“可有名字？”我说：“叫甲甲、乙乙、丙丙、丁丁。”客均点赞说美。

五月槐花香

刚来前旗那年，街道翻浆，炉渣铺地，街巷边仅有一二十棵白杨和沙枣。沙枣枝杈横斜，其冠杂乱不堪，如蓬头垢面，蜷缩于街头巷尾向阳湾儿里的乞讨者。白杨化梢，枯枝挑着零星的绿叶，一身病态，似病入膏肓的老人。听说，病白杨、怪沙枣都是受了盐碱的害，受了风沙的治，才这般不招人待见。之后，政府几下决心挖坑换土，种了几茬街树，都被盐碱祸害，死多活少。活了的不过三年两载，便病恹恹地死了。

后来，徐志杰来旗主政，实施管网工程。污水和雨水不再肆意流淌，地下水位大降，盐碱也随水而去。街巷里有了怡人的绿色，且一年胜似一年地可人。曾经荒凉的小镇，如今街树成荫，还把当地人称“锅底圪卜”的死水坑和紧邻的果园因地制宜地营造一座园子。园子渐阔，逛一遍也得半晌工夫。园里凉亭立于假山山腰和山顶，四周林木围绕。榆杨松柳多不修剪，凸显塞上风情。亭子檐飞斗拱，画栋描梁，有京园味道。花非奇花，他谢了你开，惹得蜂蝶吟舞。草非异草，因节枯荣，宜时芳香袭人。一泓湖水，映日月星辰于湖底，跳鱼花于水面。小桥七八座，或拱或铺，或木构石筑，一个是一个的玲珑秀美。虽不能与西湖和颐和园的桥媲美，但也有些自己的韵味。小径通幽，卵石铺就，烂彩相间，有乱石铺街之书法情趣，又似阡陌相交，在花间草地、林荫里曲曲弯弯。心绪不佳者闲步于此，能不拣拾几分清净；心悦者来此走走，会平添了多少欢欣与安然！小镇里不再是杨街柳巷，也来了山野的松柏、岭南的梅槐。一种叶子米黄，风中如黄蝶群舞的植物，人多不知其名。一种叶片如扇、开大串大串淡黄花朵，一种冠挂一嘟噜一嘟噜，远看似果、近瞧是花的树，也叫不来名字。

晋陶渊明爱菊和桃。他“采菊东篱下，悠然见南山”。一篇《桃花源记》，满是桃里心思。宋周敦颐独爱莲，喻莲为君子，“中通”虚怀不梗，“外直”不捧不谀，“不蔓”不盘附，“不枝”不拉扯，“香远溢清，亭亭净植，可远观而不可亵玩焉”，把莲君子爱到了极致。

而于我，水陆之花草树木无所不爱。花，姹紫嫣红地开了，心也如花姹紫嫣红了。芳草萋萋，心田也如那芳草地，悠悠地起了绿的涟漪。见风中绿柳舞旋丝裙，白杨拍手唱好，我也便化作舞柳歌杨，与其一起分享舞之美、歌之律了。

实话实说，所见之花草林木中也有我偏爱的，那就是槐。对于槐之爱，我不同于陶令的“独爱菊”和周公的“独爱莲”，而是对万物所爱之中的更爱。

不知扎根小镇的槐的祖籍，也不知来之前移自何乡，只觉是林木中奈得酸甜、吃得苦辣的优而良者。这才几多春秋，街巷里墨绿墨绿的，一眼看得见她们活泼泼的魂。槐在街树行列、小区景中，公园林木里是一家旺族。我常闲步于槐家族里看他们。无风，似书家尽着性子泼洒的墨，不见干枯，最显浓烈。风动，如滚动的云，翻旋的涡。待到五月槐蕾冠满，便有淡香在街巷里流动。槐在岭南于五月盛开，在塞上则于六月怒放，与那六月池荷竞芬芳。过罢粽子瘾，便闻得槐花香气袭楼窗，融入阳台盆花香里，醉得楼里人家不肯入睡。即便睡了，那槐香也跟进梦里来。飘出城外的，被田野正浓的麦香和正酿的瓜果香接了去，醉了村里山里的农家牧人。

槐叶泛绿时，我便似三杯酒下肚。到槐蕾萌动时，便已几分醉了。待到槐花大开时节，由不得大醉如痴了。我如痴如醉地去探红卫路的槐。它们冠若盘龙，腾挪翻卷，把那碗粗的树干摇来晃去。红旗大街两侧的槐，枝连枝，冠倚冠，成两行绿堤，洒一地风凉。车行槐影里，人纳凉槐荫下，人说幸福千般样，我喜欢沉浸在这般的幸福里。朋友，五月将近，六月不远，你提一马扎，坐于槐下，看多彩车子来来去去，老人引孙儿走走停停，打牌的呼呼喊喊，下棋的静静悄悄，便不知是夏，更觉槐荫比别的树荫更清凉。满树的花儿，开了的一个样，落了的一个样，却都是黄里透出浅浅的绿，而花之香气沁人心脾。

叶瘦花肥，是蜂蝶的梦。山野蜂蝶逐梦来，也将山香野香带进城里。

许是因了这槐栽在哪里就好好地长在哪里的品质，槐的人气也和它的香气一样赢人。也许是小镇对槐的偏爱的接纳，槐才对这塞上小镇这般的添彩酿馨香呢！

> 五月里槐花香，
> 一个太阳满天亮。
> 五月里来槐花香，
> 思念的人儿在何方，
> ……………

午间，放学的孩子们仿着宋祖英的嗓音儿，唱着《五月槐花香》，蜂蝶似的拥出校门，蹦着跳着，分流在沿街的槐荫里。

文将尽，笔欲停，又觉有几句可以平静心绪的话。当年，徐志杰在旗长任上力主挖马路、铺管网、排雨污。街巷里一段深沟、两垄沙土，致使机动车东绕西拐，自行车走走停停，行人唠唠叨叨，店铺骂骂咧咧。雨来四处泥淖，风往尘土飞扬，街谈巷议里多是怨声，怨声里流传了一首打油诗：

> 徐志杰，好老汉，
> 地里埋了几百万，
> 马路挖了个稀巴烂，
> 每年刨出来看一看。

如今，漫步于林荫下，沉醉在槐香里的人们，还曾记得这首打油诗吗？若记得起，心里该是什么味呢？

钓台杂记

天河流转，星辰依然。弯了又圆，月亮亦然。星月无恙，而万物赖以繁衍生息的太阳，缘何史无先例地发起高烧来？

塞北之夏，历来是天清气爽之季，恰如江南之仲春。时才夏半，伏天还不到，却已是暑蒸天地，火燎人间，风吹土热，水起浪温，草木蔫蔫，啼吠懒懒。人不觉饥而只思饮。报纸、电台、网站、微信、短信乃至街谈巷议皆“热”字当头，众口一词。

敢问老太阳：您这是怎么了？

天刚见晓，人们急忙爬起来，匆匆出门去，拥入街巷，流散在林间、桥畔、亭子边、假山上、郊外田埂小路上，舒臂松肩、轻行漫步，贪婪地吸着满野田香，抖落了一夜暑气，爽爽地来了精神。

我装束停当，驾单车，伴着风儿钓鱼去。

城里就有条直通钓台的路。路在河套总排干渠的大坝上。总排干渠将汇聚的河套灌区渗水注入乌梁素海，流经我的小镇后进了黄河。黄河、乌梁素海和连通了它们的总排干渠是钓友们的天堂。渠畔海边已是竿起竿落，我庆幸还有空着的钓台。太阳刚出山，便有了辣辣的滋味。阳伞顾不得打开，赶忙解包、抽竿、挂饵、抛钩。刚落座，我发现漂不见了踪影，猛抬手，竿成弯月，好一条武昌大片，好运气！第二次抛竿，又一个“黑漂”，竿成弓形，钓线如劲风吹枯枝呜呜作响，经过拔河、切线、断竿几个回合，大物不肯露面，竟然打起桩来，纹丝不动。我也调整战术，马步蹲裆，慎抖竿子，忽而轻拉左右，转而让线松竿。那大物仍泰然处之，以不变应我万变。那阵势似在说：“我在暗处，你在明处，我已胜你一筹。我在水中，你在水边，论地利，我又占了上风。你能奈我何？”转而我想：“老翁我垂纶三十春秋，除非你成精作怪，休想……”没容我再想，忽听“啪”的一声，竿成两截，但见水中那截悠悠远去，身后泛起两行涟漪，如那南归秋雁，书写了一个大大的“人”字。

它走了，优哉游哉地。它能折我八米大竿，过我这关，我相信，它也一定会脱去口中大钩。下一关，该是龙门了。

瑞泰新城

阴山巍巍，蜿蜒起伏，形若苍龙，横卧东西几千里。阴山枝生一脉，蜿若龙庭太子，西来河套，收了云头，于高台上身首昂扬，吞云吐雾，呵护着台下人家。台下小城，楼宇瓦院交错参差，坐落平川走马地。出城东去，见三桥卧一水，水出北海，南入大河。河是那滔滔黄河，海名叫乌梁素海。出城过桥东去，一步高过一步，登上高台。高台平阔，可飞车跑马。相传杨家将抵抗金兵，曾于台上扎寨安营，犯了兵家大忌，被辽兵偷袭夜营，败走西去。原来这高台名曰“卧羊台”。当地方言，“卧”乃“杀”也，“羊”“杨”谐音，“卧羊”即“杀羊”，杨家焉能不败？高台地下，有众多汉墓，时有汉代陶罐器物因筑路建房而出土。

台下有小镇，原名西山嘴，后易名乌拉山镇，皆因城东大山得名。夜里登台俯瞰，一片灯海，似一段天街。城北端偏西，有小园一处。园里有假山，如野山林荫穿阳，用块石铺斜路。沿路斜上，于林下歇脚，再上几程，可眺北海南河、田园人家、云绕山腰。近观园子周围，大街出城去，小巷近山来。七八座桥卧曲水，曲水绕山绕树绕亭台，汇于东南一片湖。城里有十万人口，半数是耕种田园、牧放山野的农家牧人。这些人家，收瓜果蔬粮、杀牛羊猪鸡后运进城来，诱街市人家掏腰包购买。城里有小城叫瑞泰新城，楼宇错落，光照穿插，气脉通透。小城内有千余户人家，车水马龙，车停不拥，车行不堵。楼外，柳垂碧绦，杨摇亮叶。山桃争早春，不曾吐叶，却已是一树嫣红。更有爬山虎，盘绕篱墙，如一绿帘毯，叶肥花稀。槐开六月初，花重枝垂，香回满院。玫瑰绽仲夏，蕾放枝杈，馨飞楼里。不知异树从何处而来，只觉叶阔如扇；不晓幽草名姓，但闻芬芳怡人。更有综合大楼，设琴棋书画桌台，辟歌厅舞场阅室，楼下大厅办理社保、医疗等各类缴费，服务小城内外居民。二楼朝阳处，诊脉、行针、输液，床位整洁，专为小疾小患行方便。远亲近朋，来了不思早归去，一是人情不许，二来环境恋人。

我家就在这小城里居住。

马莲滩

大青山后多梁地，梁起梁落，绵蜓起伏，不见尽头。读中学时，老师布置命题作文《我的家乡》，全班同学在作文里写七沟八梁，如出一辙。老师是山东人，家在海边。点评这篇作文时，他说："你们让我联想起波涛汹涌的大海。起起落落的梁，不就是凝固的浪吗？连绵不断，一望无际，不就是定格的海吗？"老师眼里噙着泪花，"你们让我想家了。"

在后山行走，不必担心迷路。迷路了，翻梁过去，梁湾儿里十有八九有人家。人家门前，十有八九是一片水，村因这一片水而得名"××淖尔"。村前要么是一片平滩，滩头湿地上有好一片蓝花马莲。马莲便与这村子和村里人家结下了世代缘分。单是我住过和走过的村子就有白灵淖、大西淖、小西淖、马莲淖、马莲壕、马莲壕二份子……

我熟悉马莲滩，这是个典型的后山小村，几十户人家后倚坡梁，面南而建。村前平阔，南去三五里，一道土梁横卧东西。村东村西又是坡梁。梁下大路通南北，田径接东西。村里坯房小院依坡梁定位，靠前错后，三五家房院相连，七八户或散或聚。聚散里洋溢着天人合一的和谐，错落中蕴含着空中星月

的自然。村后坡地的小庙里，供奉着观音、关公、龙王爷。不能跟群的羊羔、马驹、牛犊在场院里撒欢，去井边石槽饮水。立于南梁顶上向北望，马莲滩如一幅悬挂着的《塞上农居图》。我常去马莲滩小住，村里与我同龄的人，一个是战友，两个是同窗，去了就十天半月走不了。我也乐得多住，听村人们讲述他们自己的故事。

村里王、李、陈、张等姓人家非亲非故，都是周家收留的穷人。清朝末年，风雨飘摇，盛世随了乾隆去，帝王气数临了时。世面上明旗暗鼓，山头林立，匪患天灾，鸡飞狗跳。周家听商旅述说塞上地广人稀，较之中原易于安身，遂不计偏远，乞讨跋涉。他们渡黄河、越阴山，又行数日，不见人烟，方才停下脚步，选向阳湾里壁凿窑洞，梁前挖井，安下身来，又拣平坦处劈荒撒种。得天雨年份，收一年可供三年食用，不比桃花源富裕，倒也似桃花源静怡。后不断有避乱逃荒者讨要借宿，周家见其无去意，怜惜落难人，也不问来龙去脉，收留下来，先做帮工，供以衣食，随后协力开荒，帮助自食其力。年复一年，逢来者不避壮弱，不计老幼，愿留者便尽力助其安顿下来。而今，马莲滩村六七十户，先人均已作古，扎下根的皆是后辈子孙。斗转星移，冬去春来，马莲滩物是人非，无不大变，唯有邻里亲近、村风祥和不变。左邻右舍，来往间也有磕磕碰碰，但念及都是口里人家，先辈于患难中结交，一出“走西口”是一村老少的共同家史，虽一时钻进牛角，但一经说和，便也烟消云散。国家政策逐步向“三农”倾斜，村人更是协力同心，梁植风林高草，坡种三麦果蔬，又打一深井灌满村前一片海子，就有了过往雁鸭小憩，还有几对鸿雁久住不走。有避暑避燥的城里闲人游玩，归去无不宣传，说塞上有个桃花源。

更有深谋远虑者，看上了马莲滩村的十几顷蓝花马莲，出巨资欲购欲租，村中老小无一应允。一富翁扎帐马莲滩两月不走，摸清了村里底细，谋上了村里一老者，欲行贿事。

他深夜叩开老者家门，打开两个手提箱，说：“这是一百万，事成还有两箱。”老人说：“马莲滩二百一十八人，人人四箱，一口价！”见富翁面有难色，老者改口说：“换也可以。”富人问用何物。老者说：“桃花源。”

乌梁素海和其近邻

八百里河套，淡水湖泊星罗棋布，仅磴口县境内就有大小百十处。“巴彦淖尔”意即“富饶的湖泊”。当年行署设于磴口，名巴彦淖尔，意味显然。然而，最大的淖尔不在磴口，在乌拉特前旗。她不叫淖尔，也不叫湖泊，叫海——乌梁素海。以海比之湖，水渺渺兮辽远，胸坦坦兮博大。

乌梁素海真的好大。《乌拉特前旗兵要地志》说她面积254平方千米，《内蒙古乌梁素海鸟志》说她现有水域面积290多平方千米，她是黄河改道成就的河迹湖，初始不过2平方千米。鼎盛期水域达700多平方千米。

乌梁素海是个年轻的湖，形成于150多年前。她是黄河血脉，有河套灌区渗水源源不断地补给，又有天雨和地下水的充实，浩渺汪洋，一眼不见彼岸。当地人称她“母亲湖”，也是电影《母亲湖》的拍摄地。她东倚佘太平川，西接河套平原，东南岸是额尔登布拉格草原。牧人称她是“草原明珠”。自然生态的专家学者说她是“塞上一叶肺”，在自然生态环境的作用非同一般。多少年来，她受天、人两伤害，容貌日益丑陋，功力渐次微小。近年来，生态环境保护被立为国策。两会期间，国家主席习近平亲临内蒙古代表团，两次点名乌梁素海，论其功利，下达指令。自治区政府汇聚各路专家学者，考察论证，成方略、立大项、绘蓝图、投巨资，已于仲春奠基剪彩。计划三年内，对乌梁素海及其周边的山、林、草、田、沙进行综合治理。此举该是乌梁素海的大幸、乌拉特前旗的福音和振兴中华之举。

乌梁素海中浮游动植物、底栖动物丰富，盛产鲤、鲫、雅罗、鲶、鲢、青、草等24种鱼类。繁衍过往的鸟类达181种4亚种，分属16目45科103属。海里莆苇分割水面，莆街苇巷，似阡陌纵横，是渔家天池、游人圣地、钓者天堂，是塞上一片吐故纳新的肺叶。

乌梁素海水下有古城，岸上有古墓。北魏六镇之沃野镇，遗址在它北岸。南岸是额尔登布拉格草原。草原上多条小径通乌拉山峰峦腹地。进山登临大桦背，一山美景尽收眼底。举目南眺，黄河悠然东去，山下向东望，但见楼林屋海，不闻人声喧闹，一片繁华，那是“鹿城”包头。回眸西眺，万顷河套瓜果粮香任秋风。山间一条蜿蜒路，引车与人向通幽处。谷里泉溪清澈，溪石若卵。用溪水抹一把脸，凉爽袭上身来；掬一捧下肚，甘洌浸入心田。随意卧坐芳草地上，将冷饮熟食置于餐布之上，开几瓶红酒、白酒或啤酒，取随身的刀叉切割山民独特的手把肉。家人友人说就说一阵儿，唱就唱几曲。或倚石靠树，或卧于草地，亲吻野花芳草，静听松涛鸟唱，山外带来的一身暑气和满怀喧嚣立马去了九霄云外。车窗大开，走几个弯道，便去了德布斯勒庙。仰望“大雄宝殿”乾隆御笔，顿生思古幽情。信佛人立于大殿前焚几炷香，静下心来，在殿堂里仰望观瞻，领悟佛修来世、道练今生之禅经道理，便也心若溪水。晚间投宿山民帐下、牧人毡包，品尝蒙餐，聆听长调，领略蒙古民族文化，分享马背上的风情。若是每月中旬，尽可带几分酒劲，出了包帐外头，漫步看看山月，敞怀吸吸山香。若随身带了口琴、风琴、葫芦丝，吹一曲《十五的月亮》，奏一支《月光下的凤尾竹》，歌在山夜里流动，顿觉羽化成仙，醉不思归。醒来时候，又在想：何时再来呢？

从山里出来，向北行不远便是海边。乘游艇泛舟于水面，羡天鹅成双成对，戏鸭鸥飞落飞起。莆隙苇荡里，常见黄草托着七八枚卵，似绿似蓝，浅浅的，那是野鸭的；十几枚枣儿大小、斑斑点点的蛋儿，那是骨顶的。莫管谁的，都也动不得，这片水域是国家自然保护区。此景或曾见过，可一想，西湖没有，青海湖没有，鄱阳湖也没有。微山湖、阳澄湖、白洋淀上似曾相识，可有如此清爽、如此幽静吗？朝霞落水，渔帆似锦。夕阳晚照，水跳鱼花。南北二山倒立水中，被轻涟摇得似醉不醉，醉了的都是舟上游人。自治区文史馆馆员、内蒙古诗书画研究会会长郭瑞金先生也爱诗，他把我的《乌梁素海剪影》书八尺横幅给我，还说：“你们的乌梁素海真的很美。”

距海边最近的，是西南岸的卧羊台。高台平阔，可飞车走马。台上可见瓷陶碎片，地下躺着秦汉古人。古墓多是蓝砖砌筑，有多座出土于公路和建房工地。台下一条大渠蜿蜒南下进了黄河，那是河套补给乌梁素海的血液，经红圪卜总排扬水站进海，打西南大闸流经总排大渠。渠上三桥，远通京藏，近抵小镇。小镇旧称西山嘴镇，今名乌拉山镇。镇里楼宇林立，居十数万人口。夜里登临卧羊台，眼底灯火，似一片银河，若京沪一角。

小镇有片园子，园里植杨柳、松柏、山桃、野杏。林间幽草芳花，卵径曲伸。怪石矗卧山脚，亭子坐落山腰。曲水环绕，八桥横卧水上。东南拱桥，虚隔二水。游人荡舟于水上，钓者垂纶于岸边。八根石柱均有三层楼高低，需二人环抱，分列北园广场。柱刻文字，说的是乌拉特前旗古之历史、今世人文、地矿资源、农林牧副渔。山有树，深幽中平添了秀气。水有桥，清幽里汇聚了人气。有山有水，园子更有了精神和味道。巴彦淖尔七旗县的园子，唯乌拉特前旗政府所在地的这个园子阔而幽、幽而美，美不胜收。幽、美更在街巷里。街树多是修剪的景观类种。二月里来桃红柳绿，五六月间槐花飘香。七八九月遮阴蔽日，小暑大暑好纳凉。待到瓜果上市时节，近亲远客来了，来了说是小住，总也流连忘返。

来吧，朋友！乌梁素海工程将会把她梳妆打扮得如天仙一般美貌，周边的山林田草沙的治理将在很短的时日内大见成效。

乌梁素海莺歌燕舞不是梦。

周边环境一改昨日看明天。

拜　山

立秋的第二天，我们去登大桦背。太阳没山高的时候，车子已停在解放军某部曾架设雷达的平台一侧。数年前，人去台空，这里便成了游览观光的新看点。

上得台来，同行的十友不约而同地发了一阵齐吼，朝着四面的山峦，朝着山腰的太阳。太阳听见了，悠悠地迎上来；山峦听见了，礼尚往来地回应着。之后，大家便寻着似像非像的卧牛、不像又像的海豚或什么也不像的怪石、丑石，用机或相机拍照，你呼我应地和峰峦、桦林、老松古柏留念。一群抚儿育女的爹妈们如大孩子般忘形忘我了。花甲之年的我也童稚般的与一簇山花融入了镜头。那蔟山花的花蕊间还“嗡嗡”飞落几只蜜蜂呢！

“喂——”我侧首寻声，只见永明正手机贴耳，大声呼叫着：“能听清吗？我在海拔2322米的桦背上和你通话……”这个爱比山高的汉子不忘在第一时间用现代科技把登高望远的快乐传递给心爱之人。

山路蜿蜒，似云雾中飞腾翻卷的龙，身躯时现时隐，首尾终不能见。车子缓缓下行，透过车窗，车里人四顾不暇，还不时回首山顶的桦林。突然，弯路不远处，一座怪石峰映入眼帘。朝阳一侧，一棵孤独的老松，与那峰孤峰相伴。它一枝斜刺里探向幽谷，造势惊而不险；其冠婆娑如盖，壮美而不僵；其干挺而流动，伟岸却无霸气。浅绿的松果大小如核桃、如桔，藏于在墨绿的松针里；根呢，无章无序地凸凸暴跳着，在石缝里出出进进，形如龙爪，气度非凡。我后退数步，朝圣般地仰望着，心底里发了感慨："如果这乌拉山是一个帝国，大桦背定然是帝王的宫殿，而这老松一准是当之无愧的千岁爷啦！"

太阳例行公事地西去了，我们到达了预定的营地——山腰里的几间陋室，主人是我从警时的同事。

我们安顿下来，在他无篱无栅的小院展开棚布，摆了脆肠、蔬菜、水酒等自备物品，才发现出发时因慌乱忘带了备好的馒头、饼子和糕点。我们邀主人席地而坐，其妻端来了一盆拧了花的油卷和开了花的馒头。我们遵山规不点燃篝火，敞开心扉，"举杯邀明月"了。

这里有三个欲圆还缺的月亮：一个在山峦上，静静的；一个在溪里，悠悠的；一个在杯中，闪闪的。杯中的月儿是李白的，溪里的月儿是猴子的，山峦上的月儿是我们的。山峦上的月静得可人，如我家对面楼窗里的灯。溪里的月顽得袭人，真想近前去掬起拢在怀里。杯中的月古得诱人，诱人进入时光隧道，欲与斗酒诗百篇的"诗仙"来上一杯。

山鹰、石鸟、喜鹊、雀儿睡去了，风也出山了。我们和林木花草就这么陪着三个月儿，好一会儿，谁也不肯打破这怡人的宁静。只是那溪和溪里的月，不知是谁撩动了谁，总是月也荡荡，溪也悠悠，弄出些许声儿来，给清爽的宁静添了一丝儿宁静的清爽。

其实，没能静下来的还不光是那淌着的溪和戏溪的月，我还听见了身处此时此境的我们，被那月的光和溪的水，又融了空山月夜的清新的灵气，滤了的血液、洗涤着的心的声音。

"如若能盛能装，带些回去该多好。"

“真的能，我会脱个精光，扎衣袖、紧裤角做四只口袋。”

“新鲜空气流入市井并非天方夜谭。”

我被喧闹的山鸡唤醒，才知晨曦退尽，已是日将点卯的时辰。出门环视，方晓这是个峰峦拥抱的谷地。小院朝向正南，坐落在半山腰一个平台上。屋后略远的高处林木花草间，裸石或大或小，均敦敦实实、光光洁洁，我托着你，你举了我，合铆对缝、恰到好处地叠着罗汉。放眼四处，石有石的位置，树有树的地方，水有水的路径，花草有花草的天地。石、树、花草同山溪各得其所，又和谐得你中有我、我中有你。没有你，山便没了精神；少了我，水便缺了灵气。有你有我，你我都置身于青山秀水中，彰显着自己的个性。这里的树，不似顶上的桦那般拥挤，也不似园林中的松、柏、杨槐排列整齐并着意修饰过。看那松，三五一家，八九一族，自然排列，干杆直直挺挺，枝朗朗疏疏，棵棵如山里的汉子，衣襟敞着，胸怀荡着，一眼看得清肝胆心肺。柏，大都一株一处，少见三两而居，身段丰满而不显肥胖，叶如绿墨，密密贴贴，只把“筒袜”部分有分寸地裸着，如含羞的少女首次相见。山榆壮矮，冠出奇的大。皮面纹脉清清楚楚，似皴法写就的水墨，十分动人。而那向阳湾里鲜见的酸枣树，叶如碧玉，闪着亮光，枝枝丫丫歪歪扭扭，比盆景大师侍弄的盆景珍品奇特了百倍。岩缝间、裸石旁叫不出名的花草，或垂挂如吊兰，或蓬蓬如花篮，说多也不多，说少也不少，刚刚好。

我好生奇怪，这些花草树木的种子被不经意地抛洒在一个地方，被风肆意地吹到一个地方，被雨水任意地带到一个地方，便无怨无悔，好生地生根、开花、结籽。它们脚下和身旁少见泥土，多为沙砾，在干旱、高寒的乌拉山竟然如此顽强地活了一年又一年，一代又一代地传承着。那顽强的精神，是因山的博大、谷的包容、溪的关爱、风和雨的洗礼，还是得益于日月之精华、星辰之灵辉、大地之元气呢？

啊，我似乎找着了答案！不，我真的找着答案啦！这山的深处的花草林木们，之所以如此顽强和滋润，是因为远离人类，自由地吸吮自然的乳汁。要不同一座山，越往外反而越荒凉，该做何解呢？

我曾多次登桦背陪客导游，竟不知桦背深处有一块没被高僧占据了的风水宝地。看山要听古人的劝诫："横看成岭侧成峰，远近高低各不同。"立足于山巅，饱览山之纵横，远足于山之外，瞭望山之八方，遍足于山之腹地，不拘于一景一物，方能明了山之全貌。诗翁论山成绝句，后人怎么说也啰唆。我敬仰身临其境的乌拉山，请允我向你行三拜九叩大礼！

为乌拉山动情有更甚于我者：

"把那座赤壁搬回去，立于厂里的人工湖畔，多美！"

"把我们厂建在这山里，多好！"

"把我们的镇子搬到这里，多酷！"

"诸君的奇招妙想好也、美也、酷也，若能则大大的坏也。"

闻者皆大悟。

我们还是把这景色留给大山吧，别再行侵略之举了。不然活着的我们会被子孙们骂得死去活来；我们死了，阎王判官也不会轻饶我们的灵魂。

不是吗？经历了清朝和民国两场近十个月的大火的乌拉山，本就没能恢复元气，幸存的松柏已屈指可数，桦林也大不如前兴旺。而今，牧羊、伐木、采矿、挖沙，炮声隆隆，机声隆隆，尘烟四起，弥漫山谷。尽人皆知，谁能奈何？

让我们向这阴山的血脉，向这曾以"阴山""跋那""木纳""牟那""腊蒻""母纳"之名载入史册的多灾多难的乌拉山，再行大礼并深深地谢罪吧！

查石泰山游记

查石泰山乃阴山血脉。和它的母体一样，查石泰山峰峦叠嶂，蜿蜒起伏，如凝固的波涛。查石泰山峰谷相嵌，草也寥寥，木也奇稀；偶见水而不流，时有时断，水深之不没手指；不见狐狼踪影，偶闻石鸡吼叫。山不能说青，水不能言秀，若说它是不毛之地则有些过头。山中荒芜至此，也就僧也相不中，道也看不上，仙也不乐意驻足，因此也不见有寺观或其断壁残垣，更不闻有如泰、华、衡、恒、嵩的佛道神仙的美丽传说，查石泰山的这般光景也不止三朝五代了。

然而，查石泰山自有它的文明，也有它自己的文化。

山　宅

屋是土坯的，圈是木栅的。一户人家，没有院墙围拢，屋不朝南，圈栏也不方不正，就那么依了山势，随随便便地散列着，宛如一幅孩子的蜡笔画，十分富有童趣，童趣里透着几分拙古。

这是我第三次造访这处山宅了。和前两次一样，这一次也没能见到它的主人。也和前两次一样，只见山宅身后的半山坡上，几只杂色的母鸡由一只红羽翎的公鸡引领着，和一小群石鸡子混着群儿。石鸡们在石砾间觅着吃食，母鸡蹦跳着追逐着蚂蚱。公鸡立于一块大石上，胸脯挺挺、头颈昂昂、翎羽闪闪，雄赳赳的，俨然一位阅兵的将军。家鸡和石鸡子这般和谐，是家鸡野了呢，还是石鸡被驯化了呢，或是摄于这“将军”的威严呢？真说不准。

有一点是肯定的，那就是这山宅的主人定是一家以牧为业的蒙古族山民。他们窗不挂帘，无遮无掩，屋里的衣物、食物、家什一目了然。门不上锁，只用一小截木棍别了扣吊，防的是山风破门，又方便了朋友或过客自行住宿。这是蒙古族牧人代代相传的美好的习俗。

桃花源里的阡陌连接着良田、美池、桑竹之属，但见往来耕作之人，但闻犬吠鸡鸣之声。有无法律可循，有无官差巡逻，陶令文中未叙，然园中秩序井然。石宅和它的主人隶属于法治社会，虽一家一宅，无邻无居，但因这山里的长城、岩画，还有山脚下的光禄古塞，这儿也是人来车往，大不同于陶渊明的桃花源。可山宅的主人竟不闭门户，不虑贼偷盗抢，来此三次，我也不曾听说有什么不安静的事儿。

下次再来，不在山宅住个十天半月，我决不出山。为了山宅和山宅的主人，为了这山里的秦赵长城，为了岩画和山脚下的光禄塞，为了那群与家鸡混群的石鸡子。

长 城

石宅门外数十步，便是当地人称作“边墙”的长城。这条长城始建于战国时期的赵，完善于秦。石宅近处的数千米长城齐齐整整，修复不久，而墙体石砌，石材多为荒料，少有打凿的条石。我伫立于最高点，瞭望这蜿蜒于峰谷中的古老长城，宛若一副苍龙的骨架，又似一幅祖先书写的“龙”字，呈现出悲壮的、雄伟壮观的美。一座底阔丈余、顶宽约丈、高二丈许，伏卧在深山的石头长城，残断坍塌成这般地步，是谁摧毁了它？是狂风、暴雨、惊雷、山洪、陨石、地震、山火、战火、探宝的大盗，还是孟姜女惊天地、泣鬼神的恸哭？

相传一个孟姓人家的院里，一夜长出一株尺把高的葫芦秧儿。秧儿疯长，没几天便爬过墙头，爬上姜姓邻家的老枣树，结了一个笸箩大小的葫芦。葫芦熟了，从中跳出个精灵灵的小丫头。小丫头扎着朝天辫儿，束着红头绳儿，围绣了花儿的红肚兜兜，眉宇间点着一个樱桃大小的红点点。她就是孟姜女。孟姜女长大后，出落得天仙般美貌，与藏在她家躲壮丁的范喜良结为夫妻。婚后不几天，新郎便被绑了押赴北疆修长城去了，一去杳无音讯。一年后，孟姜女寻夫北上，到得长城脚下，才知丈夫已因不堪冻饿劳苦而命丧黄泉。于是，孟姜女昼夜恸哭，不能自已，竟哭得雨暴风狂，石走沙飞，地暗天昏。忽一日，长城竟呼啦啦地坍塌了，一股尘烟腾空而起，阴山上空升腾起一条翻卷的巨龙。

儿时的甜苦，成人后的哀乐，几乎都不能抽丝理线了。唯祖母和母亲两代女性老人讲给我的这个故事，让我心底里清清的，脑海里亮亮的。身倚长城，神驰秦赵，心往孟姜，我不是我了。出得山来，我仍心神不定地问己：“孟姜女哭倒的就是查石泰山中的这段长城吧？”

岩　画

越过长城，向北行一华里，便是一岩画群。凿刻岩画的，是一面自然凸凹的石墙。石墙欲断还连，高低参差，扭扭歪歪，像石头城的残垣断壁，也似昆明石林一隅，怪怪的。石墙较光洁，质坚硬，大不同于旁边的粗岩乱石。先人们真是智慧，晓得将画凿刻在这样的石上，才不会被风化剥蚀，也才可能久远地留下来，得以使万代子孙和祖先们对话。

据说，世上岩画以中国居多，中国的岩画以阴山为最。阴山岩画数量多，内容也极丰富，包括牛、羊、狼、狐、鹰鸟等飞禽走兽类，群体围猎类，族群械斗类，车马、毡包等日用器具类，生殖、生产、生活类，祭祀图腾类等，如一幅祖先的大百科。查石泰山的岩画画的多是牛羊角类动物，有独立一处的，有三两一组的。我不懂绘画，就这岩画的技艺，说不来子丑寅卯，直觉其古拙、朴实。这岩石画，可谓最古最古的史料记录，也是最古老的思想文化及古人的日记。可惜画卷上无字，让人费解。我大胆猜测：祖先们在石上作画时，必定是还没有创作出文字来。要不祖先们为何只用画而不用字告诉我们他们说的事儿呢？在画上落款题字不知始于何朝何代。凡画，令人喜爱，那画上的字也了得。都说“书画同源”“书画同宗”，祖先们用岩上的画告诉我们：“画”是“字”的祖宗。也或许祖先们还不兴“书画一体”的审美扬美情趣呢！

光禄塞

乌拉特前旗内境已知的七处古墓、十七座古城和十几座古代寺庙，都和查石泰山中的长城一样，面目全非。汉武帝时修建的光禄塞也成了一片荒芜的遗址。

看长城岩画，必经光禄塞，它就在查石泰山脚下。坍塌的夯土城清晰可辨。城内一部分土地已种了庄稼，里外散落着砖头、瓦砾、坛、盆、罐、瓶、土陶残片。专家测定，城东西宽240米，南北长315米，面积不及晋商乔家和平遥财主们的宅子。

然而它的影响深远。如今，遗址北侧立一石碑，标明光禄塞属旗文物保护单位。光禄塞始建于汉武帝时期，昭君出塞时据说曾在这古塞滞留八年。隋炀帝的时据说《无题诗》说：“鹿塞鸿旗驻，龙庭翠辇回。毡帷望风举，穹庐向日开。呼韩顿颡至，屠耆接踵来。索辫擎膻肉，韦鞲献酒杯。何如汉天子，空上单于台。”鹿塞当是磴口县境的鸡鹿塞，与光禄塞间隔三百里许。当年鸡鹿塞那般情势，光禄塞也大概如此。如果昭君确曾在光禄塞滞留数年，那呼韩邪单于应该也来过光禄塞。

沾不沾边，就这么想想。我又想，昭君为何在这军事要塞一待就是八年呢？因战火阻隔，还是身体欠安？莫不是“昭君不惯胡沙远”，暗思长江两岸情？手头无史证，任由遐想吧。

只是古塞筑得恰到好处，脚下便是增隆昌水库。依山傍水，安营扎寨，古今都是。水库是今人所建，想这古塞筑建时，这里必定是一块水草丰美、风吹草低见牛羊的好地方。

夜宿增隆昌水库

第三次访查石泰山，是会同十几位工友来的。我们阅罢岩画，览罢长城，出得山来，便在增隆昌水库南岸停车扎帐。天暗了下来，工友们兴致勃勃地点燃了篝火。小佘太镇政府的几位朋友驱车赶来，酒也添了醇香的味道，歌也多了动人的旋律，篝火燃得更旺，星空也愈美妙了。

说不清夜已何时，篝火晚会散了，朋友们走了，工友们睡了，我一人坐在水库岸边架竿垂钓。我喜欢盆景、根雕、奇石，更爱钓鱼，特别是夜钓。一个人坐在水边，静静的夜，习习的风，忽忽闪闪的夜光漂儿，此时只有此，空间再无它，我也便神化了一般。今夜却不，我盯着夜光漂，心里老是驱不走水那边的山、山里的长城、石上的画、那头岸上的古塞、古塞内外戍边的将士、哭倒长城的孟姜女和滞留古塞的王昭君。

思索

听了的，看了的，经历过的，不免要想一想了、说一说了。

夫 妻

她在他家院西，他在她家院东，两个院间隔约百米，他和她好上了。他问过我的意见，我说了我的想法。我离开村子的第二年，两个人成了夫妻。婚后两人好了两年，之后开始小吵、对骂、恶斗。两人三天两头大打出手，他拳脚相加，她两手抓挠。打完做饭，饭后都没事人似的。

他幼时，父亲上吊死了，他随母亲去了继父家，便随了继父姓。继父有份不错的工作，在学校里当老师。继父的衣着最惹人眼馋：大卡衣，双排扣，栽绒领；棉裤前开口，外边再挂层面；戴一顶红狐皮帽，一副手套带子拴了挂在脖子上；继父衣兜里常有两个煮鸡蛋或一袋饼干做干粮。老师们也无不另眼相看。后来，继父死了，因为一点儿工作上的事，喝了过量的安眠片。后来他随母亲去了另一家，管那人叫叔。过了些年，叔也死了，母亲哪儿也没去。

每次探亲回去，我都要去看看他母亲。她总擦鼻子、抹眼泪，说儿子不从她门前过，不是绕道南滩，就是走她的房后。我劝她保重，她哭得更凄惶，说：“那时候，你俩总是相跟着，这会儿想起来还高兴呢。”

他撒手走了。他的妻子找了一个比自己的大十来岁的知根知底的人。后

来我见过她几次，她还来家看过我们，说起来总有道不尽的苦水。

另一对夫妻与我们住前后院，我们在一个单位供职，他是我的部属。他很帅气，言语诙谐幽默，一手行草写得流畅也规范。领导同意了我的推荐让他做了秘书，与我同室面对而坐。他当战士时，妻是邮电职工，婚后恩爱，相敬如宾。她从乡下回城，他从边防部队调在武装部，只为长相厮守。两人生有二女，个个是《红楼梦》里的女儿相。四口之家美满而幸福。

后来也不知哪儿出了毛病，他弃家而走，数月不归，似断线的风筝。她来我家哭诉，不能自已。我给了她一些他可能落脚的地方信息，家人如大海捞针，最终将他找回。我邀他来，他来了，自己倒杯水，给我递支烟，浑身不自在的样儿。我开门见山："因为什么，你别解释，我不想知道。我只问你，你年迈的父亲心脏不好，有个万一，你如何给亲友交代？你身为公务人员，还是个副局长，悄无声息地几个月失联，算是个甚事情？两个娃娃正在读大学，得知了她们的老子没了下落……"他满眼含泪，却似有委屈在脸上。不几天他又走了，说是回去取东西，回来睡在沙发上。她来我家诉苦："毕竟我是个女人，不怕哥嫂笑话。"一把鼻子一把泪，她说，"他爱上别的女人已经让我受不了，可他爱的那个，腰比瓮粗，板凳腿子，看不见哪哪儿比我好。不是这我还可气，更可气的那个东西还和我一丈五尺地吵了一架。"她泣不成声。我给妻使眼色："别劝，由她好好哭一场。"

他病了，她陪他山南海北地求医问药，可均无起色。他的身体日渐枯瘦，被医生诊断为神经坏死之顽症。他卧床不起，几度入院。春去秋来，大女嫁在异地，抱子往返，年年数次。二女儿辞了职帮娘服侍他。他在床上，导管不离鼻腔口中。她给喂流食、吸痰、导尿、收拾脏物。她在医院里过年，在病床前度日。医生说，她比特护还专业。我隔三岔五去看他，给他带去点儿院里种的柿子和野钓得到的鲤鱼、鲫鱼。开始时他还挺稀罕，后来就不能咽下。我去了问他："认得我不？"他吃力地张张嘴，动动鼻子，发一声微弱的

"啊"，叫我心颤好一会儿。又过了一年，他已"啊"不成了，浑身削瘦，眼睛不会眨，盯着什么就一动不动。我把她叫出病房，直来直去地说："他已这样了，你也倾心待他，两个娃娃扶床尽孝也已几年。他已不知甘苦，不省人事，娃娃们要生活，你还要活着，该怎就怎了吧。""我能怎呢，他还有一口气呢……"

又过了一年，他走了。她打我手机，我赶了过去。曾经他嘱咐我："等我到了那天，你帮她操办……"我按他的嘱托料理一切。如今已三年了吧，她还在那个圈子里转悠。朋友劝她："没完了你，他没把你害死，你有什么可留恋的？"她说："我老是记着他的好。"说着，眼圈一红，泪就下来了。

夫妻原本是个老话题。你看"夫妻本是同林鸟，大难临头各自飞""糟糠之妻不可弃"这话不可谓不老吧？这么老的一个话题我怎么敢提出来，连三赶四地说个不呢？

芸芸众生，夫妻无数。削取满山青竹做笔，淘尽四海之水研墨，怎写得完人间夫妻事？夫妻即爱情，是文学艺术说不完、道不尽的永恒的主题，说到底是人间的永恒的主题。

老辈人把美满的夫妻比作鸳鸯，鸯死而鸳即亡也；还比作雁，一只遭遇不幸，而活者不再择偶，终日哀鸣，郁郁寡欢，孤死荒滩。崇尚文明的我们，如我前记的那两对也是少数，多如我辈，吵也吵着，好也好着。为点儿什么呢？说轻而不能随风起伏如鸡毛，说重而随风来风去如蒜皮。这一半不随那一半的意，那一半不趁这一半的心。这一半常把另一半修修剪剪，欲使之成为圆满的完人；那一半嫌话不中听，如指教子孙般授训而不惜口水。罢了，又三寸肠子不顺，七分心疼后悔。凡此种种，都在书写一本书，你一笔，他一笔。都在演一场二人台，你来唱，我来和。其实大都不情愿扮丑角，一急就唱错了台词，破坏了角色，砸了半台戏，明天再重来。细说来还是欠功夫。君不闻，台上一分钟，台下十年工？

如我等者，当气宿丹田，好好练练，为了夫妻一场，或是为了来世，如有来世的话。

我家与东村鸡犬相闻，相隔一里。小时我在那儿读书，大些了也常去跑逛，知晓那村的人和事。

东村有对夫妻，生有三男四女。妻子不仅生儿育女，操持家务，还得下地劳作，从两眼一睁忙到熄灯，不曾有过怨声。她厌烦莜面，闻不得蒸莜面时笼里冒出的腾腾热气，却学得一手捏莜面的好手艺。她做的莜面窝窝一般般高低、一般般粗细，满满地摆满竹笼，似圆圆的一盘蜂巢。搓鱼鱼时双手开工，左三右四，玩耍一般。她在盐汤里泼一勺扎蒙蒙油，又拌了油炸辣椒调莜面，一家人吃得热火朝天，汗流浃背。她呢，从锅里捞几个煮山药，坐在灶旁的小凳上，剥了皮，捣成泥，就酸蔓吃了，算是一顿饭。

他是个舍苦的汉子，在粮库干装卸营生。百十斤的大麻袋，他腰一弓，肚一挺，款款儿上了肩，又踩着跳板颤颤悠悠上了垛。交流会上，他搭棚垒灶，炸麻花、炖羊肉，挣回来大把钱，全数给了妻。夫妻勤俭辛劳，不相上下。令人赞美的是两个人的品性：你让着她，他敬着你，一辈子没吵过嘴，没红过脸，恩恩爱爱。

他是本村教堂里收养的孩子，至今不知道父亲姓甚名谁，母亲是何方人氏。

这对夫妻是我的老伴的近亲。

情为何物

我生在冀中平原，长在阴山后，两地给我无数思念。

七岁，在家北一里多远处看园子。园子里种了西瓜、葡萄、桃树。我攀爬在葡萄架上，瞭望麦田、薯田、飘缨的玉米、红了的高粱，看蓝天云走鸟飞，听知了鸣唱，闻瓜甜果香。葡萄架下是一口砖砌的小井，我把井旁的马莲拧成绳，掐一片西葫芦叶做个小斗，接在马莲绳的一头。小斗里边放块小砖块，再投进井里打水。提上来时，快漏完了的水刚够解渴。西北角的那棵桃树结着白桃。熟了的白桃如我的拳头大小，咬一口，甜水儿滴湿了领口。等待摘桃时候，白桃已屈指可数。西瓜还没全熟的时候，一个夜晚，爸爸和我在柴棚里讲他打日本鬼子的故事。我说渴了，其实是想吃西瓜了。摸黑抱一颗大西瓜，“咔”的一下敲开，用手掏着瓜瓤吃，边吃边听故事。

八岁那年落脚阴山后，我和村里的伙伴一见如故。我们相伴着去麦田里找百灵、画眉窝，然后竖根草棍做记号，每天都去看看，直到小鸟出壳。雨后，天朗朗的，我们挽着裤角，找一种叫“马奶奶”的草果。草果手指般大小，一串一串的，脆脆的果子咬一口，白白的奶汁，甜甜的。雪来了，等不得停，便你呼我唤地跑到场面上去套雀儿。一场大风过后，我出了校门后不立即回家，而是满坡满梁地找被风刮出来的和露出来地面的铜钱和子弹壳，攒多后卖了，买铅笔、橡皮、练习本、小人书。我们顶着白毛旋风，沿着电线杆找撞死的沙鸡；星期天抢着替哥哥姐姐去帮耧打拉砘，为的是来回的路上能骑驾耧打拉砘的骡马；风儿吹来莜麦香，无论是谁家的，我们只管进到炒房里，装两兜炒黄的莜麦，边走边吃；过年了，换上翻新的棉裤和新缝的棉袄，穿双实纳帮子鞋，点一炷香，摇着晃着跑大年；跟大人们学跳秧歌，穿着丑衣、举着角旗、划着旱船，挨家挨户转院子……

后来我上学了，不久却因家贫而辍学，与伙伴们一起锄耧耙种。劳作之余，我们在“青年之家”学文化、唱歌、排节目。我们这群十六七的娃娃排了一台戏，还转着村子去演出。

那年我十四，该是花季少年，美梦青春期。

冀中平原的南柳村的故事和向阳湾儿里的大西淖的故事能写一本两本书了，怎能不让人想着念着？

一言难尽情为何物、情生何处，生情后又由不得你百般思谋。那人，那地，那日月，总让人牵肠挂肚。人有七情六欲，皆是因爱恨而生。我一生无恨，情皆在爱里头。

人说生长之地是生命的摇篮，如此说来，我有两个摇篮，一个在葡萄架上，一个在“青年之家”。

摇篮是生梦的圣地。两个摇篮里满满都是甜甜的梦。

军营是梦成真的宝地。十九岁那年，我从“圣地”飞进了“宝地”。当战士的几年里虽受过“文化大革命”的冲击，但最终还是被重情者保护，没提干便调在政治处。提干不久，我被保送去大学读书。归队后我返回老连队任职，带着连队在营区训练，赴边防施工，在牧羊海种麦。我送走几批老战士，接回了几百名新兵。官兵们朝夕相处，情同手足。我把我的三匹战马——我的无言的战友一并记录在《我在骑兵团》里，那是我每每追思的甜美的梦。每次我与散落在天南海北的战友接通了手机，一说就是一两个钟头。

情为何物，我们相互惦念着。你送一个甜甜的回忆给我，我寄一个美美的故事给你，都倾注了一个“情”字。而且越是甜美，越是你也说说，我也说说，总也说不够。

你说，情为何物?

坯墙土院里，几株老树已化梢，枯枝上稀疏的叶子任风飘摇。风静了，叶也如翠蝶小憩在枝头。枝杈上有一座老巢，它是一对喜鹊精心搭建的爱巢。爱巢里的几窝鹊儿都飞往崇山密林，搭建属于自己的爱巢去了。老巢里的夫妻也做了天鸟，离巢而去。有人在七月七那个阴雨天，看见两只老鹊落于老树上，好一阵后又振翅起飞，在村子上空盘旋了好一阵，最后飞走了。

人非草木，更非鸟禽。寂守空巢，日月难熬。难怪媒体一个劲地讨论“空巢”问题。老有老的难处，小为小的奔头，谁又能为谁长相守?女词人李清照最怕寂寞孤独：“乍暖还寒时候，最难将息。三杯两盏淡酒，怎敌他、晚来风急！……守着窗儿，独自怎生得黑?梧桐更兼细雨，到黄昏、点点滴滴。这次第，怎一个愁字了得?”难怪她“寻寻觅觅，冷冷清清，凄凄惨惨戚戚”，正是豪情万丈时候，却如流星逝去。

更何况，人渐老，若秋风凋枯树，能不畏孤独?听听古人对怎么讲述孤独：“枯藤老树昏鸦，小桥流水人家，古道西风瘦马。夕阳西下，断肠人在天涯。”

十分的孤独里，又掺和了几分凄楚。孤独如狼虎，谁不畏惧?

我不，我们不。

离家那年，我还不满十九。我只身去了新世界，虽不是绿林好汉闯江湖，却也想家，背着抱着的全都是孤独。不久我认识了一群战友。战友们挤走了孤独，挤掉了那个压得我喘不过气来的“内人党”包袱。后来，我组建了家庭，把孤独远远地抛在了海的另一边。再后来，我们这两个后山娃娃身边有了一群娃娃。平日里，你来坐坐，他来走走，逢年过节或谁的生日时都来聚聚，不觉得什么叫孤独。

我们都还不老，偷闲出去，去后山，去包头，去葡萄架下蓝砖砌就的小井，或飞车走马地看看，或清闲地住住。旧地重游，不亦乐乎！

我仍想念那个土墙小院、铁塔般的鹊巢和托举着鹊巢的老榆树。

你说，情为何物？

情深似海，海多深，说不准。情重如山，山多重，说不清。兄弟姐妹们，你惦着我，我想着你，三五天不谈心，日久了不走走，必会相逢在梦里。过年时过节时总会聚聚，喜事时常能坐坐。你帮帮我，我助助你，心心相印，不在乎相隔千里百里。

你说，情为何物？

朋 友

“朋”有两月，两月相照映，一个玲珑，一个剔透。“月”又非月，是人之躯，即“肌”“肤”“肝”“胆”“脑”“脾”“肺”等字的偏旁，可知“朋”乃是两个血液流淌、心神相映、你我相倚、互予温暖的血肉之躯。

我瞅着“朋”字这般想，脑海中浮现了一群朋友。

一个女孩，与我同班不同桌，平日里嬉戏玩闹。她小学未读完，我中学时辍学，在当年还算文化人。她是团支书，我当民兵连长，同在大队挣工分，相跟着去村社办些杂务。她有副好嗓子，县社开会、集训，有她就有了气氛。她长我一二岁，能和我说她的婚嫁心事，都把对方做好朋友。她嫁人了，我当兵了。我们没书信，也很少相见，见了却格外亲切，说往事如品陈年老酒。

一个战友，我在梦里常见他。他弹弦，我歌舞，台上台下形影相随。我被“内人党”牵连时，上台去唱英雄、颂伟人，提心吊胆，唯恐一字唱错，招来横祸，下台来抽闷烟、做噩梦，身心如囚。东大营里传单墙报铺天盖地，团首长皆被关押，与我同年的新兵也有进去的。惶惶不可终日的我十天半月不洗澡、不洗脚，一身臭气。他却与我同卧一铺，贴身而睡。有时我和衣而睡，他唤我醒来，帮我铺被。“知我者为我心忧，不知我者为我何求。”他退伍了，还来部队看我。我在内蒙古师范学院读书，他在呼浩特供职，距离近了，往来多了，心也更近了。我随他去村里看他老母，他来我家参加我儿的婚礼。我因公因私去呼和浩特，他与妻家里一顿、馆子里一顿地招待我，待我如手足。平日，我们用手机互致问候更是家常事。

还有两位同乡、同年、同一军营的战友，一个在临河，一个在呼和浩特，都与我相距二百里。我们半年不见，如隔三秋，彼此牵挂，相逢总要喝个够。

另一位战友与我同岁，他在炮连，我在一连。我俩被调到团里给“两忆三查”布展。他写、画，我弄些文字帮他。饭后我们去村外溜达，说快乐的事，也说些无奈和苦闷。他九岁临帖，是少年才俊，却因父是挂名国民党员，他不可入党、提干，断了军旅路。退伍后，他在地质部门工作，官至处长。他行草隶篆，翰墨袭人，而今是内蒙古诗书画研究会掌门。他赐我的字画，我玩味不够。友人向我讨要，我不舍，致友人悻悻离去。

霞姐是我的乡友、老师。她吃公社的工资，我挣大队的工分。我随她去村社跑逛，田间路上，听她说她的可怜。她儿时没了母爱，骑毛驴时摔断了胳膊。她心酸，也让我心酸。她是干部却不像干部，是位亲切的大姐。去秋与妻和她在呼和浩特相逢，她请我们在一别致酒家聚餐。古稀之年的大姐，酒量不及从前，然身上的女儿之精细、男子之豪气，一如当年。

他体格健美，眉目端正。他的口才好，人和事一经他口，生动形象且别有了一番滋味。他语言幽默，幽默里不乏童真叟理。他当着一位出墙红杏好一把幽默，幽默得人家眼儿怔怔、脸儿绯绯、惊而转怒、怒而变嗔，结果给了他一巴掌，一巴掌结结实实拍在他屁股上。我见证了这个幽默段子。我叹服，叹服他对语言的运用、火候的把握，对方情绪的调动，自己表情的拿捏，是那么的炉火纯青。这让我记起了小品明星郭冬临。朋友的演技酷似郭子，他集编、导、演于一身，灵巧地掌控着舞台气氛，更胜郭冬临一筹。

他的字也如他。他爱读帖，不论颜、柳、米、赵，也不管行、草、隶、篆，随便翻看《三希堂法帖》，背得《草圣歌》，熟读《兰亭集序》，却从不专心临摹，只是随意勾画点、横、竖、撇、捺、弯、勾。他的字里有些古拙气息，他喜欢“唐宋八大家”文章，熟读唐诗、宋词、元曲，谈笑间常把文言诗句夹杂于俗语里，俗语便不觉得俗气。

后来，我脱了军装，换了警服，在公安局工作。他在某局做副手。我们三五日不处便彼此挂念。

忽一日，他断了音讯。他的妻来我家哭诉，说他跟一个瓮粗桶高的女人走了。我不信，我妻半信。她哭得泪人儿一般。妻说了一堆劝慰的话，丝毫不减她的凄楚。果如她说，言语焉能安慰她。她如回娘家哭诉冤屈的女儿，哭着说，说着哭。

我动用了警察的手段，摸到了他的踪迹。他来见我。我给他一杯茶、一支烟，他坐在我对面的沙发上。

“去哪啦？老父亲已近八十，杂病缠身，孑然一身在村里。如有不测，而你却杳无踪迹，如何是好？你如何面对？又给你姐你妹怎个交代？你断了与所有人的联系，若读大学的两姑娘得知了，如何安于书桌，静心于课堂？如因你荒废了学业，你又如何对得起她们？你担当一面，分管一摊，不告而别三个多月，闹得风雨半城池。在小城里你也是有名姓之人，竟抛弃于声名而不顾，到底发生了什么事？”

他点一支烟给我，泪在眼眶里打转转。

他病了，是一种从四肢渐向心脏停搏的怪疾。他的妻带他求医问药遍京津沪，又寻访乡间，打听名医秘方，均不奏效。这可愁煞了在病床边日夜左守候的人，她哭干了泪。先在家里服侍六年，又在医院过了三年。他不能饮食，她将流食吹得不烧不冷，再一匙一匙喂给他。他不能言语，而眼睛是心灵的窗户，她慢慢地学会了他的“眼语”。他们从此开始了心灵的交流：吃、喝、拉、撒、吸痰、给氧、是、不是、要不要。这些看似简单，却只有她懂得。他皮包骨，骨瘦如柴，眼不能眨、不能闭，惨不忍睹。我隔三岔五去看他，看他的“眼语”，他的妻当翻译，我的心里有一种说清楚的滋味。

他走了，走得自然，自自然然地去了那个遥远的地方。她常梦里看他。他们以眼语用心交流。他丢下两人的家，西去西安大女儿家，东去青城二女儿家。她咬牙想把他忘了，可他认得东、西两条路，总是赶夜路去看她。

“人” 字

汉字中，简单不过“一”，难写当数“人”。“人”字一撇一捺，写对了不难，写得端庄秀美很难，写出人之气势更难，写出人味、写出人之大气更是难上加难。

你看这个“人”字，捺短且靠下了便前倾，撇短而偏直了就后仰。一撇来得到位，可圈可点，然一捺起笔不当、行笔不妥，收笔后再看，虽也人模人样，但不大顺眼。若把“人”写好，实在需要下功夫练习。你看赵孟頫笔下的“人”，大开左右，有一步八尺之感。《兰亭序》里有四个“人”，形似孪生而神各有异，都是王羲之之血脉。苏轼的“人”字也如他的某些诗词，卷气飘逸。你看毛泽东的“人”，一撇起笔高远，运笔果断疾速而收笔平稳得当；捺短而敦实，如踏出的脚步，稳健有力。细细端量品味，其人昂首阔步、一往无前，精气神跃然于纸上，如一位奔走在华夏大地上的巨人。“人”字首次亮相《人民日报》后，凡仰毛体之作者，必用之，如中南海南门大照壁上的“为人民服务”、人民英雄纪念碑碑文、中国人民大学校名等碑牌匾额，皆可见这位足踏大地、头顶蓝天的巨人。在毛泽东心目中，为人民打天下的人，都是这样

的人，为人民坐天下的人、为人民服务的人都应该是这样的人。毛泽东在天安门城楼上挥手高呼“人民万岁”，更在他的著作中断言：“人民，只有人民，才是创造世界历史的动力。”

在他的心目中，“人民是真正的英雄”，人民如他所书，是巨人。

如此简单的一个“人”字，在古人笔下是这般墨香古色，在伟人书作里是这样的心高志远。我也久练“人”之笔法，总觉写得丑陋，更不敢见人，以致前些年写春联时总避人字。

唉！写“人”都这般难，做人就可想而知了。

镜　子

闻听唢呐声响，人们便扶老携幼，拥上街头。只见长凳横街，一把铜壶、几只瓷碗在长凳上摆了，锣鼓唢呐便卖命似的吹打几出老戏段子。此时，女人们的目光都落在了挑着聘礼的担子上。老家聘闺女，把陪嫁的红绫被、绸缎衣、绣花枕头、梳妆匣子、暖瓶、脸盆放在筐里挑着，不包裹、不遮盖，穿村过社，着意张扬，以示娘家宽裕、大气和对女儿的疼爱。而我在意的，却是礼担上的那面镜子：镜子随着担子晃，镜子里的光柱便忽高忽低、忽远忽近地照在人身上，或钻进树林里，照在枝杈架着的鸟巢上。

那时我五六岁，总在梦想着有一面属于自己的镜子。

后来，我真的有了一面镜子，还经常揣在衣兜里，偶尔偷偷拿出来照照，但从不照树林、鸟巢和别人。那时我刚进中学校门，开始在意自己的衣着容貌。后来我知道古时候有铜铸的镜子，古人称镜为鉴。贫寒人家和远行的旅人则多以水为镜，映照身容。之后，我又晓得了一些与镜子有关的文章和典故。又后来，我便收藏起镜子来了。再后来，觉得儿女也是父母的镜子，朋友当是自己的镜子，言行更是自己的镜子，文章同样是自个儿的一面镜子。文如

其人，大概是此。我手头有本《铁骑雄风》，都是战友们的文字。文章侃侃道来，如家信一般，有见信如面的感觉。一面一面镜子真真切切地映照着自己的音容笑貌、精神状态、思想境界，反衬着自己的心灵、人格、秉性，甚至灵魂。

一个雪夜，楼外朗朗的，我不能入眠，心又进了红山脚下的军营里。我从连队里出来，去了机关，进去后便出不来了。这是哪儿呢？一张张熟悉的脸儿，一个人说："谁帮你操办的婚礼，忘了吗？"一个人说："你的马还给你留着呢。"又一个人问："听说一本书里有你的文章，可有胡诌？"又一人说："别听他胡说！"

我无地自容，忙抽身出来，看见军容风纪镜里一个蓬头垢面的我，吓了一跳。我忙举手擦拭，只觉一把汗水，翻身起来，才知是梦。我心里慌慌的，再也睡不着了。我把那本书拿来翻看，见我的那篇《我在骑兵团》，字里行间果然有胡说八道的文字。

呼　唤

你在楼窗边，抬头看天，天上没有一丝云彩，也不见星星闪烁。静寂的夜空中，只有那个欲圆的月悬挂在高天。好美哟，中秋的前夜，好美的夜晚！央视的《万家邀明月》将近尾声，街灯依然绚烂。不闻车笛人喧，小城如山村一般清静，真是难得。

老伴睡着了，她在为明天储备精神。明天，孩子们都回来聚了。每年中秋月亮圆了，老伴都要张罗一桌饭来。饭菜上全了，孩子们都围桌而坐，你呼他唤，老伴也不肯落座，说："我不着急，你们吃哇。"她看看这个，招呼那个，大家几经呼唤，她才肯端碗。饭罢，她在厨房洗洗刷刷，孩子们劝她去歇歇，她总不听劝，我也不知说过她多少遍。

我在呼唤，呼唤老伴，人上了年纪，心该如今夜和今夜的月，宁静、清闲。这样做，一是为了自己，二是少给孩子们添乱。

夕阳话题

人到花甲、古稀之季，似到夕阳晚照时候。夕阳是个古老的话题，我这样想，也说给朋友。

夕阳话题，见仁见智。圆了报效国家、敬养父母、抚育子女的梦，剩下的钱和比钱金贵的时间都归了自己。自己支配，自己享受，天马行空，我行我素。无须为财富所累，不用因债务犯愁，工资按月打进卡里，更无衣食之忧。说走锁了门就走，去找山玩，去与水乐。与老同事、老同学、老战友走走串串，围炉而坐，开一瓶老酒，说旧事，说儿时，说窗外的雪。或去村里拜访老者，听他说古论今。或与相知自驾游，去草原深处，看那里的黄昏、日出。晚上，支两顶帐篷，点一堆篝火，享用自备的熟食、蔬果，浅酌慢饮，看草原的满天星、半弯月，把身心都融进草原的夜里。七月进山去，在山友的茅屋草舍里，饮山泉，吃山菜，沐山风山雨；跟山友去放羊，走满山岭，与山菊、山丹做一回朋友，拍照留念。在山榆、山柏下歇歇脚，乘会儿凉，摘一兜山葡萄、马奶奶，掐一把山茶叶子回来。回到主人的山宅，一边慢慢享用采来的山珍野味，一边听石鸡放开嗓子问朋友：“怎的啦！怎的啦！”叫声在山间回荡，在林间游走。转身看，十几只山鸡和主人的大红公鸡、芦花母鸡混着群儿，追彩蝶，抢蚂蚱。此时，人也许就有了联想，联想起某个时候。如果你擅长作画，就带着你的画板去，任你一杆画笔、七彩颜料，或工笔，或写意，或素描，画尽山里颜色。若你爱诗，就吟一首《山月》《山溪》《黄叶》，若不尽兴，就作一篇散文诗，若还不过瘾，再写篇赋，歌罢松风柏涛山花野草，诵不尽的山里的秋。如爱唱，就把胡琴、竹笛、黑管儿、葫芦丝带上。朝霞里、夕阳时、月光下，拉一支山曲，奏一段情歌，唱一段“找呀找，找朋友”。把你和那个他、她，牵引回拉手蜜拥的日子里，尽情地唱你们那些日子里的歌，随心所欲地走进美好的回忆里。

你只管放宽心，多玩些时间，在山里四处走走，没有必要惦着家。孩子是自己生的养的，或遵规，或放浪，这个时候都由他们。钱是自己挣的，放在哪儿都放心，梁上君子的心思不在咱们身上。房子是自己花钱买的，夜半门铃响起，定是远方来客，或是经常一起喝酒的朋友。只要自己心里干净，何惧夜半铃声。

花甲和古稀之年的你我，曾经遭遇了许多事情，如那支《我们这一代》里唱的。如今，我们也赶上了享受的好时候，有梦的岁月是美好的，而且会越来越好。家事国事天下事，散淡之人听了、看了，也管不了，还是罢了。不是初生的牛犊，不再是横枪立马的时候。老话说，一辈子不管两辈子事。

回到家里，不看谁的眼色，到了外头，不管他人耳语。在乎的只有你的伴儿。与你的另一半，牵着手走好自己的路。你拉着她，她领着你，转一个弯儿，过一个坎儿，脚踏实地，便不会摔跤。累了实在走不动了，不想走了，就不再动、不再走了。就可以缓缓地躺下身子，轻轻地闭了眼睛，不再期待黎明，悄悄地走了。谁先走一步，就去找个落脚的地方，然后在那静静地等候另一个人来找你……

春联联想

家父进过私塾，闲时常诵四书五经，教我们背诵《三字经》《弟子规》《民贤集》。见我等懒得起，他便朗诵“黎明即起，洒扫庭除”；见我吃败仗，不问理在哪边，便来一通“与人方便，自己方便”。父亲如此教导，儿时的我不以为然。让我很以为然的是父亲的字。看他写字，如看母亲绣花补衣。膝肘破了，她能在破洞里生出一盆花儿来。袖口烂了，她能让两只袖口美似玉环，让旧衫换新颜。

父亲的字真是了得。一进腊月，冷清的院子如春风又至，村人们夹几张大红纸求父亲写对子。柜上、炕上满是没裁的红纸和待干的对子。父亲乐得如此，他一脸喜色，说：“人家拿纸来，供我写字抒怀，是天下少有的好事。”于是，一门一窗一盘炕的土房子成了父亲的书屋。他面窗盘坐在炕桌后，不紧不慢地研墨，有章有序地叠裁红纸，再将裁好的条纸一折三叠，才饱蘸浓墨。那精气神，而今我也写不出、道不来。他见我放学回来，便唤我为他研墨。我喜欢看父亲写字，也学他运笔，尽力把字写好。作业本里，常见老师“字迹工整”的批语。那时看父亲的字，只是工整好看，哪懂得撇捺中藏着颜筋柳骨，更不知笔画间流淌的都是古人血脉和书者神魂。

我思念父亲。每逢腊月，这思念愈浓愈深。正月里去拜亲友，撩我眼帘的是一院春联，而此时，我总要与父亲的对子做比较。

父亲耿直，常据理力争，惹人不快。可大家念他的文笔与正气，历次运动中也无人打他的主意。父亲于1939年秘密加入中国共产党，在屋里挖了地道，家成了他和同事们接头议事的秘密据点。因父亲的字古且规矩，难以比对，不易暴露，故传单和文件均由他刻印。刻印毕，便将文印器具埋藏在乱坟岗。后来他肚里的文章，派上了写对子的用场。他知人家有学童，便写几副劝学励志的对子；知人家几世同堂，总书些尽孝家和联语。他喜欢书写老联，诸如“一夜连双岁，五更分二年”“千门万户曈曈日，总把新桃换旧符”等。父亲爱以此联做窗联：“松竹梅岁寒三友，桃李杏春暖一家。”我猜他是被母亲的窗花所感染。父亲偏爱“读古人书，友天下士”联，意在自励，实在嘱我。

我是一个兵

近来，国家对退役军人、现役军人和优抚对象在做信息采集工作。这是一项浩繁的工作，这是一种光荣的体现。

国务院体改撤并机构，新建退役军人事务部。此举史无前例，得军心民心，乃是国之大政。

兵强则国强，则江山稳固。历史已经证明了这一颠扑不破的真理。新中国成立后，在很长一段时期，解放军军人受人敬重。后来拥军的观念慢慢淡了，公共窗口的“军人优先”的牌牌也不见了。结婚证、驾驶证、学生证、医疗证，证证都有用，唯军人转业证、退伍证没有多少用处。好多人都丢了，找不着了。这次登记，不得不去存档单位翻箱倒柜地寻找或用他法予以佐证。

我们不应忘了解甲人，这是不能回避也回避不了的问题，要改变重现役而轻退役军人、转业军人的现实。以习近平总书记为核心的党中央开党和国家之先河，设退役军人事务部，研究制定拥军优属、抚慰老兵之方略，以此强军、稳政、巩固国防是长远大计。

我曾是一个兵，和众多战友一样，曾在星空下守卫着祖国的安宁。我们虽没参加过实战，但我们骑过马、扛过枪，冬卧三九，夏练三伏，农垦戍边、参与国防施工、抢险救灾，我们吃过苦、流过血、淌过汗、立过功，我们把青春播种在军营里，把传统耕耘在新征程。人们都说：“当兵后悔两年，不当兵后悔一辈子。”我们不后悔。正是军营给了我们青春无限，军歌美好了我们一生，军号声指引着我们人生的梦想，军人的爱流淌在战友的血液中。而今，国家设立专门机构管理我们的事情，这是我们的光荣，也圆了我们的期待，让我们一起唱响一支老歌：

“我是一个兵，来自老百姓……”

军　营

晨号轻缓悠扬，飘进山谷和林间。晨曦醒了，军营醒了。军营坐落在红山脚下。

这是一座苏式军营。礼堂在军营中央，坐北朝面，前面是个可供全团人马演练的操场。连队的房舍在操场两侧。马厩和草垛在营区东北角。百十号人的建制连队住在一栋通连着的大屋子里。排与排之间是一堵有门无窗的墙，如同公园的月亮门。一个排三个班的上下铺排列在这个说开还闭的隔间里。上课开会，需要十二分地静心，方能充耳不闻嘈杂声。各班排唱起歌来，个个儿都得放开喉咙大声地吼，否则便被其他班的歌声淹没了。适逢“文化大革命”时期，会前会后、课前课后、三餐前、熄灯前，列队仰视毛主席像，手举《毛主席语录》，高唱《东方红》和《大海航行靠舵手》，齐声朗诵一段《毛主席语录》。大通房里十几个班百十号人一起发声，足以震耳欲聋了。

“我就爱听开饭了、熄灯了，不爱听起床了、出操了。”他说的是军号声。他是我的同班学友、同年入伍的战友凯荣。三个月的训练，让新兵懂得了什么叫作一日生活军事化。三人成行，二人成列，吃喝拉撒睡，闻号声而动。

起床、出操、收操、开饭、上课、下课、准备熄灯、熄灯、集合、紧急集合，军营一把号，各连一只哨。步兵、骑兵两种队列口令，行走起坐，令行禁止。熄灯号响，全团灯灭，鼾声渐起。三个月的训练结束后，我们方弄懂了营门两侧的八个大字的含义：团结、紧张、严肃、活泼。

热也一肚子，冷也一肚子。熟也来几口，生也来几口。爬墙掏雀，下水摸鱼。不知一月有几日，不管一年多少天。不知忧愁何滋味，更不问苦辣酸甜哪里有。而今想来，苦也甜甜，辣也甜甜，桩桩件件，醇厚若老酒，回味不完。这便是我的童年。我的童年在村里，白天忙做事，晚上梦登山。怕人脸难堪，事事想争先。父母兄妹家里的事，有一阵儿，没一阵儿，忘是忘不了的，只是忽而记起，心又去了梦里，也就什么都忘了，这多半是我的少年。

我的青年在军营。“好男不当兵，好铁不打钉。”老辈人这么说。“当兵后悔两年，不当兵后悔一辈子。”而今的年轻人如是说。我呢，二十余载在军营，还觉没待够。

我是骑兵，牵马行进、乘马射击、催马跃障、跨马斩劈、飞马驰骋在阴山下，生出几分“不叫胡马度阴山”的小豪情。

我爱我的战马，它是我无言的战友。马是我们人类的大功臣。

冬还没到，雪就来了。沸沸扬扬，没个早晚，大一阵儿、小一阵儿地。待到数九寒冬，军营后边的山坡上、山沟里白雪皑皑，山脚下的沙河里冰已齐岸。军营外的草地上、农田里冻开的裂缝，窄的伸得进枪托，宽的塞得进手雷。

此时，军营里却是个春的世界。营门披红挂绿，绿的是山上的松枝，红的是手扎的绸花。营门的八字墙上张贴着欢迎标语。一阵喧天锣鼓，伴随着《解放军进行曲》的节奏，营门外列队欢迎的官兵的掌声如燃响的鞭炮。一批新兵呼喊着口号、唱着军歌，昂首挺胸，列队跨进了军营的彩门。本就语音多彩、方言荟萃的军营里，忽又有了吴言、川语、秦腔、鲁调。语如歌，言如曲，犹是鸟语花香的园子里飞来一群山雀、画眉、鹦鹉、百灵。新兵们不仅带来了各地方言，还带来了各地独特的风土人情和地域文化。而最能凸显他们文化风情的，是他们天籁般的歌声和山寨版的舞蹈。欢迎晚会上，新兵们的歌舞真是“百花齐放，百鸟争鸣”。

我们的军营没有冬天，歌声、掌声、军号声、此起彼伏的口号声在军营后边儿的山间回荡。军营里又起了喧天的锣鼓，官兵们再次列队营门外，行走在中间的，是戎装已旧，领角和帽脸上留下深深的领章和帽徽印迹的老兵。

老兵们身背背包，斜挎挎包，与欢送的战友拥抱、握手，泪水噙不住，一步三回头，向军营敬最后的军礼。送行的军车缓缓远去，送行的官兵还在不停地抹泪水。

都说男儿有泪不轻弹，自古以来男儿流泪多在惜别时。

闲话歌曲

歌曲之所以感人，是因为它以超常的抑扬顿挫的方法和夸张的起伏承转的手段，把诗词语言声浪化。一首好歌，是一棵常青树，不被国界阻隔，没有民族之分，不因性别限制，不会被时间消磨。相反，它会被越来越多地传唱，会在经久不息的传唱中到达永恒。填了词的曲子，是调动人们的情绪、敲击人们的心弦、产生人间共鸣的钟鼓。“阳春白雪”是此，“下里巴人”也是此。诚然歌曲多样而有了偏爱，“选择”便因此产生了。好酒者不进茶坊，萝卜白菜，各有所爱。人皆如此，吾焉能例外？

老酒醇香，以优质五谷、古传秘方、千年老窖，经名匠精酿，再百年深藏，怎能不开瓶满家香？

你一准喜欢这支老歌，她用诗的语言，讲述了一个爱情故事：

克里木参军去到边哨

临行时种下了一棵葡萄

果园的姑娘哦阿娜尔罕哟

精心培育这绿色的小苗

啊！引来了雪水把它浇灌

搭起那棚架让阳光照耀

葡萄根儿扎根在沃土

长长蔓儿在心头缠绕

长长蔓儿在心头缠绕

葡萄园儿几度春风秋雨

小苗儿已长得又壮又高

当枝头结满果实的时候

传来克里木立功的喜报

啊！姑娘啊遥望着雪山哨卡

捎去了一串串甜美的葡萄

吐鲁番的葡萄熟了

阿娜尔罕的心儿醉了

阿娜尔罕的心儿醉了

吐鲁番的葡萄熟了

阿娜尔罕的心儿醉了

阿娜尔罕的心儿醉了

心儿醉了

这首歌用一百六十多字，讲述了一对青年美好动人的爱情故事。文笔凝炼，情节生动，语言朴实而优美，构思精巧，令人感动，让人羡慕，心生美好，继而歌唱，以悦己悦人。

我在床头常放一本歌集，歌分七类，共三百余首。我欢快时翻翻，沉闷时翻翻，从酒局撤下后倒身落枕时也随手翻翻。歌集成了知己，与我同乐，给我解忧，知我心思，为我鼓与呼。一首歌是一堂课，读懂可解饥渴，听唱可给人以享受。《吐鲁番的葡萄熟了》就是这样一首好歌。歌词出自瞿琮之笔，朴实得令叟翁少壮人人能懂，又漂亮得让男女老少喜闻乐唱："葡萄园儿度春风秋雨，小苗儿长得又壮又高。……当枝头结满了果实的时候，传来了克里木立功的喜报。……吐鲁番的葡萄熟了，阿娜儿罕的心儿醉了。"字字珠玑，如串串熟了的葡萄，悬挂在架上，任风雨雕琢，采日月精华。爱诗者将它剪下掖在诗集里，爱画者将它绘成画收进画册中。

对于诗书画曲，我是门外汉，只是喜爱。我对歌也仅是爱好，只能将琴笛弄响；于阶谱也只会读会唱的歌曲的。可我耳鼓不错，听力还行，自觉音准有数，仅此而已。在歌曲的海洋里我也有偏爱，更酷爱施光南的曲子。他的《在希望的田野上》《打起手鼓唱起歌》，脍炙人口，为大众所爱。

众人都唱一支歌，各人有各人的味道，这便是歌者的能耐。《吐鲁番的葡萄熟了》《手鼓》《田野》的原唱者是著名女中音歌唱家关牧村。她的《婚誓》和《月光下的凤尾竹》让人沉醉。品评关牧村，需得大道行，我可没这么高的道行。她给我的只有美的享受。瞿琮、施光南、关牧村，词、曲、歌三大家珠联璧合，才成就了《吐鲁番的葡萄熟了》这首歌。

我把《吐鲁番的葡萄熟了》推荐给朋友，不是因为我喜爱此歌而极力赞美，而是因为这歌的词美、曲美、声美。有些歌曲，离"好"还有很长一段路，与《吐鲁番的葡萄熟了》相差就更远了。

启 迪

你是否留意了这样的现象：盲则耳聪，哑则目秀，身有残疾者多是心灵手巧之人，非常人则诞生大智慧。我说几个名字，你会赞同我的想法。

首先是张海迪，博士、作家、中国残联主席，一位高位截瘫的女性，出了好多书，她本身就是一本书。

贝多芬，一位用心触摸世界、用手感知声音的外国人。两百年来他的钢琴曲一直在世界音乐之都维也纳上空回响，在世界各大舞台演奏。

喜多，身不足米，四根指头长在两只手上。老天不公，如此塑造一位女孩，父亲还抛弃了她。她不甘心，她的妈妈也不甘心。后来她通过不懈努力，成为一名钢琴演奏家，在世界各地巡演，博得了众多世界级钢琴演奏家和评论家的掌声。央视播放过她在维也纳的专场，我目睹了这个女孩的风采，听到了优美的琴声和经久不息的掌声。

你听过阿炳的故事吗？他是一位孤苦伶仃的盲人。他的故事早年被拍成电影《二泉映月》。他的《二泉映月》家喻户晓，人人吟唱。我收藏了他的曲谱和众多二胡名家的演奏专辑。曲集里有后人精美的填词，比如这一节：

听琴声悠悠
是何人在黄昏后
身背着琵琶沿街走
阵阵秋风
吹动着他的青衫袖
淡淡的月光
石板路上人影瘦
步履遥遥出巷口
宛转又上小桥头
四野寂寂
灯火微茫隐画楼
操琴的人
似问知音何处有
一声低吟一回首
……
唯有这琴弦解离愁
晨昏常相伴
苦乐总相守
…………

一位盲人，靠一把二胡谋生，却留一支名曲传世。我们这些健全者该做何想呢？

你一准观看过残运会，感受过残疾人的拼搏精神。难道在那时，你仅是感动，没有想过要做点儿什么吗？

打点好明天

“人有悲欢离合，月有阴晴圆缺，此事古难全。”“落红不是无情物，化作春泥更护花。”到年龄，退休了，当努力端正生活态度，打理好明日行程，切莫还是老脑筋，认定爹妈传下来的那个老理：“人老了没坐处，皮袄烂了没放处。”

当今社会，六十岁正当年，七十岁不算老，人生还有好长一段路要走。即使将来死去了，也要当一捧黄土，做一块护花的春泥，也还是有些用处的。

因此，平日里别说年龄，不要总想着生病，要好好吃、好好玩，找乐子、育兴趣，不逞能、不自卑，要尽力做个不断发挥余热的老人。

写给春天

风啸雪舞的时节，已听到你的脚步下了苗寨吊脚楼，进了竹林深处。依据你的时间表和路线图，小寒过了，你该过了江这边或是逗留在腾王阁下、黄鹤楼外、橘子洲头。我翘首塞上，和农户一起等你，等你领着轻风细雨，漫步阴山南北。而你越是临近，越是身轻如燕，不知不觉中，你已进村来，轻轻地叩我家门，抚我窗户。等我醒来推开门，屋外已是“草色遥看近却无”，才知晓你的脚印已踏遍梁前梁后。

自古以来，你追求美好，才被万物追求。禾苗感激你，把五谷酿作秋香，精心藏储，给你留着，一直留到过年时候。知你准时来过年，窗花送香去，门联迎进来，中华儿女更衣净面，华夏大地爆竹连天，更有冲天旺火和动地锣鼓。人们行数不尽的风情礼数，为你举行生日大典，为你祝福，更感你赐恩，和万物一起，感谢你带了和风细雨来，才有了五谷丰登、六畜兴旺。

你受人追捧，被万物仰慕。琴瑟和鸣，书画多彩，更多的是诗词歌赋。泼墨人不仅王谢，放歌者何止李杜。前有古人，后有来者，数不胜数。

你悄悄地走了，正如你悄悄地来。继你而来的，是夏，是秋，是冬。冬将尽，万物脉动，轻轻而来的，又是你——春天的脚步。

《西口情》赏析

一首《走西口》，唱了上百年，唱遍了晋、冀、陕、甘、内蒙古的村村社社，唱哭了多少老少爷们，还是唱不尽“走西口”人的悲欢离合，诉不完的是那年那月的匪患天灾。

《走西口》是一出二人台传统小戏。二人台有东部和西部之分。东西两地的二人台《走西口》，词调有异而主旋律大同，唱的都是凄美情调，强调的都是一个主题，遵循的则是一条红线，即饥荒惊醒了一对新人的洞房花烛梦：“正月里娶过奴，二月里哥哥你‘走西口’，早知道……”这都是怨声和无奈罢了，末了还是得给心上人梳头打扮、整理行装。“走路你要走大路……坐船你不要坐船头……”女人对郎君千叮咛万嘱咐，台下一段“哭板”将凄美推上高潮，台下的女人被感动得低声抽泣，浸透了多少衣袖。因此，每逢二人台竞技，选手们多会选择演唱《走西口》，以感动台上观众，打动台上评委。

这些年来，以《走西口》为基础改编的新词新调不少，但始终没有离了老词、老调和过去的主旋律，依旧凄美感人。围绕《走西口》创作的诗、书、画等作品也无不遵循凄美一条线。但是，《西口情》不。

《西口情》不仅仍循凄美这一主线，还唱出了扎根口外的人该唱却没有唱出的又一种心情：“‘走西口’的眼泪，流不尽祖辈的柔情。”请君用心听听，“走西口”的人儿不仅有苦情，还有柔情。《西口情》不仅在告苦情，还在诉说柔柔的人之长情。你听：“黄土坡驼铃传来的时候，口外的哥哥牵挂着故乡的亲亲。”太春走了，不是一走了之，他是带着牵挂闯出杀虎口，顶着西北风躺在塞上土窑中土炕上，昼思夜想着“家中的亲亲”。然而柔情还远不仅此。“拌莜面的苦菜，养育了倔强的个性。”个性倔强，乃是游子之精神世界，是苦菜花在人体血管中流淌的回声。“大黄风吹来了流浪的沙蓬，吹断了归途，吹不断大榆树的根。”性格倔强又柔情似水，乡愁更比黄风烈，刮不断口外口里两地情。黄河两岸、阴山南北的农家院，有几家是数百年前就生活于此的呢？生活在口外的口里人的子孙后代，离不开苦菜拌莜面，更忘不蒸炸了的软油糕。

一般说来，尾声是主旋律的延伸，是主题的二度着色，是主题放飞风筝的线，是拉不走、扯不断的。《西口情》后面两句多少扯得远了些，跨度大了些。

这仅是我的一孔之见，丝毫不损于我对《西口情》的喜爱。我收藏了两个版本的《西口情》，它们一个如山花涧草，一个如清风朗月，让我难以取舍。

说　乐

我儿时爱唱，闻歌即手舞足蹈，读小学时我最喜欢上刘桂英老师的音乐课。

刘老师的《在那遥远的地方》唱得我心扉大开，在课堂上，我们就在一起大声喝彩。进了军营，一切听指挥。后来我进了宣传队，扮演过众多人物，如举红灯扮李玉和，冒风雪演少剑波，穿苇街、荡蒲巷，在《沙家浜》中扮演郭建光。后山娃唱京剧，虽然是赶鸭子上架，但也好好过了一把瘾。

退休后散淡无聊，我被好友拉着，交了学费，花几千元买了C、D、G、F、B2五支葫芦丝，拜一位小我几岁的后生做先生，与一群爷爷奶奶成了同窗，一起学习吹葫芦丝。开学第一堂，先生的一曲《婚誓》，惊呆了一群老生。之后，我便认真地做起音乐功课。两季下来，我竟能吹奏十几支曲子，于是描眉画眼，再上舞台子，在敬老院、社区、警营、军营、特殊学校巡回演出。一帮古稀老人装扮之后如年轻人一般，吹奏出的高山流水之声，震惊了台下的观众和场外的路人，使得老年大学虽几迁校园，但教室依旧拥挤、不够用。

我与荣华是同村、同龄、同窗。十九岁那年，我进了军营扛枪，他进了校园执鞭。退休后，我们都成了散淡人。我每次回村，都见他神采不减当年。他说他只做过一次胆结石切除术，此后再不闻药味。

他城里有楼，村里有院，院有两亩，可行车、跑马、喂鸡、种菜、植树、养花。他还有几十亩滩地，播三麦以自食，拿俸禄而不作，是他身心强健之缘由。更大之缘由还在于他把一把四胡拉得动人心弦。他平时与老妻弄田垄，闲来与乐友“打坐腔”。《碰帮子》《九连环》《走西口》《挂红灯》《八音杭盖》……红火起来乐不思蜀，夜不归宿。他还时常应邀下固阳、上达茂，去他乡异地红火。他说他不爱酒肉，很少抽烟，拉四胡、“打坐腔”比酒肉香，比香烟有味。

我的同窗里有的是善舞能歌者，风莲、月英、赵敏、成龙都是当年活跃于校园的美女俊男。而今，广场舞里有你们吗？二人台舞台上有你们吗？喝酒喝到似醉非醉时候，你们还会清一清嗓子，再来一支成名曲子吗？

乐，笑也。“笑一笑，十年少。”恰逢盛世，生活无忧，何不笑口常开，又何乐而不为？苦也一天，乐也一天。祝愿老同学们，欢欢乐乐每一天！

心　曲

“谁能与我同醉，相知年年岁岁？”

同醉者何人，且又年年岁岁，可曾问过自己？不是爹娘兄妹，也非朋友爱人，能与自己相伴一生的，一是灵魂，二是心态。灵魂同来同去，心态相伴相随。体肤是灵魂之载体，灵魂出窍，体肤焉存？心态是对人生之态度。对人或事，或首肯，或摇头，或取中庸之态。避而不言，转个弯子绕过去，也是一种态度，态度只能选择，不可回避。如同过河，或借舟桥，或涉水泅渡，舍此而不能达彼岸。

大树参天，得益于自然，否则便会扭曲。心态需要修养，否则也会变态。变态的心态，会扭曲灵魂，殃及体肤。好好一个人，成了病人，甚至是罪人，无不是心态不端所致。

心态调理没有灵丹妙药，都是些普通方剂。读读书，散散步，探亲访友，纵情山水，变变环境，换个活法。下楼去走走，踢踢毽子，玩玩球类，或沏一杯清茶与友对弈，或邀三两哥们抛竿垂钓。不论钓得的鱼儿是大是小、是多是少，收获的是几分情趣。

诗词歌赋，泼墨成书，调色作画，操琴弄曲，养一种爱好，找一种情趣。如北京人“找乐子”，也是一剂好药。随手从书架上抽一本书翻翻，或许就进了“黄金屋”，邂逅了“颜如玉”。

不与自己较死劲，不和他人争高低，对得起他人，也饶恕了自己。我爱好较杂，钟爱歌曲。乐也一曲，苦也一曲。吹吹琴以陶醉自心，哼支曲给自己听听。有一首歌我奉为心曲，哼唱过多少回，每次都有新滋味。我推荐给朋友们，许能助君调理生活，给生活添些许滋味：

生活是一团麻
那也是麻绳拧成的花
生活是一条线
总有那解不开的小疙瘩呀
生活是一条路
怎能没有坑坑洼洼
生活是一杯酒
饱含着人生酸甜苦辣
……………

晨 思

读万卷书，书山有路，路转峰回无止境；行万里路，路多冰霜，霜欺冰凌任天时。读书诚可贵，贵以致用，用在好处方才好；行路不艰难，难在用心，心在途中不迷途。

读世人书，明世人理，不可只临世人言语，当依世理说自己的话。为人如此，处事也如此，如学书法，神似胜于形似，得颜筋柳骨，方能承颜柳而扬古风。

方寸微信，纳百川，容山河，涵乾坤宇宙，胜万卷书，超万里路，璨灿远比星河，精彩难以言尽。开机必有所得，开眼必有惊诧，开窍必得良知，开口不得随意，开涮不得人心，开“荤”不得好死。

愿群中挚友，精心维护微信的威信。读，不可狼吞虎咽；信，不可不分良莠；转，莫要不论好歹。它是一面镜子，你的对面是它，它的对面是你。

哭是人生的旋律

作家说："爱情是永恒的主题。"

画家说："颜色是美好的源泉。"

母亲说："哭是人生的主调。"

母亲信轮回报应，一生谨慎节俭，不敢浪费一滴水，更别说米面了。她嘱我给她送终时，做纸火，房院可以小点儿，但一定要有一头大肚子牛，伴她去阴间喝水。她说："一个女人，一辈子淘米、洗菜、刷碗、洗衣服，用去多少水，阴间都有帐。下去后，用不完阳世间用过的水，是不让转生的。"

母亲寿终八十六岁。她苦了一辈子，生前的日月里，已在认真铺垫着来世的路。母亲认定，能做个人活在人世间，是大幸中之大幸。这大概便是她的人生态度。"人间苦是苦，正因为苦，才觉着甜更甜呢！"这就是母亲的人生观。年老之后，我才慢慢弄懂了她老早说过的许多话，这些话是在告诉我应该怎么活。

"人哭着来哭着去，哭总比笑多。谁不是落地便是一声大哭呢？就怕你不哭。小屁股挨一个大巴掌，不信你不哭。"母亲笑着说给我们几个孩子听，

“从第一声啼哭开始，人便哭声不断：饿了哭，渴了哭，冷了热了哭，拉了尿了也哭。哭好哇，孩儿不哭，当妈的怎能知道该奶了、该拉尿了、该换尿布了？”我们笑了，母亲跟着我们笑了。母亲说：“孩子大点儿了，挨了打哭，挨了骂哭，不如意了免不了哭。大了大了，该不哭了，可也少不得偷偷哭。闺女嫁给人家了，能不哭？儿子离你去了运方，你不哭？孩子老远地回来看你，你不哭？人家又走了，不知甚会儿再回来，你不哭？难来了，苦来了，架不住了，担不动了，哭吧，哭一气才有了主意，有了精神。有时候不哭不行啊！俗话说：‘孩不哭，娘不奶哟！’爹娘老了，一身残病，吃不下，拉不出，孝顺的儿女，哪个不是泪珠儿流呢？”母亲说，“人啊，哭着来了，又在一片哭声中走了，这不就是哭声总比笑声多吗？”哭是没完没了的。我们似乎听懂了。“等我哪天死了，你们别哭。”“妈妈不能死！”“哇”的一声，我们哭了，哭得抱作一团。母亲没哭，她笑了，真让我不明白。

那年我五岁。

推心置腹

餐馆待客，见邻桌摆一壶散酒、两杯淡茶、三碟素菜，二人对坐，酒已半酣。然言如马季姜昆，诙谐里深藏苦辣，幽默中抖搂酸甜。观其状，似醉非醉，而话语则是酒后真言：

“酒钱不用你掏，酒你不能不喝！”

“好啊！”

“再来一壶！”

“酒大伤身。不活啦？”

“早晚有一回，不在乎三天两早上！”

“事业为重。”

“我的事业不及你的事业。”

“我那也叫事业？”

“你给死人砌墓，我给话人盖楼，阴阳二宅，都是房地产买卖。”

“老哥见笑。”

“笑？你笑吧，我可笑不出来了！”

“怎么讲？”

“做阳宅，绘图、申报、审批、买地皮、顾劳工、购置三大主材，水、电、路三通，降水、夯基、砌体、浇注、布线、上下水、内外装，其间质检，竣工验收。”

“是够麻烦的。”

“一路潜规则更是天知地知却不可众所周知。”

“兄弟我焉能不知？”

“你知其一，不知其二。”

“怎讲？”

“楼起来了，价下去了。”

“总归是赚了钱的！”

“钱是赚了，都进了银行保险柜里。”

“这样安全，省得你担惊受怕。”

“谁怕？我怕？我才不怕呢！”

“究竟谁怕？银行行长怕，怕你转移存款。”

“怕我转入地下？”

“大哥，你别吓我。”

“老弟，你该高兴才是。”

“怎讲？”

“哥死了，你又能出售一处阴宅。”

“别拿兄弟开心！”

“你三袋水泥、几桶浑水、小半车沙子，一搅拌，赚了。”

“也需要……”

“要制图纸吗？”

“啊？”

“要脚手架吗”

“啊？”

“用得着三通吗？”

“啊？”

“需要质检验收吗？”

“啊？”

“老弟，求求你，打个折，给哥弄一座单人的。”

“一句话的事儿。”

“说，多少钱？”

“四千吧。”

“两平方米？”

“一平方米。”

“内部价吗？好吧，预付多少？”

“一次结清。”

“现款？”

“转账。”

“可别转账。”

“为啥？”

“银行行长发现我买了墓穴，非跳楼不可！”

“啊！？”

食客走光了，偌大一个大厅里，就剩了老哥俩。

母爱无疆

老耕被微信公众号上的一篇怀念母亲的短文感动了。感动中，他自然地记起了胡适的《母亲》和高尔基的《母亲》。高尔基的《母亲》是他刚上中学时读的，书中的母亲是俄国革命时期俄罗斯民族精神的象征。胡适的《母亲》是我们中华民族的传统的母亲形象的代表。我被她们所感动。

“慈母手中线，游子身上衣。”“儿走千里母担忧。”“做在人前，吃在人后。”赞美母亲的诗章不胜枚举。茹含一生苦，酿作几代甜。母爱无疆，天性使然？然，也不尽然。你看《动物世界》里，鸟妈妈把鲜活的虫儿递进雏鸟嘴中后即刻转身飞往原野；安顿好幼儿，羚妈妈果敢地迎向花豹，以身躯做诱饵，以生命做赌注，以母爱化为智慧和勇气，先是小跑，再是狂奔，引猎者远离爱子；那跳跃在林海、攀缘峭壁，背着抱着孩子的猩猩、狒狒、猕猴、吼猴、长尾猴、白眉猴、金丝猴；叼着幼崽几次搬迁，东躲西藏，唯恐敌人来袭、爱子深切的豺狼虎豹；做了母亲的鳄鱼身在泥淖里，心往育儿池，一旦听到异响，立马前去张开大嘴，把豆角般大小的娃娃，一个个含在嘴巴里后，急转身，送往安全的地方去；千百只蝌蚪拥挤在就要干涸的泥浆里。雌蛙摇晃着身体，不住地蹬踹，生生蹬踹出一条与自身同宽的渠，把一群儿女引领至广阔的湖泊；袋鼠妈妈更是精心呵护子女，总把娃娃装在兜兜里……

世上只有妈妈好。诚然爸爸也为子女奉献了许多，如吃儿剩下的饭，穿儿替下的衣，做儿孙的马和梯，怀揣着儿女退役的旧手机……可总不及母亲给予儿女的爱。

母亲伟大！

母爱无疆！

一位母亲，就是一座丰碑。愿天下的母亲多多保重。望世上的儿女好好珍惜。

夜　钓

麦子黄了，大渠两岸的彩帐，三三两两近水而扎、倚树而支，构成了郊外新看点。

黄河北岸的大河套，良田万顷，灌、排水网如阡陌纵横，大小湖淖似星罗棋布。旧时“黄河百害，唯富一套”的巴彦淖尔灌区，而今沐“三农”雨露，乘改革开放东风，农林牧渔诸业兴旺，市场经济日益繁荣。河套东端的乌拉山镇，可眺黄河滚滚东去，可闻乌梁素海隐约渔歌，黄灌区总排干渠穿城南下，又掉头东去汇入黄河。河湾海边大渠两岸，任你做钓台，处处可抛竿。

端午时节，麦子黄了，杏儿熟了，正是鱼儿贪钩时。黄河鲤鱼、鲫鱼、草鱼、鳙鱼、鲶鱼皆逆水进渠。渠里水草丛生，岸边蒲苇茂密，是鱼儿繁衍生息的好家园。退休老者垂钓岸边，不避风雨，每逢周末，水边竿起竿落，岸上扎帐埋锅，引得行人驻足，车辆停驶。垂钓者也不乏偷闲人，领妻儿过把钓瘾，现钓现煮，尝鲜不够，还做来日打算。

我嗜钓，更爱夜钓。无论月暗星稠，不管月朗星稀，只要雨不倾盆，总携三五老友，倚树扎彩帐，近水筑钓台。

时近黄昏，帐篷已扎好，钓台已筑成，钓位两侧水草也已清理干净。打好了窝子，开始了丰盛的晚餐。石桥、柳笛与我同龄，又同住一座楼里，出出进进如儿时玩伴，垂钓更是形影相随。打开折叠小桌，将熟食、蔬果摆满桌，野灶上的茶壶吹响了汽笛。这次是石桥做东：“祝今夜收获满满！”他话音刚落，见面对钓台的柳笛忽地起身：“黑漂！”

石桥三步并作两步，奔了过去，我与柳笛紧随其后。石桥操竿在手，只见竿成弯月，钓线“嗡翁”作响。柳笛抄起抄网，紧盯着夜光漂子忽上忽下。石桥并不急于收紧，而是领水中大物左右盘游。约十几回合后，他才慢慢抱竿退步。柳笛抄网入水，稳稳将那家伙提上岸来。是条鲤鱼，我们掂量着有七斤多。

钓台相间五六米，月夜星天下，三翁问答，如在茶坊。又有轻风弄水，野香送爽，我们都快羽化成仙啦!

铁拐李嗜酒，韩湘子弄箫，张果老爱驴，八仙各有所好，我则爱钓，更爱夜钓。

想我三十不立，四十还惑，六十离岗，凡事不成，皆因将光阴用于琴书根石。然琴不动人，书不近古，根石也只是把玩于茶余饭后，弄出个自我小小陶醉而已。腿脚健时，我于山间野地，抱砂枪觅鸟兔，伤害了多少牲灵。而今又嗜钓成瘾，多少鱼子龙孙断送在我双钩一线上。待我老死赴阎罗，必有一本说不清的糊涂账与我清算。佛修来世，道练今生。我非佛非道，乃凡夫俗子一个，活好今天，设想明天，若果有佛道，也是来世之愿了。

石桥、柳笛也同我想。仨老家伙，黎明不思收竿罢钓。五更时分，手机响起，你刚接，他的又响，才笑里带有三分余兴和二分无奈，悻悻然拆帐收摊，相对一笑，打道回府。

桦背山丹

乌拉山东起石门水，相望大青山，最高峰海拔2322米。南岭陡峭，多得天阳，又纳脚下黄河水气，松雄柏秀，林草山花种繁鲜活，为他山少见。阴坡漫缓，林树苍劲。次生林木茂盛，山草簇簇，互为依偎，迎送北来风袭沙打。坡顶天生的白桦林疏密有序。桦叶春瘦、夏肥、秋红，应季而生染。桦干挺拔，鲜见扭曲者。如山之卫士，监护着林木花草，观察着山外日新月异的变化。

塞外人之憨厚，不似南方人乖嘴巧。南方人见石独处，似猴非猴，便名之“仙猴拜月”；见冠影绰绰，便曰“雄鸡叫天”。从古至今，代代相传，引诱古今游人接踵而至。古人题诗留赋，又令今人神往：怎就“香炉生紫烟”？为何“瀑布挂前川”？还说“直下三千尺”，真个“银河落九天”？今人慕名前往，寻遍峰谷，确实谷幽峰秀，只是那香炉、瀑布与银河等语，都是“诗仙”的醉话、太白梦语。

而塞外之人则不，是牛呼牛，是马唤马，见山背处有桦树林，便直呼这长满桦树林的山背为“大桦背”。这名字既直白壮美，又藏了诗情画意。

我登桦背四十年，年年上下三五回，回回为军中战友和警界同仁做导游。每登一回，我总是“欲穷千里目，更上一层楼”，引人举步攀高，举目远眺。也有侧身不前者，任我呼他唤他，他却充耳不闻，闻而不从，说是在寻觅山丹。痴情山丹者，每每都有三五人。

这很让我尴尬。他们读我的《山丹花开桦背上》，才大老远地奔来登临桦背，但见半山松柏、峰顶白桦，却不见一株山丹丹。客人带着遗憾醉酒而归，而我背了愧疚进家来。

阴历七月半，夏日炎炎，我携妻小，自驾去七星湖，又去了乌梁素海，又慕大仙石、马鞍树、春坤花草人家，一路北上，奔了固阳三山去。我们一家驱两台越野车上了大桦背。那天天气宜人，温湿恰好。孙儿爱花，频频与黄的、蓝的、紫的小山花儿合影。老伴爱树，依松靠柏，还抱膝与樱桃、山杏留影。我爱石，去看卧牛、奔马、顽猴、跪象和说像甚就是甚的沟谷怪石。怪石或裸露于花草间，有房屋大小，或隐现疏林茂草、柏后松前。可惜怪石巨大，牛拉车拽也不动，否则弄下山去立于亭畔桥边，给林添三分秀气，给湖多几处好看。

山道蜿蜒，时连时断，如被惊马挣断的绳套丢弃在山腰谷底。在回去的路上看路、看山、看林，满眼奇、险、美，一怀清、净、香。车缓都在弯转时，一个急弯过去，忽觉眼前一亮。只见急弯左侧缓坡上，一朵花瓣若火苗，芯似火星，燃烧在浅草丛中。见我示意，儿将车子停靠坡沿儿。待妻儿们下得车来，我已攀爬在花前。我自觉心在突突地跳，腿也在打战。可我一蹲下，就觉得神清气爽。我凝视那花，花有六瓣，芯有六枝。花瓣呈弓状，团团对着开，似被风兜翻的红雨伞。六枝芯杆秀而挺直，顶戴圆巾，似杂技里玩的转碟，色泽红艳也如花瓣。这花莫不是山丹丹？

是！她就是山丹丹！

你说山丹，他说山丹，都说山丹丹花开六瓣瓣红，敢问一睹山丹丹容貌的有几人？

你也唱山丹，她也唱山丹，山丹丹开花儿红艳艳，又有几人曾亲眼见过？

我也说山丹，我也唱山丹，说唱山丹大半生，也曾写山丹，更欣然带路引领友人翻山越岭探访山丹，却未寻见，都说是无缘。不曾想，不经意间见到山丹，了了我多年遗憾，成全我多年夙愿。

我匍匐山丹前，眼瞅着红瓣儿红芯，挥手呼唤身后妻儿。妻儿围拢过来，欣喜若狂，遂开机调焦，先与山丹合影，再把山丹倩影收藏在图库里。

山丹令我惊喜。此处不止这一朵。我环顾半坡，艳艳山丹丛丛朵朵，开在白花绿草间。白花若雪花，不知其名。山丹与那白花映衬，更显白花皎洁，山丹妖艳。

我要遍告曾登桦背不遇山丹的朋友们，下次你们再登桦背，一定不会留下遗憾了。

琴 缘

父亲读过私塾，喜欢练字。他常盘坐土炕上，正襟危坐，悬腕执笔，临摹颜柳书帖。父亲还令我学他，我不以为好玩，却不敢不从。我十分喜欢跟他学琴。在土炕上放一张小桌，捏一截牛角片，一手弹拨凤凰琴弦，一手按压琴键，一支曲儿便弹了出来。我喜欢得不得了，便跟着琴声唱出来："弹起我心爱的土琵琶，唱起那动人的歌谣……"

父亲曾是党的地下工作者，在老家定兴县的东八村、西八村、白洋淀、高碑店与日伪、国民党斗争十多年。他每次弹琴，第一曲总是《弹起我心爱的土琵琶》。父亲爱他的凤凰琴，弹完还用棉布擦拭，最后盖上盖儿，架在房梁上，从不许我触摸。

小学音乐课上，老师脚踏手弹的琴声无比悦耳动听。借着给老师搬琴的机会，我点了几个单音，心似飞进云里雾里。

村里有个粗人，身高八尺，上下一般粗，头若水斗，一指如常人三指粗细。他不识字，更不识谱。如此一个粗人，竟自己做了一把四胡，只半年光景，便将《打樱桃》《走西口》《十对花》《挂红灯》《碰帮子》《九连环》

《八音杭盖》等排子曲拉得动人心弦，让村人另眼看他。

二哥与他交好，常把胡琴带回家，却不让我摸。我趁二哥出门走远，赶紧弹了几声。许是不好意思总拉人家的琴，二哥也仿那粗人，以硬杂木做轴和杆，弯红柳做琴弓，剪马尾做弓弦，罐头筒子做琴筒，又从县城让人捎了丝弦、松香来，制成一把胡琴。时近黄昏，粗人李挨同拉着四胡向东来，二哥闻声拉琴向西去，二人相会在队房里。村中有一条东西路，听琴的人中常有停车驻足的赶路人。两把胡琴招来小西淖、老营盘、四合圣三个村子演奏扬琴、笛子（后山叫梅）、梆子、四块瓦儿的人。他们很快排练了一台戏，在公社、学校和邻近村社巡回演出。

不知谁借给我的胆，我编导了这台小戏，还充当了几个小角色。那年我十七岁。

听说我去当兵，我的一位已经出嫁的同学回村送我一只口琴。演小戏时我牵过她妹妹的手，那是我第一次用心牵一个女孩的手，并一直牵到今天。

入伍那年，连长说我会拉琴，调我进连队演唱组，参加团里文艺会演。会演结束后，我被调到团文艺宣传队。

多年来，我一直喜爱琴。退休后，我经常练一练，既陶冶情操，又能打发时间。今年农历九月初九，幼儿园老师邀了雪发霜眉的爷爷奶奶过重阳，一群老小孩或歌或舞，我的二十八孔口琴派上了用场。我的凤凰琴、胡琴、扬琴、手风琴演奏技艺虽不惊人，却也成趣。细细想来，琴伴我大半生，可说是我导师，引我学歌舞、上舞台，结良缘、交乐友、避灾难、奔正道、求进取，还让我老有所乐，幼儿园里重阳日，一头霜雪，三代人前竞风流。

琴与我互为知己，我欲与琴再共甘苦几十秋。

根 缘

我对根雕由喜欢而雕作，还置于阁架做收藏。家中来客，我必如王婆，好一气自夸。妻每以眼色制止，我也不理睬。得一荒料，我是日也思谋，夜也思谋，于七八种构思中择其一，方小心取舍，精心拼接，反复打磨、抛光，再度揣摸后才打蜡、配座。我自觉满意，将根雕置于阁架，还常常取来，把玩不够。又发奇想，一一拍照，制成影集。我聚山野榆、柳、松、柏、槐、桦之根于家中，还将其图片发到群里，毫不顾忌群中众友喜好厌恶。

我与根的情缘，始于一次郊外做客。

主人是砖厂厂长。办公室有八九平方米，置一床一桌。日作而夜息，倒也不显多宽多窄，只觉太过简陋。

“是个创业的主人。”跨进办公室时，我如此想。待后脚跨进门来，我只觉眼前一亮：木桌一角有一笔筒，与一方石砚为邻。筒料是块山榆根块，弯转鼓凸，纹脉清晰。其形呈上升的螺旋形，色泽粗重，似树干而不像根。主人知它，说它遇顽石不能穿透，却不服输，于是拱翻地面，欲积蓄阳刚之气后，再会那挡道的顽石。这才得见风雨，又受日月精华，经得鬼斧神工，倔强筋骨里又平添了挺拔的力量。

我感叹主人的慧眼和他独特的匠心，敬佩他对根之心的理解、对根之趣的欣赏和与根的缠绵情结。不知他哪来的这般奇思妙想：拣一块被弃于一边的枯根，以“天人合一”的手法，雕成一个妙趣横生的笔筒，立于“文房四宝”之侧，为自己的陋室增辉。

我把他和他的根作、根趣，尤其是他对根的理解收藏在梦里，如老师布置的功课，几经研习，记在纸上。又把中国根艺协会主席马驷骥老先生的根论认真研读。我得闲便去钻山沟、逛河床，足迹遍布荒野，得一如意根块，如获几壶老酒。

后来，我脱了军装，换上警服，在乌拉山山前山后地跑。但凡得闲，我便围着农牧人家的柴火垛打转转，左三圈，右三圈，如除夕夜里转旺火。每次搜得如意根料收进车里，便将酒或票子塞给主家。凡是推辞不收的主家，都是平素往来的老友。他不肯收，倒教我心有余悸，担心他日后来我家，三杯酒下肚，便想拿甚拿甚，我能说甚？根雕如我十指，割取哪指能行？

我寻根成癖之事，常被人拿来取笑。外出途中小憩，大家下车来吸烟撒尿，忙乱水火营生。我却淡薄了这些零碎事情，瞪着两眼，做三百六十度搜索，如运转的雷达，不放过任何可能之处。有时工夫不白费，竟有意外喜获。先是眼睛一亮，颠儿颠儿地去了；不待弯腰，又颠儿颠儿地回来。大凡此时，都会引起一阵笑声，为我对根的痴情。更有巧嘴的朋友还创作些小品出来，抖一个包袱，引一阵笑声。

一次去战友家闲坐，他的根艺作品把我的魂给勾了去。偌大一个博古架，满满都是根艺作品，似鸟的似在啼唱，如虎的正在长啸，似像不像的牛伏卧在丑石旁，还有不像又真像的马鬃若飞瀑。

看他一架根艺作品，无不是七分天成。我告诉我自己：“你去亲近自然，它会把你要的给你。”

妻舅过世，葬于石拐巧格沁儿山里。送葬路上，见河床山沟的乱石中，挂扯着山水冲下来的朽木枯根，心里不禁痒痒。只是有孝在身，不得出列。葬礼毕，老人入土为安后，我潜沟谷、翻梁岭，真觅得几件进眼的根料。归来后，略施小技，即成精品，置于阁架，独具特色，心中的小成就感油然而生。我还仿李杜欧阳，吟诗作赋。只是诗歪赋浅，不敢示人。我还给根艺作品拍了特写，发在群里，静等友人吹捧。

我习根艺二十年，与根结缘深浅，儿知，女知，老伴更知。然而，根与我相知，山也知之，林也知之，荒原野水岂能不知。

邻居对面楼

男人放驴，在黄河堤内游走，把一头奶牛、两口大猪、几十只鸡给了女人。院外三十亩水田，种了葵花和玉米，也由女人经营。

夫妻俩进城后，住我对面楼里，我家窗斜对她家门，算是对门邻居。以前，女人常去我老伴的店里买些杂物，在小区里算是熟人。老伴感叹那女人的勤奋，见了总先说些夸奖的话。我感叹的是那女人对生活的热爱。院里院外一大堆营生，她竟还有闲空去老年大学吹葫芦丝。

她把练习葫芦丝的时间安排在黄昏后、九点前，说是不搅扰邻居。就那么点儿时间，她也才上了几课，便熟练地掌握了叠、打、颤、吐多个技巧。掌控装饰音，一靠功夫，二靠悟性，还需足够的时间，才会熟能生巧，可她哪儿来那么多时间呢？

“有的是时间呢！”她说，“吹一支曲，如听人唱一首歌，就不再觉着累。人家的歌是唱给别人听的，我的曲只吹给我自己。”她说，累了吹一曲，也就不再累，苦也就不觉得苦了。她总把葫芦丝随身带着，苦闷时吹一曲，困乏时来一曲，不论是在旧院里，还是在田地间。她用零散的时间把困苦消解成欢乐，真是难得。

我似乎明白了她的苦乐观，想起我与音乐的缘分，觉得她是个不认命的女人。

石　缘

大哥从北京回来，送我一块石子。石子有鸽卵大小，温润有星纹数点。我视如珠宝，日藏衣兜，夜压枕下。

冀中老家，平坦开阔，田土细腻，罕见砂石。老辈人说翡翠、玛瑙皆为石，我便视石为珍宝。我常偎父膝，眼巴巴地瞅他的绿石烟袋嘴。家迁塞上后，开门见山，山下种田，田里土拌沙砾，田埂草生石缝，我眼里的石之贵气化作烟雾渐渐淡去。

参军后，我驻扎的东、西两大军营后有两山，一曰红山，一曰红峰。遇洪水，石随水走，水落石出，三棱八瓣，丑不进眼，令人不屑一顾。

从警后，我常跑乌拉山前后。山前曾有个地质队，后人去院空。因为一件案子，我曾进院探查，但见日照时废墟里有光闪，便取枯枝拨弄，有石块露出。石块形若小山，润而透色。我再拨，又露出更多石块，大小不一，皆有形色。我随挑取几块回来，配以木座。石与座相得益彰，更显各自精神，置于博古阁，来客都说好看，我心里也美美的。

之后的日子里，不论是公务出差，还是休闲外出，我总留意路边、河床、山脚和田头，见石有异样，便蹴身拾取，反复揣摸，将如意的收入袋中。

一次探家，听闻某村梁上出玉，便一路问寻而去。见田野上村人走走停停，时而蹲下，时而起身。我问过后，得知他们在拣拾长石颗粒。村东梁上有机械在挖掘，弯路上有车来往，也是为长石奔忙。

我无意那些碎石，沿小路上到梁顶。梁顶田垅稀疏，似新垦农地。田边锈迹斑斑的石块或散或堆，长短不一，似丢弃的断木。我在十步开外，心里一动：这些莫非是木化石？我急步进前察看，果然是木化石，遂拣拾装箱，如获至宝。

这些木化石说不上珍贵，却是我的心爱之物，茶余饭后，把玩不够。但凡有客来，我总要显摆，听人说好，送几块给他。而今，只剩架上的几块，我认为它们与我有缘，再不肯割舍。

后　记

寻枯根瘤块，依其形取舍、拼接、打磨、抛光，雕成似像不像的牛、虎、鹏、驼、亭台、水榭，视其材刻作笔筒、笔挂、茶海、流香……小的置于博古阁里，大的摆在书屋客厅。雕刻打磨，尘屑蒙面顾不得；饭好了，妻催儿叫顾不得，只觉得斗转星移，闭眼睁眼又过一天。我于深山荒野寻根觅石总是来去匆匆。还常被朋友邀了，去看山看海。能不去？早就想着去呢，巴不得走遍江南塞北，览尽山川湖海之锦绣。天还早，手机铃便响，我闻声后如紧急集合，带钩漂线饵、雨具阳伞赶往预定地点，去河边湖畔筑台垂钓。

我的心野了。战友约了吃饭，我与他相距几百里，赶了去，一顿大酒之后，十几位马背上的老兵驾车出青城，奔晋陕，驰冀鲁，一路奔腾半个月，如卸了征鞍的马，无拘无束。然而，飞车跑马，快不过时光老人的脚步。退休后，我成了时间的“暴发户”，可怎抵光阴似箭，日月如梭？我总觉得时间不够，玩不够。我又喜欢翻翻书，还购买了“四海钓鱼”和“书画频道”等电视频道，林林总总，拉拉杂杂，啥也不舍得丢。

一日，我忽想，还该留下点儿东西给孩子。

我有两个好孩子，已经立业成家了，该有的都有了。我一生侍奉父母、拉扯孩子，再无多少积攒。和平年代里，人不惊天，事不动地，从军从警四十余年，当兵头将尾的官，获得些小功小奖。想想能给孩子留下的，唯有我走过的路。我期望姐弟俩和他们的孩子，在人生路上不畏风雨，一步一步地、踏踏实实地朝前走。

把我的脚印留给他们吧！

这是我出版《脚印》的初衷，也是创作这些短文的初衷。

这些短文最初“发表”在微信群里，群友们有点赞的，有夸了不起的，有促我结集成书的，更有提前索书的。我感谢他们给我壮胆，催生了我的一本书。

郭瑞金先生是首位劝我结集出版的人。他看了我的文章后，总是即刻纠正错别字，精心圈点。我知道他是认真读后才这么认真地修改的。他还给我题写了书名——《脚印》。他是内蒙古文史馆馆员、内蒙古诗书画研究会会长、中国书法家协会会员。我俩同年入伍，都是马背上的老兵，曾在部队“两忆三查”宣教展上合作，脱下军装后还在往来。

闫丕臣退伍后上大学，还做过十年记者。我藏有他的著作《文坛拾零》。他读过我的短文后，力挺我出散文集和诗集。《脚印》能够成书，他做了许多本该是我做的事。我要说声谢谢，感谢我这位内蒙古军区骑兵第一团第一连的战友。

更当感激的是许多军中战友、警局同事、同窗学友和我的亲人们。他们夸我的文章说的都是心里话。我出书的动力，有一半是他们给我的。

明年，我还准备出本诗集，写一些我从警时的故事，借以感谢喜欢我和我的《脚印》的朋友们。